PEN펜던트DANT

PEN펜던트DANT

펜던트 1

선우인 판타지 장편 소설

초판 1쇄 찍은 날 § 2005년 2월 12일
초판 1쇄 펴낸 날 § 2005년 2월 22일

지은이 § 선우인
펴낸이 § 서경석

편집장 § 문혜영
편집책임 § 유경화
편집 § 서지현
마케팅 § 정필 · 강양원 · 이선구 · 홍현경

펴낸곳 § 도서출판 청어람
등록번호 § 제1081-1-89호
등록일자 § 1999. 5. 31
어람번호 § 제1-0581호

주소 § 경기도 부천시 원미구 심곡1동 350-1 남성B/D 3F (우) 420-011
전화 § 032-656-4452 팩스 § 032-656-4453
http://www.chungeoram.com
E-mail § eoram99@chollian.net

ⓒ 선우인, 2005

ISBN 89-5831-425-7 04810
ISBN 89-5831-424-9 (세트)

※ 파본은 본사나 구입하신 서점에서 교환하여 드립니다.
※ 저자와 협의하여 인지를 붙이지 않습니다.

선우인 판타지 장편 소설

PENDANT
FANTASY FRONTIER SPIRIT

펜던트

1

열두 명의 종속자

도서출판
청어람

Contents

프롤로그

"…해서 이 각각의 돌에는 마신과 마족, 천신과 천족들이 봉인되어 있는 거다. 열세 번째 계약자란 그들을 관리하는 관리인을 뜻하는 말이지."

"헤에……."

별반 감흥 없는 목소리로 중얼거리자 그는 나의 반응이 신통찮다고 생각한 것인지 조금 더 강한 어조로 덧붙였다.

"그렇다고는 해도 관리인에게는 그 나름의 특권이 주어진단다. 그들의 강대한 마력을 사용할 수 있음은 물론이거니와 그들을 불러내어 힘을 빌릴 수도 있지."

나는 고개를 갸웃거렸다.

"그런데 그렇게 좋은 물건을 왜 넘기시려는 건데요?"

"그건……."

남자는 머뭇거리며 나를 쳐다보았다.

"그건 내 수명이 이제 얼마 남지 않았기 때문이란다. 이미 삼만 년 이상을 살아와 더 이상 생에 미련은 없지만 다음 관리인에게 이것을 넘기지 않으면 펜던트 안에 봉인된 녀석들도 태초의 무로 돌아가 돌속에서 그 남은 세월을 보내야만 하지. 그건 너무 가혹한 일이야."

"……."

삼만 년이라……. 사람이 삼만 년 정도 살려면 주름에 파묻혀야 되는 것 아닌가? 내 눈앞의 남자는 아무리 나쁘게 봐줘도 삼십대 초반으로밖에는 보이지 않았다. 수명이 다했다기에 어딘가 아픈 것이 아닌가도 생각해 봤지만 남자의 신색은 좋기만 했다. 내가 보는 눈이 짧아서 그런지도 모르겠지만.

나는 비닐 봉지에서 음료수를 하나 꺼내 아저씨에게 내밀었다.

"자요, 음료수. 긴 얘기 하느라 목이 마르셨을 거예요."

"아, 고, 고맙… 아니, 애야, 어디 가는 거냐?"

음료수를 건네자마자 나는 몸을 일으켜 자리를 떴다. 나는 황급히 나를 따라오는 아저씨를 보고 눈살을 찌푸렸다.

"심부름 중이었어요. 지금도 너무 늦었다고요."

"아닐 게다."

남자는 약간 미안한 표정으로 나를 쳐다보았다. 그의 목소리에 담겨 있는 이상한 울림에 나는 걸음을 멈출 수밖에 없었다.

"아니라뇨? 그건……?"

"지금은 집으로 가지 않는 것이 좋을 거다."

"그게 무슨 소리예요? 집에 가지 않는 것이 좋다니……?"

나는 뒷말을 흐리며 내가 살고 있는 아파트 쪽을 바라보았다. 웬일인지 우리 아파트 앞에는 경찰차와 구급차가 서 있었다. 구경하는 사람들을 통제하는 경찰 아저씨와 하얀 천에 뒤덮여 아파트 현관을 내려오는 시신 한 구.

멀리서 멍하니 쳐다보고 있는 나를 누군가 발견하고 소리치는 것이 들렸다. 옆집 아주머니였다.

툭.

내 손에서 비닐 봉지가 떨어졌다. 과자며 음료수가 들어 있는 그것은 바닥에 부딪치며 묵직한 소리를 냈지만 손이 굳어서 움직일 수가 없었다.

구경하던 사람들이 나를 쳐다보고 있었다. 내 곁에서 안쓰러운 표정으로 나를 쳐다보고 있는 아저씨를 무시한 채 나는 구급차에 실리고 있는 시신에게로 다가갔다. 내가 다가오자 사람들이 비켜섰다. 내게 무어라 말하는 사람들의 목소리가 들렸지만 이해가 잘 되지 않았다.

"얼굴을 확인해 보겠니?"

누군가의 말에 고개를 끄덕였다. 아파트 현관에서 실려 나오는 한 구의 시체. 이미 구급차 안에는 두 구의 시신이 실려 있었다. 몸으로 사람들의 시선으로부터 그 광경을 가리는 경찰 아저씨의 뒤에서 나는 천을 걷어 그 모습을 확인하였다.

하늘이 노랗게 물드는 것 같았다. 두근거리는 심장의 고동 소리가 미칠 듯이 빨라진다. 온몸의 힘이 빠져나가고 현실의 감각이 멀어지는 듯 눈앞이 핑 돌았다. 떨리는 손을 가져간 뺨은 이미 살아 있는 것과 같은 촉감은 남아 있지 않았다.

"하, 하아……."

떨리는 숨소리가 목을 가득 메우며 새어 나왔다. 심장이 터질 것 같다. 머리 속이… 하얗게 비워진다. 떨리는 손으로 시트를 움켜잡으며 못 박힌 듯이 시신을 바라보는 나의 어깨를 누군가가 붙잡았다. 누군지 알고 싶지도 않고 듣고 싶지도 않았다.

"이런 건……."

쥐어짜 내는 듯한 흐느낌이 텅 빈 가슴속에서부터 흘러나오고 있었다. 막연히 다리에 힘이 풀린다고 생각하는 순간 내 어깨를 잡았던 사람이 나를 일으켜 세웠다.

"애야……."

먼 곳에서 들리는 듯한 목소리에 나는 멍하니 고개를 돌렸다. 그 사람이었다. 내게 이상한 말을 했던 아저씨…….

갑자기 찬물을 끼얹은 것처럼 정신이 또렷해졌다. 어떻게 알고 있었던 거지? 문득 정신을 차리고 고개를 든 내 주위로 이상한 풍경이 펼쳐져 있었다. 마치 모든 것이 멈추어진 것처럼 내 주위 사람들이 움직임을 멈추고 있었던 것이다.

수군거리며 몰려든 사람들의 목소리도, 내 곁에 서 있던 경찰관 아저씨의 목소리도 더 이상 들리지 않았다. 마치 세상이 끝나 버린 것처럼 고요하기만 했다. 이 믿을 수 없는 광경에 나는 어지러이 주위를 돌아보았다.

"꾸, 꿈인가?"

한꺼번에 몰아닥친 모든 일들이 내게는 믿을 수 없게 느껴졌다. 모든 것이 연극 같았다. 멈추어 버린 사람들도, 실려 나온 가족들의 시신도…….

"애야, 안타깝지만 꿈이 아니란다."

"아, 아저씨……?"

나는 그를 돌아보았다. 그는 미안한 듯이, 그러나 결연한 표정으로 나를 쳐다보았다.

"저들을… 살리고 싶은 거냐?"

"사, 살릴 수 있는 건가요? 그래요?"

나는 매달리다시피 그를 붙잡았다. 그는 당혹스러운 얼굴로 나를 쳐다보았다. 그는 자신을 붙잡고 있는 내 팔을 떼어놓으려 했지만 나는 떨어지지 않았다. 그가 마지막 희망인 양 매달렸다.

"그렇기는 하기만… 얘야, 나는 아무 대가 없이 그것을 들어줄 수가 없구나."

무겁게 말하는 그의 음성에 나는 떨리는 목소리로 매달렸다.

"그, 그럼 어떻게 해야 되는 건데요? 제가 할 수 있는 일이……."

그는 내 시선을 피해 구급차에 실려 있는 시신들을 바라보았다.

"너희 가족의 명운은 오늘로써 끝나는 것이었다. 사실 나와의 대화가 아니었다면 네가 저들의 모습을 목격했겠지."

나는 숨이 멎을 듯한 표정으로 그를 응시했다. 그가 무슨 말을 하는 것인지 좀처럼 알아들을 수가 없었다.

"그, 그래서요? 뭐가 어떻게 된다는 거지요? 결국 죽을 수밖에 없다는……."

"네가 네 자신의 운명과 이 펜던트를 맞바꾼다면 너는 나 이상의 긴 세월의 시간을 가질 수 있을 거다."

긴 세월의 시간……. 수명이 길어진다는 건가? 저 아저씨의 말대로 몇만 년의 세월을?

"나……."

비틀어 짜내는 것처럼 목소리가 갈라졌다.

"나는 아저씨의 말을 믿을 수가 없어요. 그게 대체 무슨 소리인 지……."

"너는 네 수명을 저들에게 나누어 줄 수 있어. 천운이 다한 이들이 고 극히 이례적인 일이나 같은 피를 나눈 혈족이니 가능할 거다."

"……."

"어떻게 하겠니?"

그는 조심스럽게 물었으나 나는 대답을 할 수가 없었다. 피로 물든 흰 시트가 눈에 밟혀 고개를 돌릴 수조차 없었다. 나는 떨리는 한숨을 토해내듯 소리쳤다.

"선택의 여지가 없는 거잖아요!"

내가 날카롭게 부르짖자 그는 미안하다는 표정을 지었다.

"나로서는 어떻게 할 수가 없다. 내가 해줄 수 있는 것은 그 정도야. 애야, 내가 멈추어놓은 시간은 이제 곧 풀릴 것이다. 그렇게 되면 나도 네 눈앞에서 사라지겠지. 결정을 하지 않으면 안 된다."

'결정… 결정을…….'

그는 초조한 얼굴로 나를 쳐다보고 있었다. 나는 떨리는 양손을 움켜쥐며 그에게 물었다.

"그럼… 내가 그 펜던트를 받으면 살 수 있는 건가요?"

"그래."

"그럼 할게요. 당신의 말이 거짓이 아니라면요."

무언가 결정할 수 없을 정도로 혼란스러웠지만 한 가지만큼은 확실 했다. 내 부모님을, 동생을 저렇게 죽게 할 수는 없었다.

나는 뭐가 뭔지도 모른 채 남자에게 승낙한다고 말했고, 남자는 내 게 펜던트를 건넸다.

"이것과 맞바꿀 수 있는 것은 네 운명뿐이란다. 이것으로 인해 너는 많은 것이 달라지게 될 거다."

나는 양손으로 그것을 받아 들었다. 수레바퀴 모양의 펜던트는 열두 가지의 각기 다른 색의 돌이 끼워져 있었다. 나는 몸에 이상이 생기는 것을 느낄 수 없었으므로 이상하다는 표정으로 그를 돌아보았다.

"이게… 다예요?"

"아직은 익숙할 리 없겠지."

그는 어느새 긴 나무 지팡이를 들고 있었다. 문양 없이 밋밋한 그것을 나는 멍하니 쳐다보았다.

"그저 마음을 편하게 먹으려무나. 나머지는 내가 하마."

이해할 수는 없었지만 나는 고개를 끄덕였다. 그가 지팡이를 나에게 향하며 무어라 중얼거리자 무언가 묵직한 것이 가슴을 짓누르는 듯한 느낌을 받았다. 내게서 새어 나오는 무언가가 하얀 천에 뒤덮인 내 가족들의 시신으로 스며들고 있었다.

나는 그들에게 다가가 덮여졌던 천을 벗겨내고 숨소리를 확인하였다. 손목에 잡힌 맥박을 확인하며 다시 그에게로 고개를 돌렸다.

"그들의 수명을 백으로 잡아 네게서 이백 년가량의 수명을 뽑아냈다. 괜찮겠지?"

"예. 근데 운명과 맞바꿨다는 것은……?"

내가 불안한 듯 묻자 그는 안쓰러운 표정으로 나를 쳐다보았다.

"이 세계에서는 이 물건을 사용할 수가 없단다. 이들은 너를 도움으로써 형량을 줄여갈 수 있지. 너는 이 세계에 있을 수 없어."

"그, 그런……."

"미안하구나. 하지만 이미 어찌할 수 없단다."

　그는 그렇게 말하며 내 손바닥에 올려진 펜던트를 응시했다. 펜던트의 중앙에 박힌 투명한 유리 구슬에서 작은 글씨가 올라오고 있었다.

세르티드 레플리카.

　"그게 네가 가질 새 이름이다."
　"새 이름?! 말도 안 돼!"
　나는 펜던트를 내던지려 했지만 뿌리치려는 내 손에서 하얀 빛의 입자가 뿌려지고 있었다. 마치 원자 단위로 흩어지듯이 내 몸이 하얗게 스러지는 것을 보고 나는 비명을 질렀다.
　"이, 이게 뭐야! 이런 법이!"
　"다른 세계로 끌려가는 거다. 너는 이제 그곳의 존재니까."
　"아… 아아……!"
　그의 청천벽력 같은 말에 나는 눈물이 터져 나올 것 같았다. 하얗게 스러지는 내 몸은 서서히 하얀 빛의 입자로 화하고 있었다.
　"그, 그럼 아저씨! 가족들에게서 나에 대한 기억을 지워줘요! 내 친구들이나 내가 없어져서 걱정하게 될 모두한테서요!"
　필사적으로 외치는 내 말에 그는 천천히 고개를 끄덕였다.
　"그러마. 걱정하지 마라. 틀림없이 그리할 테니."
　그가 대답하는 목소리를 듣고 나는 안타까운 표정으로 내 가족들의 얼굴을 쳐다보았다. 이제는 다시 보지 못할 얼굴들이 그렇게 멀어지는 것이 너무나 가슴 아팠지만 이별의 순간은 짧았다. 시야가 밝은 빛으로 물드는 것을 보며 나는 정신을 잃었다.

【제1화】

열두 병의 종속자

열두 명의 종속자

"흑… 훌쩍……."

자면서도 울었나 보다. 아니, 기절했으니까 기절했으면서도……. 아무튼 계속 눈물이 터져 나오고 있었다.

'아무리 생각해도 내가 속은 것 같아. 아니, 속은 거 맞아. 이게 뭐야, 대체!'

나는 훌쩍이며 주위를 둘러보았다. 울창한 산길. 오가는 사람도 없이 적막한 곳이었다. 주위에는 아무도 없다. 달랑 내가 떨어뜨린 펜던트만이 곁에 있을뿐이었다.

나는 울고 싶은 심정으로, 아니, 정말로 울면서 주위를 돌아보았다.

"이거 꿈이지? 내가 꿈꾸는 거 맞지? 제발 꿈이라고 해줘!"

─꿈은 무슨 꿈이야! 헛소리 말고 펜던트나 주워!

날카롭게 질책하는 말에 나는 화들짝 놀라며 주위를 둘러보았다. 주위에는 분명 아무도 없었다.

'남자 목소리였는데……?'

나는 불안한 눈초리로 주위를 훑었다. 키가 작은 관목 숲과 수풀, 우거진 나무들이 보였지만 사람의 기척은 없다.

―어딜 보는 거야? 멍청하긴. 그 잔소리꾼이 하는 말을 뭐로 들은 거냐?

―…그렇게 말할 것까지는 없잖아요. 처음이니 당황할 수밖에요. 그는 우리와 같은 자들과 관계없는 세상에서…….

―닥쳐! 누가 네 잡설을 듣고 싶다고 했어? 잔소리를 하려면…….

―시끄러워! 이래가지고는 정리가 되지 않잖아! 그리고 너! 누구한테 닥치라는 거야! 닥치라면…….

―너한테 닥치라는 거다, 이 몸이 얘기할 때는!

―웃기고 있네! 이 몸은 무슨 이 몸!

―이래가지고는 정리가 되지 않습니다. 대표로 한 사람만 이야기하는 것이…….

―그래서 내가 먼저 말하려던 것 아냐!

―말하는 방법이 잘못되었어요. 그런 식으로 말을 하면 상대방에게 불쾌감을…….

―거참, 오늘 안에는 끝나는 건가, 이 소음?

쏟아지는 목소리들의 향연에 눈이 빙글빙글 돌아갈 것 같았다. 이건 분명히 펜던트 안에서 들려오는 소린데.

탁.

비실비실 몸을 일으키는 내 발치에 무언가가 걸렸다. 손바닥만한 갈색 책자였다.

'웬 책이야?'

심지어 표지의 앞부분에는 큼지막하게 '설명서' 라고 쓰여져 있다. 나는 미심쩍은 표정으로 그것을 바라보다 주워 들었다. 크기에 비해 두꺼운 책자였음에도 불구하고 책은 매우 가벼웠다.

"설명서……."

책장을 넘기자 하얀 속지가 눈에 들어왔다. 아무런 글씨도 쓰여져 있지 않은 탓에 다른 쪽으로 넘기려 했지만 곧 하얀 속지 위로 글자들이 떠올랐다.

"우… 우와!"

[제1조 1항] 관리인은 종속자의 힘을 사용할 수 있다. 이는 종속자의 동의 없이 가능한 것이므로 그의 동의를 얻을 필요는 없다.

[제1조 2항] 관리인은 필요 시에 종속자를 소환, 그의 도움을 받을 수 있다.

[제1조 23항] 관리인은 한 번에 세 명 이상의 종속자를 불러들일 수 없다. 이는 그 이상의 숫자를 불러내면 관리자가 제어하지 못할 가능성이 존재하기 때문이다.

[제2조 7항] 관리인은 종속자를 봉인할 수 있다. 이는 종속자의 동의 없이 가능하다.

[제2조 8항] 관리인은 종속자와의 계약을 파기할 수 있다. 하나 이렇게 되면 종속자는 심연의 세계에서 그 형량의 두 배의 시간을 보내야만이 봉인에서 풀려날 수 있다.

그 뒤로 길게 이어지는 문구에 나는 질린 듯한 표정으로 중얼거렸다.

"사항이 너무 많아. 나더러 어쩌라는 거지?"

—나를 당장 여기서 풀어줘!

또다시 펜던트에서 들려오는 소리에 나는 화들짝 놀라며 그것을 쳐다보았다. 그러자 비웃는 듯한 목소리가 들려왔다.

—멍청하기는… 놀랄 게 뭐가 있다고…….

—함부로 말씀하지 마세요. 그가 앞으로 우리를 맡게 되었으니까요.

책장 위로 또 다른 글씨가 떠오르고 있었다. 삽화가 곁들어진 문구에 나는 눈길을 돌렸다. 그것은 강렬한 녹색 눈동자를 가진 남자의 그림이었다. 검은 머리칼을 어깨까지 늘어뜨린 남자는 피에 젖은 검을 바닥에 꽂은 채로 정면을 노려보고 있었다.

"시온 시에트로 고르도스. 종족 마족. 형량… 잠깐만, 이게 단위가 어떻게 되는 거지?"

시온의 형량은 억 단위가 넘어서고 있었다. 대체 무슨 죄를 지은 거야?

2,307명의 천족과 하위신 둘을 살해. ＃＃＃＃＃…….

나머지 부분은 지워져 있었기 때문에 읽을 수가 없었다. 내가 묘한 눈길로 펜던트를 쳐다보자 다시 여자의 목소리가 말했다.

—시온님께서는 죄를 뉘우쳤기 때문에 이 자리에 있을 수 있는 거예요. 그러니 그리 경계하실 필요는…….

—어이, 꼬마! 살고 싶으면 나를 꺼내는 것이…….

나는 다시 책자 위로 눈길을 돌렸다. 나의 예상대로 설명서에는 내가 원하는 문구가 떠오르고 있었다.

[제2조 14항] 종속자는 관리인의 허락 없이 소환될 수 없다.

[제2조 19항] 관리인은 임의대로 종속자가 갇혀 있는 차원과의 연계를 끊을 수 있다. 이는 펜던트를 통하여 종속자와 연결되는 두 세계의 연결 고리를 닫아버리는 것과 흡사하며 이를 행하면 관리인은 종속자의 목소리를 들을 수가 없다.

'어떻게 끊으면 되지?'

계약 2조 19항에 의거, 나 세르티드 레플리카는 시온 시에트로 고르도스와의 연계를 끊겠습니다.

"에, 계약 2조 19항에 의거, 나 세르티드 레플리카는……."

—자, 잠깐! 잠깐만, 꼬마아아아!

비명 같은 시온의 목소리에 나는 무심결에 중얼거리던 것을 멈추었다.

"어? 왜요?"

—몰라서 묻는 거냐? 너 지금 나를 협박하겠다는…….

험악한 목소리가 울리자 나는 다시 책자 쪽으로 고개를 돌렸다.

"음, 레플리카는 시온 시에트로……."

—그, 그만! 알았다! 네가 원하는 대로 할 테니까!

나는 고개를 갸웃거리며 펜던트를 쳐다보았다. 연계를 끊는 것이 그렇게나 고통스러운 일인가? 내 물음을 알아차린 것인지 여자의 목소리가 대답했다.

─아무것도 없는 무의 공간에서 오랜 시간을 보내다 보면 그것만큼 고통스러운 것은 없지요. 그런데 이름이……

"아, 제 이름은……"

어?

나는 눈을 동그랗게 떴다.

어어어?

─왜 그러시지요?

의아한 듯 묻는 여자의 음성에 시온이 비웃듯이 말했다.

─이름이 생각나지 않는 거겠지. 운명과 맞바꾼다는 것이 무엇인 줄 알았냐? 너는 이제 영영 네 옛 이름을 되찾지 못할 거다.

비웃는 듯한 그 음성에 나는 샐쭉하게 눈을 뜨며 책장 위를 내려다 보았다.

"계약 2조 19항에 의거……"

─으아아악! 너 진짜 그럴 거냐!

왁왁거리는 남자의 목소리에 여자가 가볍게 웃는 듯한 소리가 들렸 다.

─그 정도로 해두세요. 이름은 나중에 짓게 되어도 상관없는 것이겠 지요. 이제부터의 당신은 당신 스스로가 만들어가는 것이니까요.

"아, 저기 세르티드 레플리카라는 게 새 이름이라고 하던데……"

─그건 관리인의 명칭이지 네 이름은 아니야. 뭐, 자기 이름으로 사 용하는 인간도 있기는 하지만 세르티드는 너무 길잖아?

─혀 짧은 어느 멍청이는 발음하지 못하는 단어라서 그런가?

빈정거리는 누군가의 말에 상대의 목소리가 발끈하며 외쳤다.

─이 추잡스런 마족이! 네놈은 네게 어울리는 시체나 끌어안고 있어!

―저능한 지능에 저능한 말투로군. 이 공간 어디에 시체가 있다는 건가? 너의 유치함과 어리숙함은 시간이 지남에도 발전이라는 것을 모르는 거냐? 듣는 자로 하여금 혐오감이 들게 하는 언행은 삼가는 것이 좋을 거다.

―그렇지. 나잇살 먹은 작자가 떠들어대는 것치고는…….

―시끄럽다! 고작 정령왕 주제에 이 몸에게 설교를 하는 건가? 그 너절한 육신을 형체도 남기지 않고 소멸시키고 싶은 것이 아니라면…….

―썩어 죽을 도마뱀 주제에 뚫린 입이라고 함부로!

마구 떠들어대는 목소리들은 내가 구분할 수 없을 정도였다.

'대체 몇 명이야? 돌이 열두 개니까 열두 명?'

다시 페이지 위를 올려다보자 글자가 떠올랐다.

천족 셋, 마족 넷, 용신왕 하나, 정령왕 하나, 환수 하나, 인간 둘. 모두 열두 존재가 되겠습니다.

'많다…….'

나는 싫은 표정으로 그들을 바라보았다. 관리인이라는 부담스러운 단어도 거슬렸지만 시끌벅적하게 떠들어대는 그들의 목소리를 듣자니 머리가 아플 지경이었다.

'하나만 부르고 다 닫아버릴까? 아니, 하지만 누굴 부르지?'

곤란한 표정으로 보고 있자니 페이지 위로 다시 글자가 떠올랐다. 후보를 보여주고자 하는 것 같았다.

삽화는 아름다운 금발을 늘어뜨린 은색 눈동자의 여자를 보여주고 있었다. 조용히 미소 짓고 있는 여자의 흰 옷자락 사이로 기이하게 꺾인 듯한 두 날개가 보였다.

에레타 에레트레스. 종족 천족. 형량 1,603,981년. 그릇된 힘을 사용. 그로 인해 유사 행성에 혼란을 가져옴.

"이게 뭐야? 그릇된 힘의 사용?"
─죽은 사람을 살렸다는 말이야. 살려서는 안 되는 녀석을 살려서 그 녀석이 지은 죄를 뒤집어쓴 거지. 멍청한 천족다운 죄목이랄까?
─에엣, 닥쳐요! 당신이 뭘 안다고 그런 소리를 하는 거예요! 에레트레스님은······.
─세리나, 흥분하지 말아요. 제가 죄를 지은 것은 분명하니까요.
'세리나?'
내가 머리 속에 물음표를 띄우며 책을 바라보자 그녀에 대한 설명이 쭉 펼쳐졌다.

세리나 샤우스 케탈. 종족 천족. 형량 780,502년. 유사 행성에 극소 종족을 멸절시킴. 신족 폭행. 신의 대전 및 시설 파괴.

'앞의 건 좀 그렇지만··· 신족 폭행하고 파괴는 어째 쪼잔한 것 같다는······.'
나는 그렇게 생각하며 세리나의 삽화를 들여다보았다. 푸른 단발 머리칼에 황금빛이 섞인 깊은 검은 눈동자를 가진 여자였다. 상당히 차분한 인상의 처녀였으나 시온에게 악을 쓰는 걸 보면 별로 그럴 것 같지 않다는······. 어쨌거나······.

'세리나는 날개가 없잖아? 천족이라던데…….'

내가 물끄러미 책장을 쳐다보자 또르륵 다음 글이 떠올랐다.

스스로 날개를 잘라내어 천족의 권위를 부정.

'으음… 천족의 권위를 부정이라…….'

─이곳에서 올려다보고 있으려니 무엇을 하시는 것인지 알 수가 없군요. 저희들에 관한 기록을 보고 계십니까?

젊은 남자의 음성이었다. 내가 힐끗 펜던트 쪽을 바라보며 다시 책장을 쳐다보자 글이 떠올랐다.

트레스 파월. 종족 인간. 형량 1,274,601년. 신의 권위를 부정. 유사 행성의 생명체를 말살.

그는 검은 로브를 뒤집어쓴 음침한 인상의 남자였다. 음울한 표정으로 로브를 깊숙이 쓰고 있는 터라 얼굴을 제대로 확인할 수는 없었지만 머리 색은 갈색인 것 같았다.

'무, 무섭다아…….'

─놀라셨습니까?

상냥한 물음에 나는 다시 펜던트 쪽으로 고개를 돌렸다. 그러자 시온의 목소리가 들려왔다.

─흥, 그렇다면 내 목소리를 듣고는 기절하겠군.

─꼬마의 위협에 비명을 지르던 게 아까의 누구더라아…….

발끈하는 시온의 목소리가 들리기 전에 트레스가 그들에게 말했다.

―유치한 도발은 그만두시죠. 대화가 되지 않잖습니까?

―흐흥, 너야말로 수작 그만 부리시지? 꼬마를 꼬드겨서 혼자만 밖으로 나갈 생각이신 건가?

비꼬는 듯한 여자의 음성에 나는 다시 책 쪽으로 고개를 돌렸다. 왠지 오늘 하루는 이러다가 다 가버리는 것이 아닐까?

오웬 렐라이즈. 종족 마족. 형량 2,003,742년. 천족 542명을 유혹하여 타락시킴. 유사 행성의 왕국을 멸절. 마신 살해.

오웬은 타오르는 듯한 붉은 머리칼에 쏘아보는 듯한 검붉은 눈동자를 지닌 여자였다. 검은 날개와 가죽옷이 잘 어울려 채찍만 들고 있으면 SM 포스터를 보는 것 같은……. 아무튼 글래머다.

―꼬마야, 네게 필요한 것은 내가 다 가르쳐 줄 수 있단다. 너도 조금만 훈련을 받으면…….

―애한테 무슨 헛소리야!

―흥, 기준 미달은 빠지시지!

다시 왁왁거리는 소리가 들리자 나는 아예 무시하기로 하고 펜던트를 집어 들었다. 목에 걸기는 좀 찜찜하기는 했지만 버릴 수도 없었다.

'주머니에 집어넣을까?'

내가 주머니에 집어넣을 듯한 액션을 취하자 인간(?)들의 비명이 들려왔다.

―야, 꼬마 너, 어디다 집어넣으려는 거야?

―아앗! 거긴 싫어! 목걸이에 줄이 달렸잖아! 왜 굳이 목에 걸지 않고오!

―이 ****할, *****한 ***가! 누굴……!

'시끄러!'

나는 조용히 설명서를 펴 들었다.

계약 4조 5항에 의거, 나 세르티드 레플리카는 30분간 이들과의 연계를 끊겠습니다.

"꺄아아악!"

찢어질 듯한 비명에 나는 하마터면 설명서를 떨어뜨릴 뻔했다.

―비명 소리다! 가보자!

―뭣 하러 가봐? 누가 강도나 몬스터를 만났나 보지.

―본인의 의사가 중요한 거지요. 가보고 싶은가요?

―가는 것이 좋지 않겠습니까? 일단은 이 세계의 인간을 만나서 이야기를 나누는 쪽이 정보를 얻는 데에 도움이 될 수 있을 것이라 생각되는데요.

―심심한데 가보지? 잘하면 구경거리도…….

"그만!"

한꺼번에 쏟아지는 목소리 속에 나는 비명을 지르다시피 소리쳤다.

"한 사람씩 얘기해요. 누가 무슨 말을 하는지 알아들을 수가 없잖아요!"

―하지만 누가 먼저…….

―그런 건 당연한 거 아닌가? 이 몸이 먼저 인…….

―헛소리 지껄이지 마! 천박한 마족 따위는 제일 끝자리로 밀어넣어도 모자라!

항상 이런 식인가? 나는 골치가 아프기 시작하는 것을 느끼며 시끌 시끌해지는 그들에게 한마디 의견을 건넸다.

"그럼 형량이 많은 사람 순으로 하면……."

─죄 많이 지은 게 자랑인가? 무슨 형량순으로 해! 차라리 반대대로 하면 모를까.

─그럼 가증스러운 네가 먼저 이야기를 꺼낼 권리가 있다는 말이냐? 웃기는구나! 찬물도 위아래가 있는 법인데.

─그만두시지요. 아까부터 계속…….

─천박한 인간 따위에게 들을 잔소리는 없어!

나는 질린 듯한 표정으로 들고 있던 펜던트를 목에 걸었다. 그들이 떠드는 말이야 어쨌거나 잃어버리게 되면 곤란해서다. 그리고 나는 눈썹 끝을 살짝 찡그리며 펜던트를 내려다보았다.

"30분 정도 시간을 드릴 테니까 누가 먼저 이야기를 할지 결정해 주세요. 그럼."

─뭐, 뭣! 꼬마야!

항의의 말이 튀어나오기도 전에 나는 재빠르게 설명서 위에 떠오른 글을 읽었다.

"계약 4조 5항에 의거, 나 세르티드 레플리카는 30분간 이들과의 연계를 끊겠습니다."

슉.

전파가 끊어지는 것처럼 그들의 목소리가 사라졌다. 나는 조용해졌음에 안도하며 비명 소리가 들려왔던 곳으로 고개를 돌렸다.

"뭘 어떻게 할 수 있다는 거야, 내가? 그러고 보니 아까……."

“누가 강도나 몬스터를 만났나 보지.”

시온이 했던 말을 떠올리고는 나는 눈살을 찌푸렸다. 몬스터? 괴물? 대체 이 동네, 뭐야?

‘설마 진짜 그런 게 있다는 소린가? 아무튼 인간의 도리로는 가보는 것이 좋을 것 같기도 한데…….’

비적비적 걸어가려는 내 귀에 또다시 비명 소리가 들려왔다. 아까와 비슷한 여자의 음성에 기이한 고함 소리도 섞여 있었다.

“크와아악!”

“하앗!”

날카로운 기합성이었다. 쇠로 돌을 두드리는 듯한 둔탁한 소리가 섞여 있는 것을 봐서는 난투극을 벌이는 것 같기도 하고.

‘액션인가? 소리만 들어서는 무슨 ‘13일의 금요일’ 같은…….’

이곳이 시가지라면 거칠 것 없이 달려가 보겠지만 인적이 드문 산길이었다. 내가 무슨 힘이 없는 이상은 괜히 달려가 봤자 방해만 되는 것이다. 그렇다고 못 본 척할 수도 없고.

“아까 뭘 빌릴 수 있다고…….”

[제1조 1항] 관리인은 종속자의 힘을 사용할 수 있다. 이는 종속자의 동의 없이 가능한 것이므로 그의 동의를 얻을 필요는 없다.

[제1조 2항] 관리인은 필요 시에 종속자를 소환, 그의 도움을 받을 수 있다.

[제1조 23항] 관리인은 한 번에 세 명 이상의 종속자를 불러들일 수 없다. 이는 그 이상의 숫자를 불러내면 관리자가 제어하지 못할 가능성이 존

재하기 때문이다.

[제3조 1항] 종속자는 소환 시에 힘의 일부만을 사용할 수 있다.

[제3조 2항] 종속자는 관리인의 허락 하에 30초간 힘의 절반가량을 사용할 수 있다.

항목이 주르륵 나열되자 나는 그것을 바라보며 다시 한 번 물었다.

"어떻게 사용하는……."

계약 1조 1항에 의거, 나 세르티드 레플리카는 시온 시에트로 고르도스의 힘을 빌리겠습니다.

하필이면 시온이야? 그 사람 힘이면 좀 무작스러울 것 같은데… 아무튼.

"계약 1조 1항에 의거, 나 세르티드 레플리카는 시온 시에트로 고르도스의 힘을 빌리겠습니다."

펜던트의 검은 돌에서부터 검은 기운이 흘러나와 내 몸으로 흘러들어 왔다. 묘하게 몸이 가벼워지는 것 같으면서 오른손의 손아귀 안으로 무언가 묵직한 것이 떨어졌다.

"엥?"

시온이 그림 안에서 들고 있던 그 검이었다. 기묘한 광택을 지니고 있는 검은 내 키보다 컸다. 손잡이도 길고 검날도 긴 검이었다. 게다가 찝찝하게 검날에 검붉은색이 물들어 있기도 하고.

"내가 무서워서가 아니라 이 검이 무서워서 도망가겠다. 이거 내가 휘두를 수나……? 있네."

검은 존재감이 느껴질 정도의 무게밖에 되지 않았다. 마치 손아귀로 빨려 들어갈 듯이 가볍다. 나는 그것을 미심쩍은 얼굴로 바라본 후 미적미적 소리가 들린 쪽으로 걸어갔다. 물론 사태를 지켜본 후에 도울지 말지를 결정할 생각이었다.

방향을 제대로 잡은 것인지 거리가 가까워진 탓인지 싸우는 소리가 점점 더 크게 들리고 있었다. 사내들의 고함 소리나 정체를 알 수 없는 괴성을 들으며 나는 정신병자와 싸우는 무리들 내지는 진짜 그 괴물이라는 것이 있는 건가 싶었다.

'내 몸 하나를 지키느냐, 누군가를 도와줄 수나 있느냐… 응? 으, 으아아!'

부들부들 떨며 나무 뒤에 몸을 고정시킨 채 고개를 빼고 그 모습을 쳐다보자니 장난이 아니었다. 쉬익 하고 빛 줄기 하나가 내 바로 옆의 나무를 후려갈기는 것을 보고 나는 깜짝 놀라 얼른 머리를 숨겼다.

'뭐지? 저게 대체 뭐야?'

분명 대규모의 전투 부대가 몬스터들과 싸움을 벌이고 있었다. 그런 주제에 무슨 고함을 지르느냐 이 말이다. 내 눈에 보이는 여자라고는 갑옷을 두른 기사들 뒤에 선 여자밖에는 보이지 않았는데 그녀와 몬스터들과의 거리는 상당했다. 숨어서 지켜보고 있는 내 쪽이 더 몬스터와 가깝다 이 말이지.

'괜히 왔다… 를 떠나서 대체 이 동네 뭐야? 저거 영화 촬영은 아니지?'

방어선을 구축한 채 검을 휘두르는 기사들의 모습은 단연 압권이었다. 돈 주고도 볼 수 없는 싸움 장면이지만 팔이 잘려 나가는 요상한 괴물의 모습에 나는 질겁을 하며 고개를 돌렸다.

나도 액션 영화를 즐겨 보기는 하지만 호러 취향은 절대 아니란 말이다. 게다가 저건 거의 난도질 급의……. 우웨엑! 속이 울렁거린다.

쿠웨에에엑!

돼지 멱 따는 듯한 소리에 눈살을 찌푸리던 나는 쉬이잉 하고 바람을 가르는 소리에 잽싸게 몸을 틀었다. 반사적으로 몸을 옆으로 빼는 내 바로 앞으로 배틀액스가 지나쳐 나무에 처박혔다.

"으… 으아악!"

번들번들한 배틀액스의 날에 내 모습이 비치고 있었다. 나는 자지러질 듯 놀라며 뒤로 주저앉았다. 그나마 들고 있던 검이 손아귀에서 미끄러져 바닥에 푹 하고 박혔다. 황소 대가리를 건장한 사람의 육신에 턱하니 얹고 있는 그것은 지축을 울리며 내게 달려오고 있었다. 한데 배틀액스가 저게 하나가 아니다악!

"흐, 흐에엑!"

멍하니 입을 벌리며 쳐다보고 있을 틈이 없었다. 나는 네 발로 기다시피 도망쳤지만 괴물의 쿵쿵거리는 소리는 점차 가까워지고 있었다. 겁에 질린 얼굴로 뒤를 돌아보자니 놈이 머리 위로 치켜 올린 배틀액스가 번쩍 하고 빛이 났다.

"으앙!"

크워어어어!

포효하는 놈의 목소리가 내 비명 위로 겹쳐지고 있었다. 나는 아래로 내리 꽂히는 그것을 보며 반사적으로 양손에 든 설명서로 내 앞을 가로막았다.

퍼억!

오, 오잉?

손 안으로 파고드는 묵직한 감각에 나는 기묘한 표정으로 눈을 떴다. 놀란 것은 저 괴물도 마찬가지였다. 내 손에 쥐어진 자그마한 책자가 배틀액스를 막아내고 있었던 것이다.

자신의 무게를 실어 낑낑거리며 힘을 주던 괴물은 나와 눈이 마주치자 고함을 질렀다.

크와악!

"으악!"

나는 비명을 지르며 책자를 휘둘러 배틀액스를 쳐냈다. 놀랍게도 괴물은 내 힘에 밀려 무기와 함께 비틀거리며 물러섰다.

"으, 으악! 으아아악! 사람 살려!"

있는 대로 고함을 지르는 내 모습에 괴물은 자극을 받았는지 배틀액스를 들어 올리며 포효를 했다. 으흐흑… 난 맛 없단 말이야, 이 괴물아아!!

허둥거리며 달려가는 내 귓가로 구원의 목소리가 들려왔다.

"엎드려!"

째질 듯한 그 목소리는 어조가 상당히 날카로웠지만 내게는 천상의 음률처럼 느껴졌다. 나는 그 말을 듣자마자 풀숲에 얼굴을 처박다시피 몸을 웅크렸다.

슈웅!

섬뜩한 무언가가 내 머리 위 상공을 지나가며 괴물에게로 날아들었다.

풀썩!

무언가 커다란 것이 넘어가며 들려오는 소리에 나는 반사적으로 고개를 들었다.

"히끅."

숨이 넘어가는 듯이 딸꾹질이 나왔다. 잘려진 단면에서 흘러나오는 내장과 피. 상단은 이미 바닥에 떨구어져 있었고 나머지 부분도 흙 바닥으로 쓰러지고 있었다.

나는 덜덜덜 떨리는 손을 끌어당겨 바닥을 짚었다.

내 머리 위로 날아온 그 무언가가 괴물의 몸통을 깨끗이 베어 넘긴 것이다. 만약 그 누군가가 소리친 대로 엎드리지 않았다면 저렇게 되는 것은 나였을지도 모른다.

"이런! 뭐 하는 거야! 얼른 도망쳐!"

사람들의 고함 소리에 나는 겁에 질린 표정으로 그들을 돌아보았다. 그 무언가를 날린 것은 저들인 모양이었다. 하나 나의 존재를 알아차린 것은 그들뿐만이 아니었다. 그들의 앞을 가로막고 있는 몬스터들도 나의 비명 소리를 들은 것이다. 더군다나 그들 중 몇 놈이 나를 향해 방향을 바꾸기까지 했다.

"흐윽!"

나는 바닥을 움켜쥐며 몸을 일으켰다. 몸의 떨림을 떨쳐 내듯 고개를 흔들어 보이고는 도망칠 곳을 찾아 눈길을 돌렸다.

크르륵!

난 운이 없나 봐. 저 앞쪽에도 나타났다아!

앞뒤로 육박해 오는 괴물들의 모습에 애가 탄 것은 나뿐만이 아니었다. 무어라 기사들이 고함을 질렀지만 겁에 질린 나는 그들의 조언에 귀를 기울일 처지가 아니었다.

'검!'

도망칠 길을 찾아 필사적으로 두리번거리는 내 눈에 검이 뜨였다.

저거라도 있으면 그래도 없는 것보다는 낫다!

후닥닥 달리는 내 손에 묵직한 검의 손잡이가 닿자마자 나는 그것을 끌어 올렸다. 긴 검신은 바닥에 끌릴 정도였지만 차라리 길어서 좋다.

"오, 오지 마! 오지 마!"

나무를 등에 대고 위협하듯 좌우로 휙휙 휘두르자 다가오던 괴물들이 움찔하고 멈추어 섰다. 그러나 그것은 정말 잠깐뿐이었다. 어설프게 검을 흔들어대는 내 모습에 괴물이 다시 포효하며 달려들었던 것이다.

"이게 뭐야아!"

나는 원망스럽게 외치며 검을 다잡았다. 어설프게 검을 휘두르다가는 놈들이 휘두르는 무기에 검이 부딪쳐 검을 놓칠 수도 있었던 것이다. 다가오는 놈들은 모두 다섯. 좌측이 셋이고 우측이 둘이었다. 오른쪽보다는 왼쪽의 놈들이 더 빠르게 다가오고 있다.

"서, 선수 필승!"

부웅!

내게서 어떤 용기가 솟았는지는 모르겠다. 어쨌든 나무에 등이 막힌 채로 놈들을 맞았다가는 퇴로가 막힐 위험이 있었다. 나는 바닥을 박차며 놈들에게 검을 휘둘렀다. 앞서 달려오던 놈은 내가 검을 휘두를 것이라고는 생각하지 못했는지 내가 휘두른 검이 코앞에 다다르자 질겁을 하며 뒤로 물러섰다.

하지만 덤벼드는 것은 한 녀석이 아니었다. 다른 녀석이 측면으로 비켜서며 내게 칼을 들이댄 것이다.

나는 검을 비틀어 녀석의 검을 팅겨내고 자세를 낮추며 검을 반원형으로 휘둘렀다. 간발의 차로 내 검을 피했던 첫 번째 녀석이 목에서 피를 쏟으며 뒤로 쓰러졌다.

시온의 검은 거의 창이라 해도 좋을 만큼 길었다.

검을 타고 흐르는 핏줄기를 떨쳐 내며 검을 잡아당기자 내 어깨를 노리고 세 번째 녀석이 창을 찔러들었다. 반사적으로 내뻗는 내 검과 창이 뒤엉키면서 검을 타고 푸르스름한 기운이 솟구쳤다.

스각.

종잇장을 가르는 듯한 소리와 함께 창이 댕강 잘려 나간다. 나는 뭐랄까, 멍청한 표정을 지으며 그것을 바라보고 있는 대신 한 발을 내뻗으며 검을 종으로 휘둘렀다. 그러자 검날 위로 흐르는 기운이 물결처럼 퍼져 나가며 괴물의 상단을 가르고 지나갔다.

캐액!

아까 그게 이건가? 으엑!

왼쪽으로 들어오는 칼날에 오른발을 축으로 몸을 틀자 머리칼을 가르며 괴물의 칼이 스쳤다. 왼발을 뒤로 뻗어 바닥을 디디며 아래로 내렸던 검날을 튕기듯 위로 치켜들자 단번에 괴물의 팔이 떨어졌다. 하지만 검에는 뭉텅한 무언가를 베었다는 느낌밖에는 들지 않았다. 나는 기계적으로 검을 뒤틀어 녀석의 목을 베어냈다.

솟구치는 피를 피해 검을 거두며 물러서자 내 주위에서 주춤거리고 있는 괴물들의 모습이 보였다.

어라아?

처음 막무가내로 달려들던 모습과는 달리 검을 당긴 채로 거리를 재는 신중한 모습이었다. 나는 약간 의아하게 그것을 쳐다보다가 이상한 것은 바로 나라는 것을 깨달았다.

'아니, 내가 언제 검을 쓸 수 있게 된 거지? 방금 아무렇지도 않게 휘둘렀지, 나?

이제껏 검은커녕 남들에게 주먹질 한 번 하지 않고 살아온 나였다. 한데 검이라니? 게다가 거리낌없이 휘둘러서—괴물이기는 했지만—죽이기까지 했다.

'장족의 발전… 아니, 퇴화인가? 나는 이런 폭력적인 정서는 기른 적이 없는데?'

스스로도 판단할 수가 없어 혼란스러워하고 있는데 가까이서 고함 소리가 들려왔다.

"매직 미사일!"

굵은 중년 남성의 음성에 길쭉한 무언가가 여섯 개나 나타나 나를 둘러싸고 있는 몬스터들에게로 쏟아졌다.

쾌에엑!

비명을 지르며 쓰러지는 그들을 멍하니 보고 있자니 다시 고함 소리가 들려왔다.

"멍청하긴, 뭘 보고만 있어!"

남자의 호통에 나는 반사적으로 검을 치켜들었지만 내 힘이 필요할 정도는 아니었다. 내 앞을 가로막듯 달려드는 기사들이 몬스터를 베어 넘겼던 것이다. 내가 몬스터 셋을 해치우는 동안 다른 몬스터들을 쓰러뜨리고 이곳으로 달려온 모양이었다.

메이스를 휘두르며 몬스터의 머리를 깨부수는 광경에 내가 얼른 고개를 돌리자 한시름 놓았던지 누군가가 말을 걸었다.

"그 정도 실력을 가지고 있으면서 왜 꽥꽥거리며 소리를 지른 거야? 진짜로 위험한 줄 알았잖아?"

남자의 퉁명스러운 말에 나는 얼빠진 표정으로 그를 쳐다보았다. 이 목소리는… 나보고 엎드리라고 했던 그 남자다.

"아, 도와주셔서 감사……."

"아니, 인사는 됐고. 어디서 검을 배운 거지? 나이도 별로 들어 뵈지 않는데."

나는 무심결에 나보다 키가 큰 그를 올려다보며 말했다.

"배운 적 없는데요?"

내가 눈을 동그랗게 뜨며 그를 쳐다보자 그는 눈살을 찌푸렸다. 파란 머리칼에 미남자여서 찌푸려도 잘생겼다. 이십대 초반쯤 되어 보였는데 내가 어리다고 생각해서 그런지 처음부터 반말이었다.

"배운 적이 없다고? 검기를 날리는 광경을 내가 똑똑히 보았는데도 배운 적이 없다는 말이냐?"

묘한 불쾌감이 담긴 어조였다. 내가 거짓말을 하고 있다고 생각하는 모양이었다. 뭐라고 대답해야 하나 궁리하고 있는데 옆에서 누군가가 말을 걸었다.

"검을 처음 써본 거라고? 그래, 올해로 나이가 어떻게 되나?"

나이가 꽤 들어 뵈는 중년 남자였다. 다른 기사들과는 달리 갑주에 문양이 그려져 있었다. 그는 희끗희끗한 회색 머리칼에 갈색 눈을 가진 사람이었는데 친절해 뵈는 미소를 지으며 나를 쳐다보았다.

"열여섯인데요?"

내 말에 다른 몬스터들은 없나 주위를 경계하고 있던 기사들이 기묘한 눈길로 나를 돌아보았다.

'열여섯 맞는데… 내가 그렇게 들어 보이나?'

열여섯이라는 내 말에 나를 쳐다보는 중년 남자의 눈에 광채—순간적이지만 내게는 그렇게 보였다—가 어렸다.

"그, 그래? 열여섯이란 말이지? 검은… 배운 적이 없고?"

"예."

거짓말을 하는 것은 아니었기에 순순히 고개를 끄덕였다. 그때 그들의 뒤에서 갈색 머리칼에 푸른 눈을 가진 시원스럽게 생긴 남자가 다가와 물었다.

"한데 왜 이런 숲 속에서 혼자 헤매고 있었던 거야? 여긴 몬스터가 많이 출몰하는 지역이라고."

못해도 십대 후반이나 이십대 초반을 넘겼을 듯한 남자였다. 푸른 머리칼의 남자에게 아무렇지도 않게 손을 올리는 것을 봐서는 친구인 것 같은데 상당한 동안이었다.

"여자 비명 소리가 들려서요."

내 말에 다시 사람들의 시선이 그들의 뒤쪽에 있던 마법사들에게로 향했다. 아무도 마법사라고 말해 주지는 않았지만 아까 활약하는 것을 다 봤으므로 그걸 알아차리는 것은 어렵지 않았다.

사람들의 시선에 얼굴이 빨개진 여마법사는 고개를 푹 수그렸다.

"실전은 처음이라서……."

에헤, 그럼 견습인가? 내가 눈을 동그랗게 뜨며 그들을 쳐다보고 있자니 아까의 갈색 머리칼 남자가 말을 걸었다.

"이거, 네 물건이지?"

남자가 내민 것은 펜던트에 딸려 있던 설명서였다. 검을 집어 드는 와중에 놓쳐 버린 모양이었다.

"아, 예!"

얼른 그것을 받아 들자니 남자는 씩 웃으며 말했다.

"예쁘게 생겼네? 크면 미인이 되겠는데? 아니, 한 일이 년 후니까 금방인가? 그때 후보로 나도 끼워주지 않을래?"

"예?"

어리둥절하게 그를 쳐다보자 그는 안색을 바꾸며 말했다.

"어? 여자 아니야?"

"예? 그게……."

무심결에 나는 내 옷을 내려다보았다. 편한 셔츠에 점퍼 차림, 거기에 바지를 입고 있지만 스스로가 남자라는 자각이 느껴지지 않는다.

'하지만 딱히 여자라는 생각도…….'

없었다. 아무런 자각이 없는 것이다. 머리카락의 길이도 너무 길지도 짧지도 않았고 체격은 호리호리했지만 스스로 어떻게 여겼다는 기억이 없었다. 부모님의 이름이나 친구들의 이름, 그들에 관한 기억은 있었지만 나에 관한 것은 마치 벌레가 먹어 들어가는 것처럼 기억 속에서 빠르게 사라지고 있었다.

교복을 입은 모습도 상의… 까지만 생각이 나고 하의의 모습이 어땠는지가 떠오르지 않았다. 친구들의 얼굴도 남자, 여자가 골고루 떠오르는데 그중 누가 나와 가장 친했는지, 누군가와 어울렸는지는 잘 기억이 나지 않는 것이다. 심지어 동생이 나를 부른 호칭도 모르겠다.

'무, 무언가 철저하잖아! 꼭 이래야 하는 이유가 있어?!'

이름이 기억나지 않는데 이어 성별까지 떠오르지 않자 나는 상당히 불안한 기분을 감출 수가 없었다. 성별이라 함은 한마디로 벗겨놓고 확인하면 그만인 문제인 것이다. 한데 그 관련 지식이 하나도 떠오르지 않는다는 것은… 굉장히 불길하다. 일단 내 감각을 말하자면 가슴이 납작하고(?), 그리고 아래에도 아무것도 없다(?). 단순히 가슴이 없는 여자인가 하고 판단하고 싶지만 아닐 것 같다는 생각이 강하게 뇌리를 관통하고 있었다.

내가 불안한 표정으로 내 옷자락을 내려다보고 있자 파란 머리칼의 남자가 한심스럽다는 듯이 갈색 머리칼의 남자를 노려보며 말했다.

"쓸데없는 소리 말고 보호자가 어디 있는지나 물어봐!"

"하하, 크리스가 좀 괴팍맞지. 네가 이해해라. 애인한테 차인 지가 얼마 되지 않아서."

"호오!"

갈색 머리칼의 남자의 말에 뒤쪽에서 나타난 남자가 그의 목덜미를 덥석 붙잡았다. 그는 약간 험악해 뵈는 인상의 남자로 그의 어깨 너머로 불쑥 얼굴을 들이밀며 말했다.

"애인이라면 나를 말하는 건가?"

힉! 메이스로 괴물의 머리를 무지막지하게 내려치던 그 사람이었다. 분명 괴물의 머리가 깨졌으니까 저 메이스에도 뇌수가 붙어 있을걸? 나는 그것을 보고 싶지 않아 슬금슬금 그에게서 물러섰다.

"뭐, 벤슨 씨가 결혼을 해버렸으니 구제할 도리 없이 완전히 차인 거지요."

"…닥치지 않으면 베어버린다."

크리스가 음산한 목소리로 말하자 갈색 머리칼의 남자는 나를 향해 손을 내저었다.

"봐, 그래서 아직도 애인 앞이면 신경이 예민… 우왁!"

쉬잉!

무시무시하게 휘둘러지는 칼날에 갈색 머리칼의 남자는 얼른 머리를 잡고 물러서 버렸다.

"흐엑! 이번에는 진짜 위험했다!"

"레너드, 적당히 하라고. 그러다 정말 베이면 후작님도 책임져 주지 않으실걸?"

벤슨이라는 남자가 키득거리며 그렇게 말하자 레너드는 삐죽거리며 어깨를 들썩였다.

"죽으면 어차피 다 끝 아닙니까?"

"그래서, 좀 일찍 보내줄까?"

크리스가 살기등등한 목소리로 말하자 레너드는 몸을 뒤로 빼며 설 레설레 고개를 저었다. 그는 싱글싱글 웃으며 나에게 물었다.

"그래서 혼자야? 일행은?"

"…없는데요. 그런데 다른 분들은 왜 여기에 오신 거예요?"

"그건……."

레너드가 말하려는데 벤슨이 얼른 가로채며 대답했다.

"주기적으로 몬스터를 토벌하는 시기라 몬스터를 토벌하러 나온 거 지. 견습 기사들의 연습도 겸해서 말이야. 한데 혼자라고? 혼자서 이 숲을 지나고 있었다는 말인가?"

이걸 지나고 있다고 해야 되는 건가? 사실을 말하자면 숲의 길가에 주저앉아 울고 있었다.

"뭐, 그렇죠."

내가 약간 머뭇거리다가 고개를 끄덕이자 크리스는 날 상당히 미심 쩍은 눈으로 쳐다보았지만 후작이라는 사람은 달랐다. 내게 적극적으 로 관심을 보이며 말을 건넸던 것이다.

"그렇다면 고향은 어딘가? 부모님께서는 무얼 하고 계시지?"

"아… 그게……."

뭐라고 말을 해야 되나. 한국이라고 말해 봤자 듣도 보도 못한 나라라고 할 테고, 부모님은 다른 세계에 계시다. 그러고 보니 나 없이도 잘살고 계시려나? 하긴 나에 대한 기억을 지워달라고 부탁했으니 문제없을 거다.

이런 생각을 하다 보니 아까 깜짝 놀라서 멈췄던 눈물이 다시 흐르기 시작했다. 내가 갑작스럽게 눈물을 글썽이며 울기 시작하자 주변에 있던 남자들이 모두 다 화들짝 놀랐다.

"아, 아니……?"

"후작님, 왜 애한테 쓸데없는 걸 물어보고 그러십니까? 다 사정이 있어서 그런 거겠죠."

"그러게 말이야. 무슨 호구 조사 하는 것도 아니고."

레너드가 먼저 후작을 비난하고 나서자 벤슨이 그를 거들었다. 후작은 뻘쭘한 얼굴로 나를 쳐다보더니 진정하라는 듯이 내게 말했다.

"그래, 혼자 여행하고 있다는 말이지? 그럼 도시에 다다를 때까지 우리 기사단과 함께 가면 어떻겠냐?"

"예?"

내가 놀란 얼굴로 그를 쳐다보자 후작은 힘을 실은 어조로 다시 덧붙였다.

"몬스터를 토벌하는 일도 거의 다 끝나가니 동행해도 괜찮을 거다. 무엇보다 안전할 테고 말이다."

"그래그래, 네가 동행하면 안젤리카도 좀 더 지내기 편할 테고."

"안젤리카?"

내가 어리둥절해하니까 레너드가 슬쩍 내 곁으로 다가와 귀띔해 주었다.

"사모님."

“어허, 형수님이라고 불러야지!”

벤슨이 아저씨답게 껄껄대며 웃자 마법사들 곁에서 그들을 보호하고 있던 여기사가 다가와 그에게 말을 걸었다.

“뭐예요? 내 말을 하고 있었던 것 같은데?”

“아, 아니야, 안젤라.”

여기사가 날카롭게 묻자 허둥대는 폼이 상당히 잡혀 사는 모양이었다. 벤슨이 무어라 안젤라에게 나에 관한 설명을 하는 동안 레너드는 씩 웃으며 내 어깨를 두드렸다.

“뭐, 조금 시끄럽기는 해도 좋은 사람들이니까. 같이 가는 거다?”

“예.”

어차피 도시 쪽으로는 어떻게 가야 하는지도 모르던 터였다. 내가 순순히 그러겠다고 하자 후작은 아주 만족스러운 표정으로 고개를 끄덕였다.

【제2화】
기사단과의 동행

기사단을 따라 내려간 곳은 소르핀이라는 작은 영지였다. 몬스터의 출몰이 많은 곳이라 자체적인 기사단도 강했지만 수련 기사들을 이끌고 이곳으로 온 할튼 후작의 기사단이 더 강한 것 같았다.

영주는 할튼 후작을 깍듯이 대접했고, 나는 기사들에게 뒤섞여 그날은 그곳에서 머물기로 했다. 공무 중인 터라 벤슨은 부인인 안젤라와 같은 방을 쓰지 못했는데 그 탓으로 나는 안젤라와 같은 방을 쓰게 되었다.

안젤라는 저런 산적 같은 인상을 가진 벤슨의 부인이라고는 믿어지지 않을 만큼 미인이었다. 그날 방을 같이 쓰며 이런 저런 이야기를 나눴는데 먼저 청혼한 쪽은 의외로 안젤라라고 했다. 벤슨은 보기와는 달리 수줍음을 많이 타서 답답한 마음에 참지 못하고 먼저 말했다는 것이다.

내가 어떻게 기사가 되었냐고 묻자 수도의 기사단에는 자신 말고도 많은 여기사들이 있다고 대답했다. 사실 수련 기사들 중에도 여기사들이 많은데 대부분 소르핀이 아닌 다른 영지로 수련을 떠났단다. 자신은 벤슨과 같이 있고 싶어서 이쪽으로 온 거라나? 아무튼 닭살 돋는 신혼이었다.

몬스터의 토벌이 거의 다 끝났다는 후작의 말은 사실인 것 같았다. 몇 가지 업무 처리나 여행 준비가 남아 기사단은 하루 더 영지에 남아 있을 거라고 했다. 그들이 다음날 출발한다는 사실에 나는 다시 내 거처 문제에 대해 고민해 봐야 했다.

하루 동안의 자유 시간이 생겼으므로 벤슨과 안젤라는 데이트를 가고 나는 크리스와 레너드를 따라 성 밖으로 나왔다. 크리스는 생긴 것 답지 않게 잠이나 퍼 자겠다는 것을 레너드가 끌고 나온 것이었다.

'한데…….'

묘하게도 펜던트 쪽이 조용했다. 30분이 넘어도 한참이 넘었던 것이다. 나는 밤사이 설명서를 읽으며 그들이 말을 걸 때를 기다렸지만 의외로 조용하기만 했다. 설마 하니 대표를 정하지 못해서 자기들끼리 싸우고 있는 건가?

'에이, 설마…….'

나이깨나 먹은 사람들이 그럴 리가 없잖은가. 형량이 그렇게 많다는 것은 이미 살아온 날들이나 살아갈 날들도 많다는 소린데, 그 정도라면 어느 정도의 여유가…….

'있었던가?'

더 이상은 생각하기 귀찮았으므로 나는 설명서를 목걸이 속으로 집어넣었다. 설명서는 부르면 나오고 들어가라고 하면 목걸이 속으로 빨려 들어갔기 때문에 여러모로 편리했다(도끼에 맞아도 찢어지지 않고 말이지). 책이 좀 더 컸으면 모서리를 이용하여 무기로 사용할 수도 있을 것 같지만 그건 접어두고 나는 시내 구경에 좀 더 주의를 기울이기로 했다.

"옷을 사도록 하지? 내가 사줄게. 지금 네가 입고 있는 옷은 상당히 튀거든. 뭔가 이상하다는 것은 아니지만 여행하기 불편해 보이기도 하고. 괜찮지?"

사준다는 데 마다할 이유는 없었다. 레너드가 앞장을 서고, 내가 그 뒤를 따르고, 크리스가 우리들의 뒤를 투덜투덜 따라왔다.

사실 맨몸뚱어리만 달랑 이 세계에 온 것이라서 옷이 하나도 없었다. 그것을 눈치챈 것인지, 아니면 안젤라가 귀띔해 준 것인지 옷을 사준다는 것이다.

그는 시내에 있는 옷 가게를 둘러보다 냉큼 하나를 골라 그 안으로 들어갔다. 가게는 여성 옷을 전문으로 하는 곳이라 찌푸린 얼굴로 들어가기를 거부하는 크리스까지 질질 끌고 안으로 들어갔다.

'헤에, 그래도 옷은 비슷비슷하네. 후줄근한 옷만 있을 줄 알았더니.'

레너드는 여동생이나 누나도 없다면서 상당히 능숙하게 내 옷을 고르고 있었다. 나도 한두 벌 고르기는 했지만 레너드가 고른 것에 비하면 약과였다.

"이거 다 입어봐야 되는 거예요?"

그가 크리스에게 들려준 옷들을 바라보며 묻자 레너드는 당연하다는 듯이 고개를 끄덕였다.

"고롬! 입어보지 않고는 확실히 맞는지 어쩐지를 알 수 없잖아? 기왕 사주는 건데 사이즈가 꼭 맞아야지."

가게 테이블에도 레너드가 골라둔 옷들이 가득 올려져 있었다. 하나 레너드는 아직도 모자라다고 생각하는지 두 손 가득 옷이 걸린 옷걸이를 들고 있는 크리스의 입에 옷걸이를 물리려다가 크리스가 눈을 부라리자 얼른 제자리에 걸어두었다.

'한 벌 정도 사주려는 건 줄 알았더니 이거 상당히 본격적인데? 그냥 받아도 되려나?'

나는 쭈뼛거리며 옷을 들고 탈의실 안으로 들어갔다. 레너드가 건네준 것은 하늘색 원피스여서 나는 조금 미심쩍은 표정으로 그것을 쳐다보았다. 내가 입었던 옷차림을 생각해 보면 확실히 남자 아이의 모습이 강했지만 내가 팔다리가 가늘고 호리호리한 탓에 기사단 사람들은 여자로 단정 짓는 모양이었다.

'뭐, 별로 몸에 붙는 타입은 아니지만.'

어젯밤은 안젤라가 같이 목욕하자고 하는 바람에 기겁해서 아무것도 확인하지 못하고 그대로 침대 속으로 기어들어 갔다. 그나마 오늘 안젤라가 밖으로 나가는 것을 확인하고 옷을 벗으려는데 레너드가 들어와 나를 끌고 나온 것이다.

'가슴이 없는 여자가 유력한데 말이야.'

나는 레너드가 건네준 옷을 입기 위해 셔츠를 벗으며 불안한 눈길로 내 아래쪽을 쳐다보았다. 일단 아래쪽이 밍숭밍숭하니 여자인 것 같지만 솔직히 말해 위쪽의 상태를 보자니 그것만으로는 안심할 수가 없었다.

"……."

물끄러미 바라보다 나는 문득 탈의실 안쪽에도 커다란 거울이 붙어 있다는 것을 의식했다.

'버, 벗어봐?'

문이 단단히 잠겨 있음을 확인하고 옷을 벗자니 내 몸을 보는데도 살이 떨리는 것 같았다. 마침내까지라고 할 것도 없이 바지를 벗고 속옷을 내리는 순간 나는 하얗게 질려 버렸다.

"으… 으아악!"

내 커다란 비명에 탈의실 밖에 있던 레너드가 문을 두드렸다.

쾅! 쾅!

"세틴, 무슨 일이야?"

"아, 아무것도 아니에요! 들어오지 말아요!"

바닥에 주저앉은 내가 다급히 소리치자 문을 두드리던 것이 멈추어졌다. 이 상황에 레너드가 탈의실의 문이라도 부수면 그야말로 대형 참사인 것이다.

나는 얼른 옷을 걸치고 탈의실 바닥에 쪼그리고 앉아 설명서를 꺼내들었다. 설명서를 펼쳐 열심히 책장을 뒤적였지만 나온 것은 단 한 줄 뿐이었다.

계약자는 그 행성에 존재하는 종족으로 재구성된다.

누가 이런 것 알고 싶대? 운명을 팔아도 내 성별을 팔아치운 기억은 없어! 대체 이게 뭐냐고! 결혼은 어떻게 하고 애는 어떻게 만들어! 자웅 동체냐! 생각 같아서는 설명서를 갈기갈기 찢어서 바닥에 내동댕이 치고 싶었지만 무슨 놈의 종잇장이 꿈쩍도 않는다.

"…제길."

"세틴, 괜찮은 거야?"

탈의실 바깥에서 조심스럽게 묻는 레너드의 말에 나는 부스스 몸을 일으켰다. 일단은 동요하는 모습을 보이지 않기 위해 레너드가 건넨 옷을 입을 작정이었다. 입어봤자 사내 녀석이 여장을 하는 기분밖에는 들지 않았지만.

'이제 와서 '저 남자인데요' 하는 것도 말이 안 되고… 무엇보다 근 거가 없어.'

주섬주섬 옷을 갈아입고 문을 열자 힘이 쭉 빠진 것이 정신이 하나 도 없었다. 내가 하얗게 질린 얼굴로 비틀비틀 걸어나오자 레너드와 크리스가 놀란 얼굴로 나를 쳐다보았다.

"뭐야? 탈의실에서 쥐라도 나왔어?"

차라리 쥐가 나온 거였으면 좋겠네요. 내가 초췌한 얼굴로 푹 한숨 을 쉬자 옷을 잔뜩 골라두었던 레너드는 미안한 듯이 나를 쳐다보았다.

"옷이 마음에 안 들어?"

"…제가 마음에 안 들어요."

하나 레너드는 옷은 마음에 드는데 자신에게 어울리지 않는다는 소 리로 들은 모양이었다. 미간을 좁힌 채 내 차림새를 이리저리 살펴보 고는 씩 웃으며 말했다.

"일단 사이즈는 내가 생각한 대로구나. 좋아, 나머지는 입지 말고 그 냥 사자."

"예?"

내가 놀라 고개를 들자 레너드는 배시시 웃으며 말했다.

"잘 어울린다고, 그거. 걱정할 필요 없어."

'아니, 잘 어울리는 것이 문제가 아니라……'

내가 무어라 말하기도 전에 레너드는 벌써 골라놓은 옷의 값을 치르고 있었다. 아니, 잠깐! 이걸 다 사려고? 당신, 제정신이야?!

"그, 그렇게 많은 옷은 필요없어요! 게다가 죄 치마잖아요!"

내가 당황하여 소리치자 레너드는 돈 주머니를 열다 말고 나를 쳐다보았다.

"치마, 싫어? 그럼 다른 옷도 골라봐."

'그게 아니라니까.'

나는 찡그리며 카운터 위에 올려져 있는 옷을 쳐다보다 모두 들어 옷걸이에 걸어놓았다. 옷을 사주는 것은 좋았지만 초면에 이렇게 많은 것을 받을 수는 없는 것이다. 더군다나 이곳에 머물 작정도 아닌 나에게 많은 옷은 짐만 될 뿐이다.

"지금 입고 있는 옷이랑 여행복 두 벌이면 돼요."

"어? 하지만 너, 옷 없잖아. 겨우 두 벌로? 반만 사자."

"반도 많아요. 게다가 치마는 별로 필요도 없고요. 정 사주시려면 여행복이나 편하게 입을 수 있는 옷으로 해주세요."

이 상황에서 남녀 공용의 바지를 원하는 것은 당연한 것이 아닌가! 내가 치마를 거부하고 바지를 사줄 것을 강력하게 요구하자 레너드는 묘한 표정으로 나를 물끄러미 쳐다보았다.

"혹시… 너 사내 녀석이야?"

'윽!'

내가 움찔하며 슬슬 몸을 뒤로 빼자 레너드는 의심하는 얼굴로 나를 쳐다보았다. 나로서는 딱히 부인할 수도 없고 그렇다고 긍정할 수도 없었다. 그에 나는 긴장한 얼굴로 레너드를 쳐다보며 물었다.

"…남자면 옷 안 사줄 거예요?"

“아니, 그건 아니지만… 남자면 조금 김은 새겠지.”

레너드의 눈빛은 ‘자자, 그러니 얼른 말해 봐’ 였지만 나는 말하기가 걸끄러웠다. 생각해 보라! 중성이라고 말했다가 그럼 벗어보라고 하면 어쩌냔 말이다. 레너드가 보내는 의심의 눈길에 나는 식은땀을 짜내며 말했다.

“말하자면… 남자는 아니에요.”

“그래?”

화색이 돌며 눈을 반짝이는 레너드에게 나는 작은 목소리로 중얼거렸다.

“그렇다고 여자도 아니지만.”

덧붙이는 내 목소리에 레너드의 얼굴이 굳어졌다.

“그, 그게 뭐야?”

“난들 어떻게 알아요! 정신을 차려보니 이 꼴인걸!”

“어이.”

딸랑 하고 가게 문에 달아놓은 방울이 울리며 두 사람이 안으로 들어왔다. 벤슨과 안젤라였다. 그 둘은 나란히 들어오며 어리둥절한 표정으로 우리들을 바라보며 말했다.

“남의 가게에서 싸우면 안 되지. 다른 사람한테 폐가 되잖아.”

“폐가 되는 게 문제가 아니라……..”

레너드는 벤슨을 잡아끌더니 목을 잡고 소곤거렸다. 진지하게 듣고 있던 벤슨의 얼굴이 순간 산적처럼 변하며 나를 쳐다보았다.

“너, 너 정말 남자냐?”

헉! 그러고 보니 나 안젤라랑 방을 같이 썼지? 하나 내가 돌아본 안젤라는 태연한 모습이었다.

“아직 어린애인데 뭘 그래?”

안젤라가 귀엽다는 듯이 나를 바라보며 말하자 벤슨은 억울한 표정으로 안젤라를 돌아보았다. 그러자 안젤라는 노골적으로 눈살을 찌푸리며 벤슨을 노려보았다.

“날 의심하는 거야?”

“아, 아니! 그럴 리가 있어? 나는 걱정이 되어서 하는 소리지.”

벤슨이 안젤라에게 약하다는 것은 사실인 모양이었다. 벤슨은 나를 잡아먹을 듯이 노려보는 와중에도 안간힘을 쓰며 자신은 그런 생각을 한 것이 아니라고 변명했다. 그에 크리스는 한숨을 쉬며 나에게 물었다.

“그래서 결론이 뭐야?”

“예?”

크리스의 물음에 반문하자 그는 힐끗 레너드와 벤슨을 보며 말했다.

“여자도 남자도 아니면… 이종족인가?”

가게 점원을 의식한 것인지 작은 목소리로 말하자 안젤라에게 변명을 하던 벤슨이 귀가 번쩍 뜨인 듯 나를 돌아보았다.

“그, 그런 거냐?”

“그게… 그 점이 확실치가 않아요. 일단…….”

나는 힐끗 그들의 눈치를 보며 말했다.

“성별은 없는 것 같지만…….”

“뭐어?!”

레너드와 벤슨이 커다랗게 소리치자 안젤라가 목소리를 낮추라는 듯이 그 둘을 흘겨보았다. 하나 벤슨은 믿을 수 없다는 표정이었다.

“아니… 그야… 하, 하지만 그게 가능한가?”

떨떠름한 표정으로 레너드를 돌아보며 묻는 말에 그는 어깨를 으쓱해 보였다.

"낸들 알아? 새로운 종족인가? 혹……."

그는 의심스러운 듯이 나를 쳐다보며 중얼거렸다.

"마법사에게 실험을 당하고 버려진 것은……."

"엄마!"

"어이!"

벤슨과 크리스가 동시에 휘두른 주먹에 레너드의 뒤통수에서 따악 하는 소리가 울렸다. 본인을 앞에 두고 말이 너무 심하다는 것이다. 머리를 감싸 쥐고 주저앉은 레너드는 너무하다는 듯이 구시렁거렸지만 그 자신도 약간 실수했다는 표정이었다. 미안하다는 듯이 나를 쳐다보는 눈길에 안젤라는 피식 웃으며 말했다.

"일단은 나가자. 점심, 괜찮지?"

안젤라의 말에 나는 고개를 끄덕였다. 일단 사려던 물건들, 여행복 두 벌과 평상복 두 벌을 고르고 입고 있던 원피스를 추가하여 값을 치르었다. 매출고를 예상하며 눈을 빛내던 아주머니는 생각보다 적은 양을 고른 내 모습에 아쉬운 듯 눈빛을 보냈지만 나는 얼른 옷가방을 챙겨서 가게를 나왔다.

"어디서 밥을 먹을까? 배고파?"

"조금요."

"당연히 네가 쏘는 거겠지?"

크리스가 뒤따라오며 퉁명스럽게 묻자 레너드는 고개를 끄덕였다.

"아니라면 누구 씨가 날 가만두지 않을 테니 할 수 없지. 뭐 먹고 싶은 것은 없어?"

물어봐도 이곳 음식을 알지 못했다. 음식이라면 다 비슷비슷할 것 같지만서도.

"음… 딱히 생각나는 것은 없는데……."

"하긴 여긴 음식점도 그리 많지 않다. 저기로 들어갈까?"

안젤라가 뒤의 음식점을 가리키자 나는 별말없이 고개를 끄덕였다. 그곳은 여관과 함께 하고 있는 음식점이었다. 사실 이 근방에서 음식점만 따로 하고 있는 곳은 없는 것 같았다.

안으로 들어가자 술을 마시며 음식을 먹고 있던 용병들이 문가를 쳐다보았다. 그에 안젤라는 눈살을 찌푸리며 벤슨을 잡아당겼다.

"괜찮을까?"

"뭐, 일단은 이쪽은 남자가 셋이니까."

속삭이는 둘의 말에 나는 힐끗 용병들을 돌아보았다. 그들의 시선이 나와 안젤라에게 와 닿았지만 벤슨과 크리스가 무서운 눈길로 그쪽을 바라보자 고개를 돌렸다.

"저쪽에 자리 빈 것 같은데?"

레너드의 가벼운 목소리에 벤슨은 앞장서 자리로 들어갔다. 그는 안젤라를 안쪽의 테이블에 앉혔다. 힐끗거리며 이쪽을 쳐다보는 용병들의 눈길이 닿지 않는 곳이었다. 벤슨이 그녀의 곁에 앉으려는 것을 안젤라가 밀어내고 내 팔을 잡아당겼다.

"일단 입고 있는 옷이 치마니까. 당신은 저쪽."

가볍게 맞은편을 가리키자 알겠다는 듯이 안젤라의 맞은편으로 벤슨이 앉았다. 덩치가 큰 벤슨이 앉자 정면이 가려지는 느낌이었다. 웨이트리스가 자리로 오지 않는 것을 봐서는 조금 뒤에 자리에 앉은 크리스가 알아서 음식을 시킨 모양이었다. 아니면 나중에 오라고 했던지.

안젤라는 크리스가 자리에 앉자 생글거리며 나를 돌아보았다.

"일단은 네가 중성이라는 것은 알겠어. 여자도 남자도 아니라는 거지?"

안젤라의 물음에 나는 고개를 끄덕였다. 내가 확인해 본 바로는 그랬으니까. 안젤라는 내가 고개를 끄덕이자 이어 말했다.

"하지만 네가 어째서 중성인지에 대해서는 모르는 거고?"

"예."

굳이 이유를 들자면 계약을 한 탓이겠지만 내가 어떤 종족인지, 인간은 맞는 것인지조차 알 수가 없었다.

'설명서란 이런 때를 위해 존재하는 건데 말이야. 통 아는 것이 없으니.'

"그래서? 따로 생각하고 있는 것이라도 있어?"

"…생각하는 것이라뇨?"

내 쪽에서 다시 물어오자 안젤라는 당연한 듯이 말했다.

"우리 기사단은 내일 출발하잖아. 세틴이 수도에 볼일이 있다면 좀 더 같이 지낼 수 있겠지만 목적지가 다르다면 여기서 헤어져야 하니까. 앞으로의 계획은 있는 거야? 너 자신이 어떤 종족인지 모르니 그것에 대해서 알아본다던가… 뭐 그런 것 말이야."

계획이라……. 사실상 무일푼인 나로서는 일자리를 찾아보는 것이 우선이었다. 기사단 사람들의 호의로 일단 신세를 지고 있기는 하지만 무턱대고 따라다닐 수는 없으니까. 내 자신에 대해서도 알아보고 싶지만 그것은 어디까지나 제대로 살 수 있게 된 후에나 생각해 볼 문제였다.

"딱히 무언가를 계획하고 있는 것은 아니에요. 당장은 어디를 가려

해도 돈이 없으니까 이곳에서 일자리를 찾아보려고요."

내가 무덤덤하게 말하자 곁에서 우리의 대화를 듣고 있던 레너드가 번쩍 하고 눈을 빛냈다.

"그, 그래? 그럼 수도로 오는 게 어때? 일자리도 거기라면 더 많을 텐데."

"예? 하지만 전 여행을 다닐 만한 돈이 없는걸요. 계속 신세를 지는 것도 뭣하고."

"아니! 절~대 그렇지 않아!"

단호히 말하는 레너드의 목소리에 나는 다소 놀란 듯이 그를 쳐다보았다. 갑자기 이 무슨 적극성이란 말인가? 기사단이 움직이는 데에 나를 데려가는 것이 그 혼자만의 결정으로 허락될 일도 아니고. 어쩐지 의도가 의심스러웠다.

"말씀은 고맙지만 너무 폐를 끼쳐서 그렇게까지는……."

"아, 아니! 폐가 아니라니깐 그러네!"

목소리를 높여가며 다급히 소리치는 레너드의 말에 벤슨은 알았다는 듯이 히죽 웃었다.

"헤에, 후작님인가?"

"흡!"

흡사 바람 빠지는 소리를 내며 입을 다무는 레너드의 표정에 안젤라의 눈이 가늘어졌다.

"그런 거로군. 하기사 레너드가 말을 붙이기에는 편할 테지."

안젤라가 이렇게 말하자 레너드는 도와달라는 듯이 크리스를 쳐다보았지만 크리스는 참견하고 싶지 않다는 결연한 의지를 보이는 것인지 노골적으로 시선을 피하며 물컵을 들어 올렸다.

"음? 왜 그러지?"

"…치사스러운 놈."

태연한 크리스의 얼굴에 레너드는 투덜거리며 그렇게 말했지만 크리스는 대수롭지 않은 듯 물을 마실 뿐이었다. 그러자 레너드는 궁색한 표정을 지으며 나를 쳐다보았다.

"그냥… 수도까지만 같이 가주라."

"예에?"

내가 얼빠진 표정을 짓자 안젤라가 피식 웃었다.

"그렇게 말하면 얘가 어떻게 알아들어? 한마디로 이쪽의 아저씨가 말하고 싶어하는 것은……."

"아저씨라니? 오빠야!"

레너드가 반론을 제기하자 안젤라는 눈을 가늘게 뜨며 그를 흘겨보았다.

"형이 될지 오빠가 될지 어떻게 알아?"

"하지만 저 미모로 남자가 되는 것은……."

"혼자 살아가는 데에는 여자보다는 남자가 유리하지."

무심한 어조로 대꾸하는 크리스의 목소리에 레너드는 별 소리를 다 한다는 듯이 그를 째려보았다. 그에 나는 힘없이 탁자 위로 턱을 가져갔다.

"그냥 중성으로 살게 되는 거 아니에요? 자웅 동체… 까지는 아니라도 딱히 어느 쪽으로 기우는 것 같은 느낌은 없는데……."

"글쎄? 하지만 나이가 들면 어느 한쪽의 모습으로 변하는 것이 자연스러울 거라고 봐. 너 역시 그냥 하늘에서 떨어진 것은 아닐 테니까."

…그냥 하늘에서 떨어졌을걸요?

안젤라야 누군가 널 낳았으니 지금의 네가 있는 것이 아니냐는 생각으로 말한 것이었겠지만 지금의 내 육신은 우리 부모님과는 아무 관계가 없는 것이다. 육신의 형질이 바뀌었으니 아마도 피가 통하지 않는지도 모른다.

'괜히 이 생각을 하니 슬퍼지네.'

"뭐, 그래서… 본론으로 들어가자면 아마도 후작님께서 네 재능을 높이 사신 듯해. 네 나이에 검기를 내는 것은 드문 일이고 너는 아직 어디에도 적을 두지 않은 듯하니까."

검기……. 그게 검기인가? 하지만 그건 내 능력이 아닌데……. 물론 '내 능력이 아니라 다른 사람의 힘이에요' 라고는 입이 찢어져도 말을 할 수는 없지만 말이다. 하지만 레너드는 뚱한 내 표정에 조급함을 느꼈는지 안젤라의 말을 거들었다.

"잘 생각해 봐. 물론 너 정도의 실력이라면 어디를 가도 이 정도의 대우를 받지 못하는 것은 아니겠지만 크라이드만큼 평민 기사를 대우해 주는 곳은 없어. 다른 나라에서는 말이 좋아 기사지 귀족들의 뒤치다꺼리만 하다가 끝이 나니까. 여기 있는 나도 크리스도 후작님의 권유를 받아 이곳으로 옮겨온 거야. 물론 너만큼 어릴 때는 아니었지만."

레너드가 그렇게 말하며 뭐라고 해달라는 듯이 벤슨을 쳐다보자 벤슨은 피식 웃으며 말했다.

"단순히 기사단에서 네 실력을 키우는 정도가 아니라 후작님께서는 네 후견인이 되어주실 생각일 거다. 네 나이가 있으니 아직 기사가 되는 것은 무리라고 해도 원한다면 학교에 다닐 수도 있고."

"저기요……."

나는 쭈뼛쭈뼛 그들의 눈치를 보며 말했다.

“저, 기사 될 생각이 없는데요.”

“뭐?”

“뭐라고?”

그게 그렇게 놀랄 일인가? 동시에 토해내는 그들의 외침에 나는 머쓱한 표정을 지었다.

“필요해서 검을 쓰기는 했지만 사람에게까지 휘두르고 싶은 생각은 없어요. 그걸 직업으로 삼고 싶은 마음은 더 더욱 없는데…….”

내가 말하자 레너드는 김빠진 표정을 지으며 중얼거렸다.

“그러니까… 기사가 되고 싶지는 않다는 거야?”

“예.”

정말 내 실력이라면 모르겠지만 시온의 능력을 매번 빌리면서 살아갈 수는 없었다. 그때 그 순간마다 그것이 제대로 발휘될지 아닌지를 어떻게 안단 말인가? 그러자 레너드는 기가 막히다는 듯이 물었다.

“너, 그런 실력을 가지고 있으면서 검을 쓰는 일이 싫단 말이야?”

“싫다기보다는… 당장 무언가가 되고 싶은 생각이 없어요, 아직.”

이곳에 대해서도 잘 모르고 말이다. 이 세계에 대한 정보도 없는 상태에서 덥석 그러마 하고 말할 수는 없는 것이다. 내가 담담하게 대답하자 레너드는 좀 더 권유를 해보라는 듯이 벤슨과 안젤라를 쳐다보았지만 안젤라는 내 말에 수긍하는 듯이 고개를 끄덕였다.

“하긴 아직 열여섯이니까.”

“본인이 싫다면 할 수 없는 거지.”

벤슨이 씩 웃으며 말하자 레너드는 죽을상이 되어 그들을 돌아보았다.

“이, 이봐, 그렇게 말하면…….”

"단순히 세상 구경을 더 해보겠습니다… 도 아니고 기사가 되고 싶지 않다고 하는데 더 뭐라고 하겠어?"

안젤라의 말에 레너드는 '윽' 하고 신음 소리를 내뱉으며 나를 돌아보았다.

"그, 그럼… 그냥 수도까지만이라도 같이 가지 않을래? 수도라면 일자리도 더 많을 거고, 나도…….."

레너드는 우울한 얼굴로 고개를 푹 수그렸다.

"후작님께 쪼이지 않을 테고."

역시 사주받은 거였나? 수도로 가는 것은 나로서도 그리 나쁘지 않은 일이었다. 그의 말대로 일자리도 더 알아보기 쉬울 테고 말이다.

"동행할 수 있으면 저야 고맙죠. 하지만 이미 거절했는데…….."

"아니, 거절한 것은 일단 비밀로 해두고. 안 될까?"

그의 간절한 목소리에 나는 배시시 웃으며 고개를 끄덕였다.

"뭐야, 이 새꺄!"

그때 식기를 깨부수는 듯한 요란한 소리에 식당 안의 시선이 일제히 모였다. 무슨 일로 시비가 붙은 것인지는 모르나 테이블 옆에 서 있던 사인조의 사내가 테이블 위의 식기를 밀어 떨어뜨린 것이다. 그릇이 박살나며 음식물이 흩어진 것이야 두말할 나위 없고, 테이블에 앉아 있던 사내가 얼굴을 험악하게 일그러뜨리며 자리에서 일어났다.

"이 새끼가!"

현란한 육두문자들이 오가고, 즉각 싸움으로 번져 갔다. 테이블이 뒤집히고, 주먹이 오가고……. 혈압이 오른 끝에 한 사내가 곁에 두었던 몽둥이(?)를 들고 휘두르려 하다가 뒤통수로 꽂히는 술병을 얻어맞고 앞으로 쓰러졌다.

“우와아!”

저렇듯 험악한 싸움을 보는 것은 이번이 처음이었다. 눈이 휘둥그레져 그것을 쳐다보자 안젤라는 눈살을 찌푸리며 말했다.

“아무래도 불똥이 튈 것 같은데?”

안 그래도 식당 주인이 안절부절못하며 그것을 지켜보고 있었다. 말릴래도 끼어들었다가는 괜히 불벼락을 뒤집어쓸 것만 같았다.

“싸움이다!”

식당 밖의 누군가가 소리치자 식당 안팎이 소란스러워졌다. 구경꾼이 몰려든 것이다. 6대 5의 엇비슷한 숫자였지만 누군가의 주먹에 맞은 남자가 곁에 있던 테이블에 부딪쳐 식탁을 엎지르면서 사태가 점점 악화되었다.

“이 잡것들이!”

분노에 찬 고함 소리와 함께 로브를 입은 남자가 벌떡 일어나며 앉아 있던 의자를 들어 올렸다. 일행으로 보이는 나머지 한 사람은 말릴 생각도 없는지 한숨을 쉬며 뒤로 물러섰고 의자를 든 남자의 폭주가 시작되었다. 한 명이 기절함으로써 5대 5의 공방전을 보여주고 있던 사내들은 이상한 남자의 난입으로 마구 흩어져서 싸우기 시작했다. 싸움의 중심으로 들어가 난동을 부리는 사내의 모습에 크리스의 미간이 찌푸려졌다.

“…얼른 나가자.”

“저거… 우리 마법사님 아니야?”

조그맣게 중얼거리는 레너드의 말에 나는 눈을 동그랗게 뜨며 그를 바라보았다. 레너드의 말이 맞았다. 불과 하루 전에 주문을 날려 몬스터를 까맣게 구워내던 그 사람이었다. 주문 쓰는 것을 전에 본 적이 있었다. 마구 의자를 휘둘러대는 그 모습에 벤슨은 식은땀을 흘리며 말했다.

"평소 스트레스가 많이 쌓인 모양이로군. 모른 체해주자고."

내가 볼 때는 모른 체해주는 것이 아니라 모르는 척하고 싶은 모양이었다. 한데 누군가 그 마법사를 노리고 던진 커다란 술병이 빗나가 바로 우리가 앉아 있는 테이블 뒤의 벽에 부딪쳤다.

"우와앗!"

술병이 부서지며 지독한 독주가 안젤라와 내 머리 위로 쏟아졌다. 과일주인지 과일 향이 얼핏 나는 것 같았지만 지독하게 센 술인지 강한 냄새가 훅하고 끼쳐 왔다.

"레보니 62년산."

붉은 빛깔로 물들어 버린 자신의 머리칼 위에서 술병의 조각을 내던지며 안젤라가 자리에서 일어났다. 무어라 말을 붙이려던 벤슨이 안젤라의 얼굴 위에 떠오른 살기를 읽고 흠칫 놀랐다.

"이 꼴로 만들다니, 죽여주지!"

의자에서 일어난 안젤라가 이를 갈며 달려들자 벤슨도 그녀를 막지 못했다. 주위로 살기를 흩뿌리며 그녀가 달려나가자 벤슨과 레너드가 서로의 얼굴을 마주 보았다.

"하는 수 없지."

"실 가는 데 바늘이 멈출쏘냐!"

둘이 황소 같은 기세로 돌진하자 크리스는 한숨을 쉬며 윗주머니에서 손수건을 꺼내 내게 건넸다.

"괜찮은 거냐?"

"뭐… 상처는 없는 것 같네요. 옷은 못 쓰게 되어버린 것 같지만."

붉게 얼룩진 것이 빨아도 지워질 것 같지 않았다. 레보니 62년산인지 뭔지에 대한 맛을 설명하자면… 한마디로 씁쓸한 것이 되게 맛없다.

전투(?)는 안젤라의 승리였다. 마지막에 분노도가 최고치에 달한 나 법사님께서 주문을 쓰려는 것을 뒤통수 한 방으로 제압하고 자신에게 술병을 던졌던 용병을 마구 밟아줌으로써 끝을 맺었다. 난동을 부린 양쪽 용병들의 지갑을 털어 식당 수리비와 음식값을 내고 더불어 우리 세탁비까지 받아 챙긴 안젤라는 그 돈으로 저녁을 챙겨 먹자며—그사이 저녁이 되어버렸다—우리를 끌고 다른 식당으로 끌고 갔다.

내 추측이지만 분명 용병들에게 뜯어낸 돈이 세탁비만은 아닐 것이다.

어찌 되었든 저녁만큼은 아무 탈 없이 먹을 수 있었기에 만족하고 나는 그들과 함께 영주의 성으로 돌아갔다.

다음날 출발하였을 때 나는 말이 없었기에 후작이 타는 마차를 타야만 했다. 물론 단둘은 아니고 후작의 수행원이 함께 타는 것이었지만 불편한 자리였다.

크리스와 레너드의 예언대로 기사의 좋은 점과 그 특혜에 대해 줄줄이 읊기 시작한 것이다. 나는 관심을 보일 생각은 없었지만 적당히 그의 말에 맞장구를 치는 것으로 내 자신과 타협하기로 했다. 아니라면 비슷한 말을 하루 종일 들어야 할 것 같아서 말이다.

나는 적당적당히 안젤라의 말을 타기도 하고 마차에 레너드나 다른 사람들을 끌어들임으로써 간신히 그 화두에서 벗어날 수 있었다. 하지만 후작은 내가 적극적인 반응을 보이지 않아 조금 섭섭한 모양이었다.

약간 미안한 마음이 들기는 했지만 제의를 하더라도 거절할 생각이었으므로 그렇게밖에 할 수 없었다.

나는 사람들과 대화를 하면서 이 세계에 대해서 조금씩 알아갈 수 있었다.

그 와중에도 펜던트는 아무런 반응을 보이지 않았는데 나는 그들 중 하나를 불러낼까 하다가 사람들이 보고 있어 관뒀다. 그들은 내가 그 시커멓고 커다란 검을 어디서 구했는지, 그리고 어디에 보관하고 있는지 상당히 궁금한 모양이었다. 이따금씩 생각난 것처럼 한 사람씩 물어보는 것이다. 나는 그때마다 적당히 얼버무리는 것으로 대신했지만 그다지 납득해 주지는 않았다.

수도까지는 사흘이 걸리는 거리였다. 사흘 밤 내내는 아니었지만 텐트 속에서 잠을 자는 것은 그리 편치 않았다. 가족들과 함께 온 여행이었다면 편했겠지만 텐트도 수제 천막인데다 매듭이 여의치가 않아서 자꾸 벌레가 안으로 들어왔다. 모기 향도, 에프킬라도 없는 상황에서 그것만은 질색인 것이다.

사흘째에 수도가 보이자 나는 만세를 부를 수밖에 없었다.

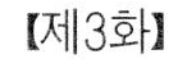

【제3화】
가장 빠르게 고액의 돈을 버는 방법

수도 안으로 들어가는 것은 쉬웠다. 기사단과 동행인 터라 얼굴도 보지 않고 들여보내 주었던 것이다. 덕분에 신분증이 없는 나도 손쉽게 안으로 들어갈 수가 있었다(뭐, 이렇게 말하기는 하지만 실제로 신분증을 가지고 있는 사람은 일부 특권 계층에 불과하다고 레너드가 말해 주었다).

후작님은 성에 다다를 때가 되자 내게 수도에 있는 동안 자신의 저택에 묵지 않겠느냐고 물었다. 솔직히 후작 정도 되는 사람이니 그 집도 호화스러울 테고 무지 궁금하고 가보고 싶었지만 들어갔다가는 그대로 붙잡힐 것 같아서 거절할 수밖에 없었다.

안 그래도 안젤라 쪽에서 뭣하면 하루 이틀 정도는 재워주겠다며 집 주소를 가르쳐 준 것이다. 굳이 불편하게 후작님의 신세를 질 필요는 없었다.

내가 거절을 하자 후작님은 내게 기사가 될 의향이 없냐며 나를 설득하기 시작했다. 나는 간신히 그 말을 거절하고 성에 도달하기 전의 거리에서 그들과 헤어졌다. 약간의 짐과 함께 마차에서 내리자 후작님이 아쉬운 듯이 나를 바라보는 것이 보였지만 나는 고개를 꾸벅 숙여 보이고는 그들에게서 멀어졌다.

"휴우~"

나는 한숨을 폭 쉬며 길가에 주저앉았다. 오가는 사람들이 힐끗거리기는 했지만 그것에 신경을 쓰고 싶은 생각은 없었다.

'일단은……'

"설명서."

내가 부르자 내 손아귀에 묵직한 책자가 잡혔다. 이게 무슨 마법인가 싶어 눈을 휘둥그레 뜨는 사람들도 보였지만 무시하고 나는 책을 펼쳐 들었다.

[제1조 2항] 관리인은 필요시에 종속자를 소환, 그의 도움을 받을 수 있다.

[제1조 23항] 관리인은 한 번에 세 명 이상의 종속자를 불러들일 수 없다. 이는 그 이상의 숫자를 불러내면 관리자가 제어하지 못할 가능성이 존재하기 때문이다.

[제3조 1항] 종속자는 소환 시에 힘의 일부만을 사용할 수 있다.

[제3조 2항] 종속자는 관리인의 허락 하에 30초간 힘의 절반가량을 사용할 수 있다.

그 외의 사항이 줄줄이 이어져 있었다. 나는 그 책자를 양 무릎 사이에 엎어놓고는 펜던트를 옷 밖으로 끄집어내었다. 혹시나 항의의 말을 하지 않을까 싶어 옷 속에 집어넣었던 것이다. 하나 펜던트는 여전히 조용했다.

"이런 게 궁금한 게 아니라고. 왜 조용한 거지? 처음 만났을 때는 내가 무슨 말을 못할 정도로 시끄럽더니."

여전히 아무 소리가 없었다. 나는 조금 불안한 생각이 들어 설명서를 들여다보았다.

제1조 2항에 의거, 나 세르티드 레플리카는 종속자 시온 시에트로 고르도스를 불러들이겠습니다.

'또 시온이야? 이 인간은 무슨 견본인가? 툭하면 시온이네.'

나는 잠시 미심쩍은 얼굴로 설명서를 내려다보다 자리에서 일어나 구석진 골목으로 들어갔다. 그리고 펜던트를 내려다보며 이렇게 말했다.

"제1조 2항에 의거, 나 세르티드 레플리카는 종속자 시온 시에트로 고르도스를 불러들이겠습니다."

스팟!

카메라 플래시가 터지는 듯한 짧은 불꽃이 펜던트에서 터져 나왔다. 펜던트의 검은 조각이 툭 하고 바닥에 떨어지더니 검은 빛이 길죽하게 늘어났다.

'우에에……'

검은 빛은 순식간에 눈매가 사납고 키가 큰 남자로 변모했다. 험악하게 얼굴을 일그러뜨리고 있는 시온의 모습에 나는 슬금슬금 뒤로 물러섰다.

'실수다! 다른 사람을 불러야 하는 건데.'

바닥에 주저앉아 있는 형태로 불려진 시온은 정신이 없는지 주위를 두리번거리다 나를 발견하고는 흉악하게 노려보았다. 검은 머리칼을 늘어뜨린 그는 잘생겼지만 무지하게 성질이 더러워 보였다.

"너⋯⋯."

"으악!"

나는 잽싸게 방패처럼 설명서를 들어 올리면서 그와의 적정 거리―십오 미터. 왜냐, 십 미터로는 불안하니까―를 유지했다. 십 미터 이내로 접근하는 것은 절대 불리하다. 내가 시온의 능력을 빌려봐서 아는데 저 인간은 백 미터를 10초 이내에 주파할 인간이었다.

시온은 그의 목소리가 나오자마자 냅다 튀어버리는 나의 모습에 황당하다는 표정을 지었다. 저 눈빛은 한마디로 '뭐 저런 게 다 있어'다.

'하지만⋯ 무서운 게 당연하잖아? 그런 표정을 하고 사람을 쳐다볼 때는 쫄게 되는 상대의 심정도 이해해 주라고!'

"일루 와!"

나는 당연히 고개를 설레설레 저었다. 내가 미쳤냐, 거기로 가게?

"이게⋯⋯."

내가 방어 태세를 구축하고 그를 경계하고 있을 때 펜던트로부터 에레타의 목소리가 들려왔다.

―세르티드, 괜찮은가요? 시온은 당신 정도의 능력밖에는 사용하지 못해요. 그렇게 경계하지 않아도 괜찮답니다.

"어, 하지만 눈이 무서운데."

—놈이 성질이 포악하기는 하지. 하지만 어차피 네게 해를 끼치지는
못해.

—그러게 왜 저 녀석이야? 나도 있는데.

—후회하게 될 거라고. 당장 불러들이고 다른 사람을 꺼내!

또다시 줄줄이 이어지는 말의 향연(?). 나는 진력이 난 표정으로 펜
던트를 들여다보았다.

"아직 대표자는 정하지 못한 거예요?"

—하하, 그게 말이지요.

트레스가 말하려 했지만 또 누군가가 그의 말을 가로챘다.

—각자 다른 방법을 제시해서 그 열두 가지 방법을 모조리 써보느라
그랬지. 처음 삼 일 동안 잠도 못 자고…….

—하여간 둘씩 불침번을 서기로 하고 잠을 자느라고.

"불침번은 왜요?"

내 말이 떨어지기가 무섭게 누군가가 대답해 주었다.

—우리가 자고 있는 동안 딴 놈이 네게 말을 걸면 안 되니까.

'그래서 이 인 일조인가?'

나이 값을 하라고 말해 주고 싶은 생각이 들었다. 물론 했다가 무슨
소리를 들을지 모르니까 꿀꺽 삼켜 버렸지만.

"그럼 제가 방법을 정할게요."

"뭘?"

어느새 몸을 일으켜 세웠는지 시온이 긴 다리로 성큼성큼 다가오며
물었다. 에레타에게 괜찮다는 말을 들었으므로 나는 약간의 경계심을
늦추며 그에게 말했다.

"그러니까… 제비뽑기 같은 걸로요. 일단은 누가 먼저 나오느냐로

싸웠던 거죠?"

　―그렇지.

　"음, 저기 가게 보이세요?"

　내가 가리킨 곳은 번화한 거리의 음식점이었다. 수도라서 그런지 사람도 많고 식당이나 가게도 많았다.

　"제일 처음으로 나오는 사람이 남자인지 여자인지 맞히는 거예요."

　―뭐?

　―무, 무슨 그런 방법이 있어?

　"꼬맹이 너, 상당히 황당한 녀석이라는 거 알고 있냐?"

　팔짱을 낀 시온이 기가 막히다는 듯이 물었지만 나는 어깨를 으쓱해 보였다.

　"하지만 지금은 제비를 만들 만한 재료가 없는걸요. 종이가 없으니 사다리 타기를 할 수도 없고."

　―제비… 겨우 제비뽑기 같은 걸로 우리의 운명이 결정되어야 하는 거냐?

　누군가 개탄스럽다는 듯이 중얼거렸지만 할 수 없었다. 이 사람들이 자기들끼리 뽑는 걸 기다렸다가는 한도 끝도 없을 것 같다.

　―좀 의외이긴 합니다만 이대로는 곤란하겠지요. 합시다.

　―쳇, 신의 대열에까지 올라섰던 내가 고작 그깟 게임 따위에 운명을 맡겨야 하다니.

　"틀린 사람은 빠지고 맞힌 사람끼리 다시 붙어서 마지막 한 사람이 남을 때까지 하는 거예요. 그럼 시작할 테니까 저 문으로 여자가 나올지 남자가 나올지 정해주세요."

　―남자.

─난 여자!

─당연히 남자겠지.

─남자인 거 아니야? 이런 세계는 여자보다는 남자가 더 많이 돌아다니기 마련이라고.

"난 여자다. 이런 시간이라면 남자보다는 여자가 더 많을 거다."

─저도 여자로 하지요.

─…남자.

─저도 여자로 할게요.

"다른 분들도 다 정하신 거예요? 어, 나온다."

막 문을 열고 나오려는 것은 남녀 한 쌍이었다. 남자가 문고리를 잡자 남자를 선택했던 이들이 환호성을 질렀다. 하지만 남자는 문을 열어주려던 것이었다. 남자가 열어놓은 문으로 여자가 먼저 나가 버리자 억울하다는 듯이 소리쳤다.

─이건 사기야! 남자가 먼저 문고리를 잡았잖아!

─홍, 깨끗이 포기하시죠! 안건은 제일 처음 나오는 사람의 성별을 맞히는 거지 문고리를 잡은 사람은 상관없는 거라고요!

─물론입니다. 이제 와서 기준을 바꿀 수는 없는 노릇이지요.

나는 그들이 싸우는 소리를 들으며 한숨을 쉬었다.

"그럼 또 다음 사람이 나오기 전에 성별을 정하세요."

─으으… 삼판 이승제로 해!

"그렇게 하면 후보가 너무 많은걸요. 내일 또 할 테니까 포기하세요. 그럼."

또다시 남자냐 여자냐를 두고 박빙의 승부가 벌어졌다. 내가 기획하기는 했지만 필요 이상으로 홍분하는 그들이었다.

결과는 놀랍게도 에레타와 시온이 맞붙어 시온의 승리로 끝났다. 시온은 자신의 승리로 결정 지어지자 웃음을 터뜨렸다.

"크하하하하! 봐라! 결국 이렇게 될 운명이었던 거다!"

"……."

제비 하나에 광소를 터뜨리는 그의 모습에 나는 황당함을 금치 못했지만 어쨌든 이긴 건 이긴 거였다.

"그럼 오늘 밖에 나와 있는 사람은 시온이고 대표로 말할 사람은 에레타예요."

─뭐, 뭐?

─그게 뭐야! 그렇게 갑작스럽게…….

─그래! 이건 밖으로 나오는 사람을 뽑는 것 아니었어?

불만의 목소리들이 터져 나왔지만 나는 그들을 일축했다.

"하루 종일 이것만 하고 있을 수는 없잖아요. 게다가 내일도 또 할 테니까 너무 아쉬워하실 필요는……."

"너… 그렇게 말은 하지만 사실은 귀찮아서 그러는 거 아니야?"

뜨끔!

시온의 정곡을 찌르는 말에 나는 스스슥 펜던트에서 시선을 돌렸다. 소나기 같은 시선들이 펜던트를 통해 느껴졌다.

"무, 무슨 말씀이신지……?"

"…방금 너, 어깨 들썩였어."

한줄기 땀방울이 내 이마를 타고 내려왔지만 나는 짐짓 모르는 척하며 설명서를 펜던트 안으로 집어넣었다.

"그런 게 급한 게 아니라고요! 당장 돈도 별로 없는데다 묵을 집도 없는데."

내 말에 시온은 눈썹을 찌푸렸다.

"뭐가 걱정이지? 이 주위에는 인간들이 많은데. 돈도 집도 인간의 것으로 충당하면 되는 일 아닌가?"

나는 잠시 그의 말을 알아듣지 못해 말을 멈췄다.

"많긴 하지만 제 건 아니잖아요."

"흥! 그 정도야 약간만 겁을 주면……."

결국 한다는 소리가 공갈인가? 나는 한심하다는 듯이 그를 쳐다보았다.

"생각없으면 관둬요. 나중에 필요할 때 시킬 테니까."

"시켜? 뭘?"

물론 일을 시킬 생각이지만 나는 그의 말을 한 귀로 흘리며 펜던트 쪽을 바라보았다. 에레타의 목소리가 들려왔던 것이다.

―우선은 직업 소개소로 가보는 것이 어떨까요? 운이 좋다면 오늘 일자리를 얻을 수도 있을 거예요.

"여기도 직업 소개소라는 게 있어요?"

―있을 거예요. 거리 곳곳을 찾아다니다 보면 종업원을 구하는 곳도 있을지 모르지요.

―그것보다는 용병 길드로 가는 것이 어떻겠습니까? 펜던트의 능력을 사용하면 간단한 의뢰 정도는 쉽게 끝마칠 수 있을 텐데요.

트레스의 말에 나는 펜던트를 내려다보았다.

"용병 길드요? 그런 일은 좀 별론데……."

'그럴 거면 애초에 후작 아저씨의 제안을 받아들였을 거라고요!'

―하긴 착수금이 없다면 일을 하기도 그렇겠지. 역시 무일푼이라는 게 걸리는 건가?

벤슨 씨로부터 약간의 돈—심부름 몇 개 하고 받았다—을 받기는 했지만 역시 액수가 별로 되지 않는 것이다. 애초에 집으로 찾아오라는 말을 들었으니 그들의 집으로 찾아가면 간단한 일거리 정도는 받을 수 있을 테지만 그건 마지막 보루다.

'하지만 계속 신세를 지고 있을 수는 없는데 말이야.'

—일단은 직업 소개소로 가보지요. 그게 가장 빠를 테니까요.

트레스의 말대로 나는 직업 소개소로 찾아갔다. 물론 내 뒤에는 시온이 얼굴 가득 '못마땅' 이라고 써붙이고는 따라오고 있었다.

직업 소개소는 다른 용병 길드나 협회와 같이 수도의 중심가에 있었다. 어찌어찌 찾아가기는 했지만 직업 소개소가 있다는 것을 알고 있는 사람들은 드물었다. 게다가 내 기대와는 달리 소개소의 외관도 형편없고 말이다.

"…아직 하고 있기나 한 거냐?"

"일단 들어가 보기나 해요."

문의 경첩은 한눈에 보아도 녹이 슬어 있었다. 힘주어 문을 열려고 하자 경첩이 삐그덕거리며 비명을 질렀다.

끼이익!

찢어지는 듯한 소리에 나는 눈살을 찌푸렸지만 소개소 안에 있는 사람은 그렇지 않았다. 책상에 고개를 박고 코를 골며 자고 있었던 것이다. 머리가 희끗희끗한 초로의 남자는 술 냄새를 잔뜩 풍기고 있었다.

나는 두어 번 문을 흔들어 삐그덕거리는 소리를 냈지만 드르렁거리며 자고 있는 사람은 꿈쩍도 하지 않았다.

'깨워야 하나?

내심 심적 갈등을 겪고 있는데 그쪽에서 먼저 번쩍 눈을 뜨며 몸을 일으켜 세웠다.

"쓰읍! 어서……!"

'어서 오십쇼'라고 소리치려던 것 같다. 남자는 나를 쳐다보고는 눈살을 찌푸리며 다시 자리에 주저앉았다.

"뭐야? 용병 길드는 요 모퉁이를 지나야만 있소. 여기는 아니라오."

시온을 보고 용병 길드로 찾아온 사람이라 착각한 모양이었다. 하긴 시온은 한눈에도 검을 쓰는 전사의 인상이다.

"아뇨, 아뇨! 제가 취직하러 왔는데요. 여기 직업 소개소 아닌가요?"

내가 강력히 부인하며 그에게 말하자 그는 탁자를 더듬어 안경을 집어 올렸다. 상당히 눈이 나쁜지 안경을 썼음에도 눈을 가늘게 뜨며 나를 쳐다보았다.

"나이가 어떻게 되지?"

"열여섯이요."

"열여섯? 너무 어린데……. 어디, 심부름꾼을 구하는 곳이 있었던가?"

남자는 두리번거리다 두꺼운 책자를 뒤적이더니 미안하다는 듯이 나를 쳐다보았다.

"얘야, 미안하지만 네 나이의 사람을 찾는 곳은 없구나. 더군다나 요즘 같은 때에는 심부름꾼 자리를 구하는 것도 여의치 않다."

"심부름꾼 말고 다른 것은요? 그리고 제가 숙식할 만한 곳도 마땅치 않거든요. 기왕이면 잠도 같이 잘 수 있는 곳이었으면 좋겠는데."

"글쎄다. 귀족 집에서 하인을 뽑는 것이야 너 같은 어린아이도 써주지만 그건 신원이 확실해야 해. 따로 소개시켜 주는 사람도 있어야 하

고 말이다. 숙식을 원한다면 여관이나 식당이 좋겠지만 거기는 좀 더
나이 든 사람을 원하지 스무 살 미만은 써주지를 않아."

"그런가요?"

나는 실망한 듯 어깨를 축 늘어뜨렸다. 그런 내 모습을 보고 아저씨
는 이상하다는 듯이 물었다.

"네 뒤에 있는 사람은 동행이 아니냐?"

"에, 동행은 맞는데……."

나는 무심코 시온을 돌아보았다. 시온은 자신이 거론되자 당장 눈썹
을 찌푸렸다.

"무슨 문제라도 있나?"

"아, 아니요. 문제라는 것이 아니라……."

시온이 험악하게 인상을 구기자 아저씨는 당장 손을 내저으며 변명
의 말을 내뱉었다. 한마디로 뒤쪽에 돈 잘 벌게 생긴 사람이 있는데 왜
네가 돈을 벌어야 되느냐는 물음 같았다. 나는 피식 웃으며 손을 내저
었다.

"사정이 있어서 그래요. 저 사람은 신경 쓰지 마시고 다른 일은 없
나요? 힘든 일도 괜찮아요."

'뭣하면 시온이나 다른 사람 시킬 테니까.'

내 말에 아저씨는 얼마 남지 않은 머리를 벅벅 긁었다.

"그렇게 말해도… 권해줄 만한 것이 없어. 요즘이 한창 바쁠 때이긴
하지만 무투대회 전에 모두 사람을 구해서 말이야."

"무투대회?"

그러고 보니 레너드가 지금쯤 수도에서는 한창 무투대회를 열고 있
을 것이라고 말한 적이 있는 것 같았다. 별로 관심이 없어서 흘러들었

지만.

내가 아무 생각 없이 중얼거리자 아저씨는 턱을 매만지며 시온을 향해 말했다.

"그래, 당장 무일푼이어서 묵을 곳이 없어서 그런 거라면 무투대회에 나가보는 것이 어떻겠나? 무투대회에 나가서 예선을 통과한다면 나라에서 제공되는 침실을 사용할 수 있으니까 말이야. 접수일이 오늘까지기는 하지만 원한다면 곧장 예선을 볼 수 있을 거야."

"……."

그 말에 시온이 힐끗 나를 쳐다보았다. 참가해도 상관없다는 건가? 나는 약간 기대 섞인 눈초리로 시온을 돌아보았다.

"참가할래요?"

"…죽여도 된다면."

"됐네요."

나는 바로 고개를 돌렸다. 나와 시온의 대화에 소개소의 아저씨는 묘한 시선을 보내고 있었지만 서슬 퍼런 시온의 눈빛에 감히 끼어들지는 못했다.

아무런 소득 없이 시온과 나는 소개소를 나왔다. 2주 전, 그러니까 무투대회가 열리기 전이라면 단기 아르바이트 자리라도 구할 수 있었겠지만 지금은 힘들다는 것이다. 나는 땅이 꺼져라 한숨을 쉬었다.

―그 무투대회라는 것, 나가보시는 것이 어떨까요?

트레스의 목소리에 나는 뒤따라오는 시온을 힐끗 돌아보았다.

"다 죽인다잖아요."

―꼭 시온을 내보내라는 법은 없지. 나도 있고… 누가 나가도 인간의 검사만 못할 녀석이 있겠어?

─뭐엇! 그런 법이 어딨냐? 그럼 정령인 나나 환수인 저 녀석은 애초부터 기회가 없는 셈이잖아! 무투대회가 진행되는 동안에 우리는 손가락이나 빨고 있으라는 말이냐?

─확실히 인간의 형태로 변할 수 없는 분들과 검을 쓰지 않는 사람에게는 불리한 제의네요. 하지만 당장의 형편이…….

에레타가 그들을 설득하려는 것 같았지만 저항은 거셌다.

─왜 굳이 우리들 중 누군가가 나가야 하는 건데? 저 녀석은 뭐 하고? 우리보다는 저 녀석이 우리들의 힘을 더 많이 사용할 수 있는 거 아니냐?

─맞아. 우리는 제약이 있지만 저 녀석은 제약에 걸리지도 않잖아! 레플리카, 네가 나가라!

"어? 왜 제가 나오는 거지요? 저는 칼 전혀 못 쓰는데요."

─누가 네 실력으로 검을 휘두르래? 펜던트를 사용하는 것은 너의 전 생애에 걸쳐 정해진 특권이란 말이다! 네가 그 힘을 마음껏 사용하는 것에 이 세계의 생물들은 그 어떤 것도 이의를 제기할 수 없어!

─제기하더라도 명을 달리하게 만들어주면 그만이지.

─알았지? 네가 나가는 거다!

당당하게 소리치는 말에 나는 뭐라 할 말을 잃었다. 사실 무투대회의 조건은 지금의 나로서는 상당히 매력적인 것이었다. 숙식 제공에─물론 무투대회가 끝나거나 탈락하면 자동으로 쫓겨나겠지만─우승하면 상금에. 이번에 열리는 무투대회는 왕실 주체로 일등에서 사위까지는 모두 상금을 준다고 했다. 물론 차등 지급이기는 하지만 말이다.

"으음……."

고민하는 나에게 시온이 결정타를 날려주었다. 근처 벽에 붙어 있는 포스터를 보고 온 것이다.

"우승 상금이 칠만 샤알이라는군."

"샤알이… 뭐요?"

내가 어리둥절하여 묻자 시온은 내게 뜯어낸 포스터를 건네주며 말했다.

"샤알, 드워프의 금화를 말하는 거다. 드워프의 금화 하나면 인간의 백금화 네다섯 개의 값어치는 되지."

"백금화요?"

—백금화는 금화 열 개와 같은 값어치를 가지죠. 타국이라 확신할 수는 없지만 일반 평민들의 생활비로 금화 한 개나 한 개 반 정도가 들 겁니다.

그렇다는 것은 금화가 삼십만 오천 개!

"우와! 할래요!"

나는 적극적으로 눈을 빛내며 말했고, 시온은 한심하다는 듯이 나를 쳐다보았다. 뭐, 어쩌라고? 돈 싫어하는 사람도 있나?

나는 당장 중앙 광장에 있는 무투회장으로 달려갔다. 내가 참가 신청서를 내자 접수하는 남자가 이상한 듯이 나를 쳐다보았다.

"본인이… 나간다는 겁니까?"

"예, 오늘 예선전을 치르고 싶은데… 괜찮을까요?"

"상관은 없지요. 예선전에서 일곱 명을 쓰러뜨려야만 본선으로 올라갈 수 있다는 것은 알고 있는 거지요?"

'아뇨. 전혀 몰랐는데요.'

하지만 상관없는 문제였다. 무투대회에 참가하는 것은 싸우기 위한 것이지 검술 시험을 보자는 것은 아니니까 말이다.

"그럼 원하면 오늘 일곱 명을 다 상대할 수 있어요?"

"본인이 원한다면… 가능하기는 해요."

하루에 일곱 명을 상대한다는 말에 남자는 이상함을 넘어서 걱정스럽다는 듯이 나를 쳐다보았다. 아무리 봐도 무언가 한가락할 것 같은 녀석은 아니고 자신감 과잉과 실력 과신으로 무투대회의 우승을 호언장담하는 풋내기로 보는 모양이었다.

딱 표정이 네가 하루에 일곱 명씩이나 상대할 수 있을 것 같냐였다. 하지만 오늘 다 상대하는 것이 아니라면 벤슨 부부의 집에서 신세를 져야 했으므로 질질 끌고 싶지 않았다.

"그럼 일곱 명 다 상대할 수 있도록 해주세요."

나는 배시시 웃으며 남자가 가리키는 곳으로 들어갔다. 무투대회가 시작한 지 한참이 지났던지라 오늘 접수하는 사람은 나밖에 없는 모양이었다. 그가 안내한 곳으로 들어가자 남자로부터 내가 접수한 서류를 든 사람이 나를 선수 대기실로 안내했다.

"뒤의 분은 일행이십니까? 출전하시는 분이 아니면 들어가실 수 없는데요."

"…나는 경기장에서 보도록 하지. 잘해봐라."

시온은 그렇게 말하고—아니, 내 경기 일정이 어떻게 되는지는 아직 나도 모르는데 어떻게 알고?—나에게서 멀어졌다.

나도 내 본업이라는 것이 있었으므로 그를 지켜봐야 하는 것이 아닌가 하는 마음이 일었지만 안심하라는 듯이 에레타의 목소리가 들려왔다.

—펜던트의 중앙 동공으로 시온의 모습을 확인할 수 있으니 걱정 말아요. 그도 어리석은 자가 아니니 엉뚱한 짓은 벌이지 않겠지요.

걱정되는데요. 그것도 무지.

하지만 지금의 나에게는 숙식과 상금이 조금 더 중요했기에 그에 대한 걱정은 일단 접기로 했다.

'우에…….'

선수 대기실을 열자 후끈한 땀 냄새가 물씬 풍겨왔다. 지독해! 나는 한숨을 짓다가 이쪽을 바라보는 선수들과 시선이 마주쳤다. 선수 대기실에 어린아이가 들어오자 의아한 모양이었다.

갑주를 걸친 기사에 여자도 있었고 중년의 남자도 있었다. 커다란 곡도나 철퇴 같은 무기를 바닥에 걸쳐 놓고 자기 차례를 기다리는 전사들도 있었다.

내 서류를 든 남자는 아무렇지도 않은 표정으로 우락부락한 선수들 사이로 들어가 대진표를 작성하고 있는 노인에게 다가갔다. 노인과 함께 나를 돌아보며 무어라 말하는 것이 나에 대해 이야기하는 것 같았다. 그는 잠시 노인과 협의를 하다 이리 오라며 나를 손짓했다.

"오늘 예선전 전부를 하려면 예선전에 나오지 않은 선수들의 자리에 끼어야 할 텐데 괜찮겠습니까?"

"예."

내가 별로 생각하지도 않고 고개를 끄덕이자 노인은 눈살을 찌푸렸다. 그러나 뭐라고 잔소리를 하고 싶은 생각은 없는지 깃털 펜으로 누군가의 이름을 지우고 그 옆에 내 이름을 써넣었다.

"세르티드 레플리카. 희한한 이름이군. 이름이 호명되면 나가서 싸우면 된다. 마법은 사용할 수가 없고, 마법검 정도를 쓰는 것은 상관없어. 상대를 죽이거나 회복 불가능한 상처를 입히면 실격 대상이 된다(노인은 이 말을 하면서 '네가 죽지 않으면 다행이겠지' 하고 중얼거렸다).

경기가 시작되고 이름이 세 번 이상 호명될 때까지 나오지 않으면 실격 처리된다. 그리고 예선전이 끝날 때까지는 검기를 사용해서는 안 돼."

"레플리카 씨의 오늘 시합은 이렇습니다."

접수원의 남자는 내게 대진표를 보여주며 일일이 내 시합이 있는 시간을 가르쳐 주었다. 경기장 위는 안티 매직 쉘이 걸려 있어 그 영향권 안으로 들어가면 자동으로 몸에 건 주문 등이 풀려 버린다고 했다.

미리 단단히 주의를 주며 말을 꺼내는 걸로 봐서는 내가 강화 마법 같은 것을 전신에 걸어두지나 않았나 하고 의심하는 것 같았다.

'첫 번째 시합은… 12시.'

내가 시계를 찾는 것 같자 접수부의 남자가 대답해 주었다.

"지금은 11시 34분입니다. 괜찮으시겠지요?"

"네. 그런데 화장실은 여기에 없나요?"

"아, 저쪽으로 가시면 됩니다."

나는 남자가 가리키는 방향을 쳐다보고는 그에게 고개를 꾸벅 숙였다.

"감사해요. 그럼."

시합 전에 시온의 능력을 빌릴 생각이므로 나는 후닥닥 화장실로 들어갔다. 다행스럽게도 남녀 공용으로 사용하는 곳이었다. 사람이 없음을 확인하고 나는 펜던트를 바라보며 주문의 말을 웅얼거렸다.

"계약 1조 1항에 의거, 나 세르티드 레플리카는 시온 시에트로 고르도스의 힘을 빌리겠습니다."

시온이 펜던트에서 빠져나온 탓인지 펜던트에서 검은 기운이 흘러 들어 오거나 하지는 않았다. 다만 어디에서부턴가 느껴지는 그의 기운이 내 몸속으로 흡수되는 것을 느낄 수가 있었다. 손아귀로 단단한 시온의 검이 잡히자 나는 싱긋 웃으며 화장실 문을 열었다. 멀리 대회장으로부터 날 지명하는 목소리가 들리고 있었다.

"세르티드 레플리카 씨! 없습니까? 세르티드……!"

"저, 저 여기 있어요!"

내가 손을 번쩍 치켜들며 달려오자 '와하하하' 웃어대는 관중들의 웃음소리가 들려왔다. 심판은 어이없다는 듯이 나를 쳐다보다 내가 자신의 키보다도 더 큰 검붉은 핏빛의 검을 들고 경기장 안으로 뛰어들자 놀란 듯한 시선으로 나를 바라보았다.

시온의 검은 상당히 무겁고 긴 것으로 성인 남자도 한 손으로 휘두르기 힘든 물건인 것이다. 그것을 내가 달랑 한 손에 들고 뛰어왔으니 놀랄 수밖에.

"에, 아직 세 번 부르기 전이죠?"

"그, 그렇습니다만 그 무기는 본인 것입니까?"

확실히 열여섯 살의 소년(?)이 휘두르기에 시온의 검은 무시무시해 보였다.

"예, 일단은."

"좋습니다. 그럼 세르티드 레플리카 씨와 브리크 알 베자스 씨의 경기가 시작되겠습니다! 규칙은 여러분이 아시는 바와 같습니다. 상대의 항복을 받아내거나 어느 한쪽이 장외로 떨어지거나 전투 불능이 되면 승리합니다! 물론 상대방을 죽여서는 안 되고 회복이 불가능한 상처를 입혀서도 안 됩니다! 보시는 바와 같이……!"

심판은 그렇게 말하며 심사위원의 옆에 대기하고 있는 흰옷을 입을 사람들을 가리켰다.

"신전의 무녀님들과 치유사 분들이 대기하고 계시니 팔다리가 잘리는 중상을 입으신데도 상처 걱정은 하시지 않으셔도 좋습니다!"

으엑! 파, 팔다리가 잘린다고?! 그런 거야말로 회복 불가능한 상처잖아! 잘린 다음에 다시 붙여준데도 그건 싫어! 그런 말은 참가 신청서에 서명하기 전에 이야기해 줬어야지!

"자아, 그럼 경기를 시작하십시오!"

심판은 그렇게 무책임하게 지껄이고는 혼자만 경기장 아래로 내려가 버렸다. 나는 검을 들고 멀거니 상대방을 쳐다보았다. 상대는 훤칠한 키에 생글거리는 표정이 인상적인 친절한 사람이었다면 좋으련만 정 반대다.

얼굴 전체에 험악, 폭력, 흉포라고 쓰여 있는 듯한 남자는 '크크크' 하며 기분 나쁜 웃음을 터뜨렸다.

"운도 좋지. 일회전의 그 얼간이에 이어 너 같은 꼬마가 내 상대라니… 꼬마야, 내 일회전 상대가 어떻게 됐는지 알고 있나?"

"아뇨."

나는 고개를 설레설레 저었다. 그는 잔인해 보이는 입가를 혀로 핥으며 내게 말했다.

"이 모닝스타로 두개골을 쪼개주었지."

"예? 하지만 그럼 실격이잖아요."

내가 정색을 하고 반문하자 브리크는 예상했던 반응을 얻어내지 못한 탓인지 화를 버럭 내며 말했다.

"두개골만 쪼개졌을 뿐이지 신성력을 받고 살아났어!"

"헤에, 그래요? 머리가 쪼개지면 죽는 거 아닌가?"

―어떻게 맞았느냐에 따라 다르겠지요. 머리에서 피가 흘러도 사람

들은 머리가 깨졌다고 표현하기도 하니까요.

"그런가?"

내가 나지막이 중얼거리자 브리크는 자신의 모닝스타를 들어 올리며 소리를 질렀다.

"뭘 중얼중얼 떠들어대는 거야!"

우람을 넘어서 거대한 그의 발이 경기장을 내딛자 쿵쿵거리며 바닥이 울렸다. 경기장의 반석이 들썩거리는 것을 보며 나는 한 발짝 뒤로 물러섰다. 그에 자신감을 되찾은 것인지 브리크는 머리 위로 모닝스타를 돌렸다. 단숨에 내 머리를 박살 낼 생각인 것이다.

나는 눈을 빛내며 그를 응시했다. 내게 덤볐던 그 오거에 비하면 저건 아무것도 아니다. 죽이지 않고 끝내야 한다는 사실이 좀 걸릴 따름이지.

그는 거리가 좁아지자 예상대로 내 머리를 향해 모닝스타를 휘둘렀다. 하나 나는 그보다 한참이나 키가 작았다. 이렇게 작은 자를 상대로 모닝스타를 휘둘러 본 적이 없는 것인지 그는 내가 가볍게 머리를 숙이며 그의 옆으로 빠져나가자 나를 잡지 못하고 허공을 휘저었다.

빠악!

내가 검의 옆면, 검면으로 드러난 그의 뒤통수를 후려갈기자 무시무시한 소리가 들리며 그가 앞으로 쭉 뻗어나갔다. 나 자신도 처음 하는 거라 눈을 동그랗게 뜨고 그를 쳐다볼 뿐이었다.

"애구구!"

내가 당황한 비명을 지르자 곁에서 멍하니 보고 있던 심판이 소리 높여 치유술사와 무녀를 불렀다.

"치, 치료를!"

"들것! 들것을 가져와!"

한차례 그를 치료하고 옮기는 소동이 일어난 후—그는 뇌진탕이었다—심판은 웅성거리는 관중들을 향해 소리쳤다.

"여러분, 믿을 수 없는 일이 일어났습니다! 브리크 알 베자스와 세르티드 레플리카의 시합은……!"

차가운 정적이 관중들을 휘어잡자 나는 숨을 멈추고 그들을 올려다보았다.

"세르티드 레플리카의 승리입니다!"

"우와아아!"

뒤늦게 일어나는 사람들의 환호성에 나는 뻘줌한 얼굴로 경기장 아래로 내려왔다. 내가 안심하는 이유 중 하나는 그 브리크라는 사람이 죽지 않았다는 것이고, 또 다른 하나는 규칙 위반으로 탈락되지 않았다는 사실이었다.

'후에, 심장이 멎는 줄 알았다.'

반사적으로라도 죽이면 안 된다는 사실을 숙지하고 검면으로 쳐서 다행이었다. 아니라면 상당히 보기 흉칙한 꼴이 펼쳐졌을 것이다.

내가 선수 대기실로 돌아오자 사람들은 싸늘한 눈빛으로 나를 바라보았다. 처음의 동정과 호기심 어린 눈빛이 아닌 경계심 가득한 시선이었다. 하지만 개중에는 감탄 어린 눈으로 나를 바라보는 사람들도 있었다.

내 시합이 빨리 끝난 터라 다음 선수들이 심판의 부름에 따라 경기장 위로 올라갔다. 나도 배가 고팠으므로 시온을 찾아 경기장 밖으로 빠져나가고 싶었지만 내 두 번째 시합도 열두 시와 세 시 중에 있는 것이라 나갈 수가 없었다.

무투대회는 일정 수의 선수들을 정해진 시간에 불러들여 시합이 끝나는 족족 경기장 위로 올려보내는 식으로 이루어져 있었다.

때문에 세 시간 안에 끝날 때도 있고 그보다 더 연장이 될 때에는 일단 휴식 시간을 가지고 다시 경기를 재개한다는 것이다.

내 시합은 열두 시와 세 시 사이에 시작하는 것이 세 개, 네 시와 일곱 시 사이에 시작하는 것이 두 개, 여덟 시와 열한 시 사이에 시작하는 것이 두 개가 있었다. 무투대회의 경기장은 이곳만이 아닌 다른 곳에서도 열리는 탓에 내게는 놓치지 않고 찾아가야 하는 어려움이 있었다. 하지만 그 시간대에 열리는 경기에는 그 경기장에서만 싸울 수 있도록 배려해 주었기 때문에 일단은 안심이었다.

'흐응… 시합이 세 개 정도만 더 끝나면 내 시합이네.'

어차피 관중석이든 선수 대기실이든 부를 때 나오기만 하면 됐으므로 나는 관중석 어딘가에 있을 시온을 찾아 선수 대기실을 빠져나갔다. 아까의 시합 때문인지 몇몇 사람들이 호기심 어린 눈으로 나와 내가 들고 있는 검을 쳐다보았다.

"시온은 어디에 있으려나?"

—펜던트의 동공을 들여다보세요.

에레타의 목소리에 나는 펜던트를 들여다보았다. 그녀가 동공이라고 말하는 것은 아무래도 펜던트 중앙의 유리 구슬을 말하는 것 같았다. 가만히 들여다보려니까 정말로 시온의 모습이 보였다. 한데 풍경이 좀 이상한걸?

"이거… 관중석이 아니네? 관중석 위에 있는 건가?"

—어디 있는지는 상관없을 거예요. 펜던트를 통해 말한다면 시온도

우리의 목소리를 들을 수가 있을 테니까요.

"아, 그래요?"

하지만 가만히 들여다보자니 부르면 자기를 귀찮게 했다고 나를 구박할 것 같고 내버려 두자니 펜던트의 주인으로서 할 짓이 아닌 것 같았다.

'하지만 주인이라고 해서 특별히 뭘 하라고 지시받은 것도 없고.'

설명서를 끄집어내서 들여다보았지만 아무런 문구도 떠오르지 않았다. 이거 진짜 그냥 써도 되는 거려나?

"저기… 근데요, 왜 제가 이 물건을 써도 되는 거지요?"

내가 묻자 마치 물어봐서는 안 되는 것을 물어보기라도 한 것처럼 조용해졌다. 쉽게 말을 꺼내지 못하는 에레타의 모습에 나는 설명서로 눈을 돌렸다.

종속자로 인해 영혼에 균열이 일 만큼의 피해를 입은 자에 한함.

"영혼의 균열?"

내가 갸웃거리며 중얼거리자 에레타가 말했다.

―저희들로 인해 복구되기 힘들 만큼의 피해를 입은 것을 말하는 거예요. 모든 생물에는 영혼이 있고 저희들의 힘은 영혼에 손상을 줄 만큼의 파괴력을 가지고 있으니까요.

"그 말은… 제 혼에 이상이 있다는……."

나 정신 분열이었던가(이건 좀 아니다)? 아니, 딱히 삐뚤어진 품성을 가지고 있다고 생각한 적은 없는데?

―혼은 환생을 거듭하게 되면 스스로를 치유하게 돼요. 하지만 그

상처는 남아서… 당신을 괴롭혔을 거예요.

"그 말은 지금은 없다는 건가요?"

―예.

에레타는 미안한 듯 말했지만 나는 별 감흥이 없었다. 내가 피해를 입었다고는 해도 지금의 내가 기억하고 있는 것은 하나도 없었고 딱히 피해를 입은 느낌도 들지 않았다.

'그럼 지금의 이건 보답 차원? 좀 이상한데?

설명서는 그때그때 필요한 부분만이 보여지기 때문에 더 무엇을 감추고 있는지 알 수가 없었다. 단순히 저들로 하여금 죗값을 치르도록 하기 위해 만들어진 시스템인가?

어차피 가족을 잃고 혼자 살아가게 될 상황이었기에 지금의 일에 불만이 많은 것은 아니었지만 그래도 조금은 궁금했다. 하지만 에레타나 다른 사람들은 말하고 싶지 않아하는 것 같았기에 나도 더 이상은 물을 수 없었다.

아무튼 나는 당장 주린 배가 쪼르륵거리는 소리를 내고 있었으므로 사람들 사이를 헤치고 음식을 팔고 있는 노점상 앞으로 달려갔다. 노점상에는 양념을 발라 구운 오징어구이가 맛있는 냄새를 풍기며 먹음 직스럽게 구워지고 있었다.

'우와아!'

나는 눈을 빛내며 주인 아저씨께 물었다.

"이거 얼마예요?"

"하나에 10라덴이오만, 먹을 거유?"

"예!"

기쁘게 대답하며 벤슨 씨에게 받았던 돈 주머니를 뒤적이는데 아무리 주머니를 탈탈 털어도 나오는 것이 없었다.

"어? 어라?"

내가 바지 주머니만 뒤적이며 좀처럼 돈을 꺼내지 못하자 아저씨는 파리 쫓듯이 휘휘 손을 저었다.

"거, 살 거 아님 가슈!"

"아, 예……."

내가 힘없이 어깨를 축 늘어뜨리자 아저씨는 혀를 끌끌 차더니 오징어를 하나 빼서 내게 내밀었다.

"어디 가서 내가 공짜로 줬다는 말이나 하지 마쇼."

"에헤, 잘 먹을게요! 돈 찾으면 꼭 이자까지 쳐서 갚을 테니까 기다리세요!"

"뭐, 나야 대회 하는 동안은 여기 있을 테지만… 돈을 찾을 수는 있겠수?"

"못 찾으면 벌어서라도요."

내가 배시시 웃으며 대답하자 아저씨는 마음대로 하라는 듯이 다시 오징어 굽기에 전념했다.

오징어의 크기가 그리 크지 않아서 양이 상당히 모자라긴 했지만 꿀맛이었다. 돈이 있었으면 더 사 먹는 건데.

나는 주머니를 뒤지다 끈으로 돈 주머니 한쪽을 외투에 꿰매놓았던 것을 기억하고는 외투를 뒤적거렸다.

"이, 이건!"

누군가 칼로 끈을 자른 자국이다. 저절로 끊어져서 떨어진 것이 아니라 누군가에게 도둑맞은 것이다. 언제지? 사람들 사이를 헤치고 지나갈 때인가?

―도둑맞은 건가요?

"예. 이럴 줄 알았으면 아끼지 말고 죄다 사 먹을걸. 저녁 사 먹을 돈까지 남겨두려고 아끼고 있었던 건데……."

누구지? 감히 이 몸의 돈을! 가뜩이나 궁핍한데! 잡히면 죽음! 죽음뿐이다!

쪼르륵.

역시 손바닥만한 오징어 가지고는 요기가 되지 않는다. 나는 한창 먹성이 좋을 열여섯 살인데다 오늘은 하루 종일 육체 노동을 해야 하는 것이다.

나는 상심한 나머지 바닥에 쪼그리고 앉았다.

"헤휴… 나는 바본가? 괜히 무투대회는 나온다고 해서리……."

배는 고프고 몸은 힘들고, 돈은 도둑맞고. 궁상의 삼박자가 맞아떨어지는 것 같았다.

―힘내요. 그래도 아직 기회는 있잖아요.

―그래그래, 일단의 배고픔이 문제냐? 금화가 삼만오천 개라며? 우승하면 되겠네.

"…그럼 그때까지 굶어요?"

―숙소를 마련해 준다면 식사도 제공되지 않을까요?

지나가는 듯한 트레스의 말에 귀가 번쩍 뜨였다. 그렇지! 숙소를 마련해 준다면 식사도 제공될 가능성이 높았다. 들리는 소문에 의하면 무투회장과 가까운 호텔을 통째로 빌렸다는 소리도 있던데.

'본선에만 진출하면 식, 주가 공짜?!'

이렇게 되면 정말로 이겨주는 수밖에 없었다. 다른 실력을 길러 힘들게 올라온 사람들에게는 미안한 일이지만 내 코가 석 자니 어쩔 수 없다!

"저 열심히 할게요!"

불타오르는 내 모습을 보고 펜던트 안의 누군가가 나지막이 중얼거렸다.

—뭐… 죽지 않을 선에서만 열심히 하라고.

【제4화】
레오폴드 vs 세르티드

레오폴드 vs 세르티드

배가 고프면 기분이 나쁘다. 그것도 돈이 있어서 무언가를 사 먹을 수 있을 때와 돈이 없어서 먹지 못할 때의 기분은 천지 차이다. 게다가 나는 돈을 도둑맞기까지 한 것이다. 이것저것 보태지고 더해져서 나의 기분은 한마디로 낭떠러지였다. 이런 상황에서 내게 겔겔거리며 덤벼드는 상대가 좋게 보일 리가 없다. 음담패설은 질색이라고!

"쿠왁!"

상대의 가드를 뚫고 들어간 내 주먹이 잘난 누구 씨의 턱을 올려치자 누구 씨의 몸이 붕 떠올랐다. 하나 나는 거기에서 멈추지 않고 뒤로 밀어두었던 봉을 들어 인정사정없이 돌려 쳤다.

"크아아악!"

자못 악당 같은 비명을 지르며 장외로 떨어지는 누구 씨. 이름도 기억해 주고 싶지 않은 상대였다.

심판이 시합이 끝났음을 선언하자 나는 잽싸게 봉을 들고 경기장 아래로 내려왔다. 다음 경기를 위해서는 빨리 다른 경기장으로 가봐야 했다.

봉을 사용한 것은 아직 검을 다루는 데에 미숙한 내가 실수로라도 사람을 죽이게 될까 봐 바꾼 것이다. 시온의 능력을 빌렸다고는 하지만 나는 한참 미숙하니까. 마치 차가 고성능이라도 운전자가 실력이 달리면 아무 소용 없는 것과 같았다.

지금 내가 사용하고 있는 것은 시온의 능력이 아닌 세리나의 것이었는데, 그녀는 봉이나 창을 사용하는 공격을 주로 하고 있었다. 하나 근거리의 격투 능력도 뛰어나서 능력을 부르면 건틀릿도 딸려왔다.

무기를 사용하는 데에 익숙지 않으므로 맨손 격투에 의존해 볼까 생각해 봤지만 관뒀다. 상대가 이따만한 칼이나 도끼를 들고 나오는데 내 쪽에서 달랑 건틀릿 하나만 들고 나올 엄두가 나지 않았다. 그러기에는 아직 내 담력이 약하달까? 아무튼 이 기다란 봉이라도 들어야지 마음이 안정된다.

"쟤야, 쟤. 시작한 지 2초 만에 상대의 머리통을 박살 냈대!"

'에엣?!'

부지런히 다음 경기장을 찾아가는 내 귀에 듣지 않았으면 좋을 말이 들려왔다. 내가 고개를 돌려 그녀들을 쳐다보자 그들은 얼른 내게서 눈길을 돌리며 다른 쪽으로 가버렸다.

이, 이게 뭐야? 벌써 이상한 소문이 돌고 있어?

"고작 반나절밖에 되지 않았는데 빠르군."

가슴을 내리누르는 듯한 묵직한 목소리에 나는 고개를 돌렸다.

"시온!"

내가 반갑게 그를 돌아보자 시온은 이상한 표정을 지으며 나를 쳐다
보았다. 그는 나를 물끄러미 쳐다보다 입을 뗐다.

"…이제 여섯 번째 시합인가?"

"예."

이제 이 시합에도 슬슬 익숙해지고 있었다. 이제는 상대가 나보다
머리 다섯 개는 커도, 상반신을 벗어놓은 채로 가슴에 털이 수북하게
있어도, 얼굴에 칼자국이 난 험악한 사람이라도 그다지 떨리지 않았다.
그저 배만 고플 따름이지.

'그러고 보니 밥 때가 되어가는구나.'

멀리 경기장 밖으로 보이는 주택가에서는 하얀 연기가 모락모락 피
어오르고 있었다. 저녁 준비를 하는 모양이었다. 시합 시작은 여덟 시
이기에 시간은 많았지만 역시 빨리 경기장 안으로 들어가는 것이 정신
건강에 좋을 것 같다.

'노점상 아저씨한테 단시간 알바라도 한다고 해서 오징어구이라도
얻어먹을까?'

배가 고프다는 것은 상상 이상으로 괴로운 일이었다. 돈이 없으면
더 더욱.

내가 다시 쪼르륵 소리가 나는 주린 배를 움켜쥐자 시온은 딱하다는
듯이 쳐다보았다.

"그러지 말고 뭐라도 사 먹지?"

"소매치기당했어요. 히유, 돈을 나눠서 담을걸."

그러자 시온은 이해가 되지 않는다는 듯이 나를 쳐다보았다.

"그 소매치기란 놈을 잡으면 되지 않나?"

"얼굴도 모르고 목소리도 몰라요."

“내가 찾아주지.”

시온이 빙글 내게서 등을 돌려 걸어가자 나는 불길한 생각이 스쳤다. 그래서 다다다 달려가 그의 팔을 잡았다.

“잠깐만요! 어떻게 하려고요? 설마… 경기장 사람들을 인질로 잡고 나오지 않으면 하나씩 죽이겠다라는 식으로 하려고 그러는 거죠?”

“내가 그렇게 비상식적인 줄 아나?”

“아니면 어떻게 하려구요? 나도 누군지 모르는데.”

시온은 가소롭다는 듯이 눈썹을 찌푸렸다.

“보안 책임자를 두들겨 소매치기를 잡도록 할 거다. 경기장에 그런 도둑놈 따위가 들끓게 한 것은 그쪽 책임일 테니까.”

“그것도 충분히 비상식적이네요.”

“그럼 간단하게 하도록 할까?”

나는 고개를 갸웃거렸다.

“간단하게? 어떻게요?”

“굳이 그놈을 찾을 필요 없이 소매치기하는 놈이 보이면 그놈을 터는 거다.”

헤에, 그건 괜찮은 생각인 것 같았다.

“하지만 걸리면 곤란하잖아요. 오히려 시 경비대에 우리가 도둑으로 몰릴 수도 있다고요.”

“죽여서 증거 인멸을 하면 편한데.”

그가 나를 멀뚱히 쳐다보며 말했다. 어디가 편하다는 거야, 그게!

“아무리 크게 잡아도 소매치기는 사형을 당할 만큼 큰 죄는 아니라고요. 됐어요. 오늘 저녁만큼은 늦은 시간이라도 먹을 수 있을지 모르니까 거기에 걸어봐야지요 뭐.”

하나 경기장이 내려다보이는 관중석 쪽을 힐끗 돌아보는 시온의 모습을 봐서는 그쪽으로 미련이 남은 모양이었다.

나는 어림도 없다는 듯이 그의 팔을 선수석 쪽으로 끌고 갔다.

고작 반나절 동안 내 소문이 쫘악 퍼진 것인지 관중석으로 들어서자 사람들이 나를 쳐다보며 수군거리기 시작했다.

아까의 아낙들은 전초전이었단 말인가!

"저, 저봐. 저 녀석이야."

"그런 괴력을 발휘할 수 있을 것 같지는 않은데… 일회전 상대를 관중석까지 날려 보냈다는 게 정말이야?"

"그 작자는 머리가 깨져서 움직이지도 못한다며?"

"모가지가 떨어져 나갔다는 소리도 있어!"

아니야! 마음대로 살인자 만들지 말란 말이다!

그 앞으로 기어가서 '사실은 그 사람 뇌진탕이거든요?' 하고 말할 수도 없고 나는 한숨을 쉬며 사람들을 쳐다볼 뿐이었다. 사람들은 나와 눈이 마주치자 얼른 입을 다물며 뒤로 물러섰다.

'후에, 이러다 이 동네에서는 돌아다니지도 못하겠다.'

나머지 두 개의 시합은 하나의 시합을 사이에 두고 있었다.

사실 이 예선전은 모두 열 번의 시합을 할 수 있도록 되어 있다고 했다. 어느 정도 실력이 있음에도 예선전부터 너무 강한 상대를 만난 사람을 배려하도록 한 것이다. 그렇기 때문에 세 번 정도는 져도 괜찮다고 생각한 것인지 상대가 강하면 싸우기도 전에 기권하는 사람들이 많았다. 그래 봐야 숨겨진 강자를 만나 그 네 번째를 채우면 소용없지만 말이다.

저녁때인데도 일을 끝내고 한가한 사람들이 많아서인지 경기장 안은 한낮일 때보다 더욱 꽉 들어차 있었다.

경기장 주위는 마법의 불빛으로 밝혀져 있었는데 나는 그것이 신기해서 만져 보려 했지만 눈에 보이는데도 만져지는 것은 없었다.

"에, 이제부터 레오폴드 페오도르와 라힐 파베르의 시합이 시작되겠습니다!"

심판의 우렁찬 외침에—트레스는 저 남자의 목소리에 크게 들리는 마법이 걸려 있을 거라고 말했다—나는 잽싸게 경기장 쪽으로 시선을 돌렸다. 멀어서 잘 보이지는 않았지만 경기장 위에 두 명의 남자가 올라와 있었다. 나 때와 마찬가지로 심판이 내려가고 검을 든 두 남자가 맞붙었다.

"우우, 나도 저런 사람들과 싸우고 싶어. 산적 같은 사람들 말고."

"그 소원, 이루어질 수 있을 것 같은데?"

뒤의 대진표를 보고 중얼거리는 시온의 말에 나는 고개를 돌렸다.

"어떻게요?"

"여기 네 다음 상대, 저기의 저 레오폴드 페오도르야."

"우와아아아!"

대진표를 살펴보고 있던 나는 관중석에서 거센 함성이 튀어나오자 깜짝 놀라 돌아보았다. 레오폴드가 시합이 시작하기가 무섭게 상대를 몰아붙이고 있었던 것이다. 라힐 파베르도 필사적으로 검을 놀려 레오폴드를 막아내려 했지만 역부족이었다.

"저 친구, 인간치고는 쓸 만하군. 죽이지 않으려면 고생 좀 하겠어."

"그렇게 남의 일처럼 말하기예요?"

내가 눈살을 찌푸리며 반문하자 시온은 무심한 어조로 대답했다.

"필연코 남의 일이지."

‘이 인간, 다시 집어넣어 버릴까?

하나 라힐 파베르도 쉽게 질 생각은 없는지 악착같이 그의 검을 맞받아치고 있었다. 그가 경기장 끝 자락의 위태로운 자리에까지 몰리자 그의 팬인지 관중석 한쪽에서 안타까운 비명이 터졌다.

“마지막이다!”

레오폴드는 의기양양하게 소리치며 라힐을 향해 검을 찔러들었다. 간발의 차이로 피한 라힐의 머리칼이 흩어지며 아래쪽에서 솟구쳐 오르듯 그의 레이피어가 튀어 올랐다.

“훗!”

레오폴드는 몸을 뒤로 빼며 거리를 벌리려 했지만 라힐의 레이피어가 집요하게 따라붙었다. 근거리의, 정확히 어깨를 노린 공격에 전세가 역전되는 듯했으나 레오폴드는 눈빛을 달리하며 왼손 손목으로 레이피어를 쳐냈다.

“으악!”

내가 손목을 움켜쥐며 비명을 지르자 시온이 한심하다는 눈길로 나를 쳐다보았다.

“수갑으로 쳐낸 거야.”

“수갑? 사람 묶는 거요?”

“아니, 이런 거.”

시온은 간단히 자신의 손목에 찬 팔찌(?)를 보여주었다. 별다른 장식은 없었지만 그것은 손목과 팔꿈치에 닿을 만큼 긴 금속이었다. 검은 색이긴 하지만 고풍스러운 문양이 그려져 있는 것이 내 눈에는 팔찌처럼 보였다.

‘그래서 팔이 잘려 나가지 않은 건가?’

캉!

날카로운 소리를 내며 라힐의 레이피어가 결국 잘려 나갔다. 검기를 사용했다면 검이 잘려 나갈 일은 없겠지만 예선전에서는 검기를 사용할 수 없도록 규정 지어져 있었다. 아래쪽에서 급히 라힐에게 검을 던져 주었지만 승부는 기울어져 있었다.

손에 맞지 않는 롱 소드를 휘두르던 라힐은 결국 레오폴드의 공격을 맞부딪치지 못하고 검을 놓치고 말았다. 그의 롱 소드가 레오폴드의 공격에 의해 경기장 밖으로 떨어지자—심판의 발치에 박히는 바람에 심판이 자빠졌다—잦아드는 듯했던 관중들의 환호성이 한꺼번에 터져 나왔다. 그 목소리는 심판이 레오폴드의 승리를 외치자 더해졌고 레오폴드는 라힐과 악수를 하고 경기장 아래로 내려왔다.

한데 레오폴드가 경기장을 내려오기 전 내 쪽을 바라보는 것이 아닌가.

내 착각일 수도 있겠지만 그 순간만큼은 그렇게 보였다. 그것도 별로 안 좋은 시선으로.

'왜 째려보는 거지?'

난 결단코 저 사람, 오늘 처음 본다. 원한 살 일도 없고 살 이유도 없으며 사고 싶은 생각은 더 더욱 없었다.

상당히 찜찜해하며 고개를 갸웃거린 순간 레오폴드는 다시 고개를 돌리더니 선수 대기실 안으로 들어가 버렸다.

'다음 상대가 나라서 그런가?'

미리 견제하든 말든 상관은 없지만 어째 걸리는 눈빛이었다.

내 다음 시합까지는 다섯 시합이 걸려 있었지만 구경하는 동안 시간은 술술 지나가 버렸다.

라힐이나 레오폴드처럼 좀 볼 만한 인간들이 싸우면 구경할 맛이 났지만 그저 싸움 좀 할 줄 아는 용병이나 건달들도 많았다. 그저 잔인하기만 한 검 실력으로는 체계적으로 배운 사람을 상대하지 못하는 것이다. 그런 시합들은 종종 빨리 끝이 나버렸다.

나는 내 시합 차례가 가까워지자 재빨리 경기장에서 가까운 관중석으로 내려갔다. 선수 대기실로 가면 그 레오폴드라는 사람과 마주칠 위험도 있을뿐더러 돌아가야 하기 때문에 시간이 많이 걸리기 때문이었다.

관중들이 경기장 안으로 난입하지 못하도록 막고 있던 경비병들은 다음 시합에 출전해야 된다는 내 말에 얼른 안으로 들여보내 주었다.

내가 경기장 위로 올라서자 선수 대기실에서 나오던 레오폴드가 나를 쳐다보는 것이 보였다. 여전히 싸늘한 눈빛인 그는 결의를 다지듯 양손을 꽉 쥐며 경기장으로 올라가는 계단에 발을 디뎠다. 곧이어 심판의 목소리가 관중석을 향해 울려 퍼졌다.

"그럼 세르티드 레플리카와 레오폴드 페오도르의 시합을 시작하겠습니다! 두 분, 시작하십시오!"

쩌렁쩌렁한 그의 울림에 나는 단단히 봉을 쥐고 싸울 준비를 했다. 그러자 레오폴드는 나를 힐끗 쳐다보며 물었다.

"왜 검이 아니지? 첫 번째 시합에서는 검을 사용한 걸로 알고 있는데."

그는 아직 허리춤에 걸린 자신의 검을 뽑지 않은 상태였다. 나는 어리둥절한 얼굴로 그를 쳐다보았다. 검을 쓰든 봉을 쓰든 무슨 상관이란 말인가? 어쨌거나 잘 싸우면 그만인 거지. 나는 그의 물음을 이해할 수 없어 잠시 머뭇거리다가 그에게 대답했다.

"그냥 이게 편할 것 같아서요."

"흥, 난 익숙지 않은 무기로 상대할 수 있을 만큼 만만한 상대가 아니야. 내 경기를 보았다면 그것을 알 수 있었을 텐데? 그만큼 자신의 실력을 자.만.하는 건가?"

싫다, 이 녀석.

분명 자신이라고 할 수도 있었는데 자만이라고 강조해서 말했다. 나는 레오폴드에게 느꼈던 미약한 호감도의 수치가 급격하게 바닥으로 하락하는 것을 느꼈다.

"저기요, 어떻게 생각해도 별로 상관없거든요. 검이나 뽑으세요."

"날 네 전 상대와 같이 생각한다면 큰코다칠 줄 알아!"

'제 코는 별로 높지 않거든요?' 하고 대꾸해 주려다 꾹 참았다. 자고로 어디를 가도 쪼그만 개가 크게 짖어대는 법이다. 내가 레오폴드의 헛소리에 불쾌지수를 높여가는 찰나 펜던트 안에서 고함 소리가 들려왔다.

—뭘 시간 끌어! 한 방에 보내, 한 방에!

—한 방에 보내긴! 저 입에서 살려달라는 목소리가 나올 때까지 자근자근 밟아야지!

에레타가 제어에 실패한 모양이었다. 한 귀로 듣고 한 귀로 흘리자! 나는 무념무상을 중얼거리며 봉을 들어 올렸다. 나무로 자루가 만들어진 그런 물건이 아닌 금속제였으므로 내가 그것을 가볍게 휘둘러 보이자 관중석에서 탄성이 흘렀다.

한데 그것을 보고 있는 레오폴드의 관자놀이가 불쾌감을 나타내듯 미세하게 씰룩였다.

"너와 나의 실력의 차라는 것을 보여주마!"

마침내 검을 뽑은 레오폴드가 저돌적인 기세로 내게 덤벼들었다. 실로 섬광 같은 움직임이었으나 내게는 그것이 슬로우 모션처럼 눈에 잡혔다.

'뒤의 것은 좀 그렇지만 앞의 것은 조금 땡긴다!'

지척에서 휘두르는 그의 검로가 한눈에 들어오고 있었다.

나는 봉의 중심을 잡은 채 그의 품으로 달려들어 봉의 뒷부분으로 미끄러지듯 내 옆구리로 빠져나가는 그의 검을 밀어냈다. 동시에 남은 봉의 앞부분이 그의 턱을 쳐 올리며 그의 몸이 허공으로 일 미터가량 떠올랐다.

"크헉!"

그의 옆구리로 짧은 돌려차기가 틀어박히면서 레오폴드는 공처럼 경기장 밖으로 튕겨 나갔다. 어차피 경기장 아래에는 모래가 두껍게 깔려 있어 떨어져도 상관없을 터였다.

'과연 천족의 힘이야. 음.'

나는 만족스러운 빛을 띠며 경기장 아래로 처박힌 레오폴드를 응시했다. 그에게는 이 모든 공격이 찰나의 순간으로 보였을 것이다.

한 방에 보내는 대가로 그리 세게 치지도 않았으니 그는 지금 어안이 벙벙할 터였다. 모래에 얼굴을 처박았던 그는 고개를 쳐들어 올리며 모래를 뱉어냈다.

"푸엣! 퉤!"

그는 전신의 모래를 털어내며 벌떡 일어섰다. 그리고는 자신의 장외패가 이해가 되지 않는지 경기장 위에 선 나를 돌아보았다. 하나 나는 이미 심판 쪽으로 고개를 돌리고 있었다.

"세… 세르티드 레플리카의 승리입니다."

"와아아아아!"

거대한 함성이 경기장을 뒤흔들었다. 레오폴드는 사색이 된 얼굴로 말도 안 된다며 소리쳤지만 그의 비명은 관중들의 함성에 파묻히고 말았다. 시합 시작 후 불과 5초 만에 끝내 버린 시합이므로 나는 아주아주 약~간은 미안한 생각이 들었다. 그러나 나를 향해 바득바득 이를 가는 그의 모습을 보니 그런 생각은 다시 쏙 들어가 버렸다.

―그래도 체면 세울 시간은 조금 주시지 그랬어요? 자존심이 강한 분인 것 같은데…….

한숨을 쉬는 에레타의 목소리에 껄껄 웃는 누군가가 아니라는 듯이 소리쳤다.

―뭐얼! 잘만 했구만! 거 내 속이 다 후련타!

―암! 좀 더 밟아주지 못한 것은 아쉽지만 그 정도면 되었지!

맞장구를 치는 목소리들에 나는 약간 심했나 하는 생각이 들었지만 그 레오폴드 정도의 실력이라면 나한테 졌다고 해서 예선에서 탈락하지는 않을 것이다. 아마도 운이 나쁘면 나와 또 마주치겠지.

내 다음 시합은 레오폴드의 것과 연달아 있었는데 상대가 기권해 버렸다. 아마도 레오폴드가 나가떨어지는 광경을 보고 질려 버린 모양이었다. 덕분에 나는 쉽게 칠연승을 할 수 있었다.

"식사요? 물론 제공됩니다. 간혹 시합 상대의 음식에 마비약이나 좋지 않은 약을 섞도록 사주하시는 분들도 계시거든요. 그것을 대비해서 본선 진출자는 이 호텔에서 제공되는 음식만을 먹도록 권유하고 있지요. 방으로 식사를 올릴까요?"

"예, 그래 주시면 고맙겠어요."

나는 방의 키를 받아가지고 얼른 위층으로 올라갔다. 본선 진출권을 보이면 자동으로 방이 제공되고 식사도 주는 모양이었다. 물론 공짜로.

"아아, 살았다아~"

내게 제공된 방은 이인용 객실이었다. 이인용이라고 해서 단순히 침대가 두 개인 것이 아니라 거실 따로, 욕실 따로, 방 두 개가 따로따로 있는 곳이다. 나는 당장 침대로 달려가서 그 위에서 뒹굴었다. 이게 얼마만의 침대냔 말이다!

널찍한 침대는 둘이 사용해도 좋을 정도였다. 내가 침대 위에 엎어져 좋아 어쩔 줄을 모르자 시온이 찬물을 끼얹었다.

"그래 봐야 탈락하면 쫓겨나는 것 아닌가?"

"제발 김빠지는 소리 좀 하지 말아요!"

나는 그를 돌아보며 투덜거렸다. 어차피 예선전은 이달 말까지 이어지니 본선 때까지는 놀고 먹을 수 있는 특권이 주어지는 것이다.

'아니지!'

나는 벌떡 몸을 일으켰다. 일단 숙소가 주어지나 본선에 진출하여 우승하느냐 마느냐는 확실치 않은 문제였다. 그렇게 생각하면 일단 싸움에 이기는 순간까지만 호텔이 제공되는 건데…….

'역시 아르바이트를 해야 하는 건가?'

무일푼은 상당히 거슬리는 문제다. 일등에서 사등까지 상금이 차등 지급된다지만 본선인만큼 내가 그 안에 들어갈지는 미지수인 것이다.

"역시 돈 벌 궁리를 해야겠어!"

"식사 왔습니다!"

문밖에서 들리는 낭랑한 음성은 나의 확고했던 결심을 흔들어놓았지만 당장은 밥이 중요! 나는 일어나기가 무섭게 거실로 달려나와 문을 열었다.

카트에 담겨 안으로 들어오는 음식은 시온을 의식해서인지 이 인분이었다. 드시고 그릇은 밖에 내놓으시라는 상냥한 음성을 뒤로 남긴 채 여급은 밖으로 나갔다.

"와아아~"

뚜껑을 열자 김이 모락모락 나는 수프가 모습을 드러냈다. 종류를 알 수 없는 고기 요리와 닭고기 찜, 바구니에 담겨진 빵, 신선한 샐러드 등등을 보고 있자니 눈물이 날 것 같았다. 반나절이었지만 정말 처절한 굶주림이었다.

나는 음식들을 둘러보다 잽싸게 닭다리 하나를 집어 들었으나 시온은 힐끗 쳐다보기만 할 뿐 손을 대지 않았다.

"시온, 뭐 해요? 안 먹을 거예요?"

"안 먹어."

시온은 퉁명스럽게 대답하고 풍경이 내려다보이는 테라스로 나가버렸다. 내가 어리둥절한 듯 돌아보자 에레타가 대답해 주었다.

―저희들은 특별히 음식을 먹지 않아도 몸에는 이상이 없으니까요. 먹을 수는 있지만 먹지 않아도 큰 무리는 없어요.

"그런가?"

나는 시온을 돌아보았지만 여기서는 그의 뒷모습밖에 보이지 않았다. 호텔 밖의 시가지를 내려다보는 모양이었다. 이미 어둑해진 터라 상점가의 불빛들이 어른거렸다.

"안 먹으면 내가 다 먹을 거예요!"

"마음대로 해!"

돌아오는 매몰찬 목소리에 나는 어깨를 으쓱해 보이고는 바로 먹기에 돌입했다. 해물이 들어간 수프에서부터 고기 요리에―이건 진짜 무슨 요린지 몰랐는데 에레타가 양 고기 요리라고 했다―구운 감자, 상큼한 야채 샐러드……. 하여튼 간에 내 몫은 남김없이 먹었다.

디저트로 우유 푸딩을 떠 먹고 있는데 누군가 똑똑 하고 문을 두드렸다.

"…누구세요?"

먹기를 멈추지 않고 묻자 문밖에서는 대답이 없었다. 내가 재차 물으려는데 테라스에서 시온이 걸어나와 조용히 하라는 듯이 손가락을 세웠다. 그가 자신의 무지막지한 검을 뽑아 들자 나는 조용히 푸딩 그릇을 들어 올렸다.

욕하지 마시길. 이거 진짜 맛있단 말이다.

시온은 검을 잡은 손을 들어 올리며 힐끗 문쪽을 바라보았다. 그리고는 자신의 오른발을 들어 올리는 것이 아닌가?

"어? 시온! 그건?"

'부서지면 물어줘야 돼요!' 라고 소리치려 했으나 시온 쪽이 빨랐다. 그가 문을 걸어차자 빠악 하는 소리와 함께 문밖에 있던 누군가가 '으억' 하고 비명을 질렀다.

오잉? 이, 이 비명? 어딘가의 누군가와 비슷한데?

소파 위에 올라서서 시온의 어깨 너머를 쳐다보던 나는 얼른 몸을 숙일 수밖에 없었다.

내 여섯 번째 대전 상대인 레오폴드가 수행원인지 경호원인지 모를 남자들과 함께 내 방문 앞에 서 있었던 것이다. 물론 문짝에 얻어맞은 것은 레오폴드로 코를 맞았는지 쌍코피를 흘리고 있었다.

시온은 심히 불쾌하다는 표정으로 거만하게 그들을 내려다보았다.

"무슨 일이냐?"

시온은 우람한 체격은 아니었지만 그 살벌한 분위기와 거의 이 미터가 달하는 키에 압도적인 시선으로 그들을 바라보았다.

레오폴드의 부상(?)에 '도련님!' 하고 비명을 지르며 그를 감쌌던 남자는 시온을 노려보다가 되려 시온이 그에게로 눈을 부라리자 얼른 눈길을 내리깔았다.

'우에, 설마 나 보러 온 거야? 아까 일 보복하려고?'

나는 소파를 넘어 살금살금 침실 쪽으로 도망가려 했지만 무정한 시온이 나를 돌아보았다.

"레플리카!"

'으헥!'

나는 어깨를 움츠리며 고개를 돌렸다. 문 앞에 당당하게 서 있는 시온과 그 뒤의 무리들이 내게로 시선을 돌렸다.

"네 손님이다."

'저런 건 손님 아니라고요! 그냥 알아서 처리해 주지.'

나는 속으로 원망의 말을 내뱉으며 푸딩 그릇을 탁자 위에 올려놓았다.

"식사 중이셨군요? 실례가 되었다면 죄송합니다."

레오폴드의 곁에 선 남자가 정중한 어조로 내게 말했다. '맞아요. 무지무지 실례가 되었는데요!' 라고 소리칠 수 없었던 나는 어색한 미소를 지으며 그에게 대답했다.

"아뇨. 식사는 거의 다 끝나는 와중이어서. 그런데 무슨 일이시죠?"

"여기서 말씀드리기는……."

남자는 그렇게 말을 끌면서 힐끗 코피를 줄줄 흘리고 있는 레오폴드를 쳐다보았다. 내가 고개를 돌리며 싫은 표정을 짓자 시온이 힐끗 그 남자들을 돌아보며 말했다.

"그럼 너희 둘만 들어와라. 시종들까지 끌어들이기에는 방이 좁으니까."

시온의 말에 반발하듯 뒤의 남자들이 눈꼬리를 키웠지만 시온이 한 번 그들을 훑어주자 조용해졌다.

"일행… 되십니까?"

말을 고르는 듯한 그의 태도에 약간 의아해졌지만 나는 고개를 끄덕였다.

"예, 일단은."

일단이라는 말에 시온이 나를 째려보는 것 같았지만 무시무시.

"안으로 들어오세요."

내가 문을 열며 말하자 남자는 일행을 돌아보았다.

"여기서 기다려라. 물론 포렛 자네도."

"아, 알겠습니다."

포렛이라 불린 남자는 시온을 힐끗거리더니 고개를 숙였다. 레오폴드와 그 남자가 안으로 들어오자 시온은 문을 닫았다.

음식이 담긴 카트는 한쪽으로 밀어버리고 그들을 소파에 앉혔다. 남자는 자신을 레오폴드의 형, 크라이브 페오도르라고 소개했다.

나는 그들의 맞은편에 앉았지만 시온은 자리에 서서 그들을 내려다봄으로써 상당히 분위기를 불편하게 만들었다.

"실례지만… 두 분의 관계가?"

크라이브가 조심스럽게 묻자 시온이 퉁명스럽게 대답했다.

"동생이다."

"아, 그러시군요."

묘하게 안심하는 얼굴로 크라이브가 고개를 끄덕였다. 레오폴드는 손수건으로 코를 가리고 있었는데 나와 눈이 마주치자 불쾌한 표정을 드러내며 고개를 돌렸다.

"레오!"

"쳇."

크라이브가 무어라 주의를 주는 것 같았지만 레오폴드는 눈길도 돌리지 않았다. 그는 아주 이 일을 못마땅하게 생각하는 것 같았다.

"죄송합니다. 아직 동생이 철이 없는 터라."

"아뇨, 뭐……."

이 사람 왜 이리 저자세람?

내 눈으로 보기에도 크라이브나 레오폴드는 귀족이나 돈 많은 상인의 아들일 것 같았다. 그런 그들이 뭐 볼 게 있다고 내 숙소에까지 찾아와 저러는 것이란 말인가? 그것도 나한테 한 방에 깨진 동생까지 데리고 와서.

"후우……."

크라이브는 가볍게 한숨을 쉬며 나를 쳐다보았다.

"결례를 무릅쓰고 이런 늦은 시간에 찾아온 것을 먼저 사죄드리지요. 저희 아버님께서 너무 막무가내셔서 말입니다."

아버지가 막무가내? 그게 나랑 무슨 상관이야? 난 그쪽 아버지가 누군지도 모르는데. 아니, 아니지! 설마 저 바보가 후작님 아들이야?

내가 속으로만 경악하며 놀라고 있을 때 크라이브가 말했다.

"제 페오도르라는 성을 들으셨을 때 눈치채셨겠지요? 저희 아버님은 카알 페오도르 공작이십니다."

후작님일 리가 없지. 그러고 보니 나, 그분 성 까먹었다.

크라이브의 입에서 공작이라는 소리가 나올 때 레오폴드는 드러나지 않게 주의하며 내 표정을 살피고 있었다.

'어이, 눈동자 움직이는 게 보여.'

"아버님이 공작이신 게 저와 무슨 상관이죠?"

레오폴드에게 한심하다는 눈길을 던지며 그에게 묻자 크라이브는 어정쩡한 미소를 지었다. 그 순간만큼은 레오폴드도 어쩔 수 없다는 듯이 내 시선을 피해 고개를 돌렸다.

"저희 아버님께서는 타고난 검사십니다."

"그러시군요. 그런데 그게 무슨……?"

크라이브의 얼굴에 망설이는 기색이 살짝 비쳤지만 어쩔 수 없다는 듯이 입을 열었다.

"송구스럽게도 레오폴드가 경기하던 그날 아버님께서 신분을 숨기시고 경기장 안에 숨어드셨지요. 그때 레플리카 양과 레오폴드가 경기하는 모습을 지켜보신 겁니다."

'설마… 아들의 원수를 갚겠다고 자기 큰아들을 보낸 건 아니겠지?'

"워낙 검을 좋아하는 분이시라……."

어딘가 변명을 하는 듯한 기색으로 크라이브가 말했다.

"레플리카 양과 검을 섞고 싶으시다고 하시더군요. 물론 비공식적으로."

본인이 갚을 생각인가?

첫 번째와는 다른 이유로 굳어버린 내 얼굴을 보고 크라이브는 미안하다는 듯이 빠른 어조로 말했다.

"물론 레오폴드의 일과는 하등 관계 없는 것입니다. 레오폴드는 분명 실력으로 졌으니 할 말이 없지요."

크라이브의 말에 나는 슬쩍 레오폴드를 쳐다보았다. 레오폴드 본인은 아주아주 할 말이 많은 것 같았다, 형이 곁에 있어서 못할 뿐이지.

"어떠십니까? 생각이 있으시다면……."

있을 리가 없다. 내가 미쳤다고 공작이랑 검을 섞냐? 그것도 아무런 안전 장치가 없는 상태에서?

"실력을 높이 사주신 것은 고맙습니다만 공작님과 검을 겨룰 수 있을 만한 실력이 아니라서요. 죄송합니다."

"…그렇습니까?"

나의 대답에 크라이브는 의아한 듯싶으면서 안심하는 것 같았다.

"알겠습니다. 아버님께는 그렇게 전해 드리지요."

크라이브는 그렇게 말하며 일어섰다. 훠이~ 얼른 가라, 얼른 가! 마음 같아서는 굵은 소금을 한 바가지 퍼서 팍팍 뿌리고 싶었지만 안타깝게도 소금이 없었다. 레오폴드는 그 돌아가는 와중에도 나를 돌아보며 한마디하는 것을 잊지 않았다.

"꼭 결승전에 진출해라! 널 꺾는 건 내가 될 테니까!"

'어련하시겠어.'

나는 한숨을 쉬며 잽싸게 문을 닫았다. 놈, 무슨 결승전까지 진출한다고 그러냐? 그냥 떨어져!

【제5화】
본선은 토너먼트!

"흐~ 아암."

늘어지게 하품을 하며 나는 뒹굴거렸다. 이게 얼마만의 침대냐. 우으, 이 폭신한 감촉. 오늘은 하루 종일 이러고 있을까아~

―작작 좀 자라! 지금 몇 신 줄이나 알아?

―맞아! 해가 중천에 떴단 말이다!

―정도란 게 있는 거야, 정도!

"으으……."

내가 눈을 뜬 사실이 발각되자 협탁 위에 올려놓은 펜던트에서 무지막지한 소음이 쏟아지고 있었다. 나는 머리까지 이불을 끌어당기며 베개 속으로 머리를 파묻었다.

"그만 좀 해요. 하루 빈둥거린다고 세상이 멸망하는 것도 아닌데."

―무슨 소리야! 오늘 본선 진출자의 대진표가 나온다고 했잖아!

―너무 늦지 않게 깨워달라고 할 때는 언제고.

―부탁하셨던 시간이 벌써 지났어요.

차분한 에레타의 음성에 나는 마지못해 비실비실 일어났다.

"후엥… 더 자고픈데……."

―아르바이트 자리는? 수도 구경도 한다며?

나는 이불을 끌어안고 침대 옆의 협탁이 보이는 자리까지 데굴데굴 굴러갔다. 침대가 넓으니 좋구나.

"돈 없는 자에게는 수도 구경도 사치! 맛있는 게 눈에 보여도 먹을 수 없다면 그건 고통!"

―핑계 대지 말고 얼른 일어나!

악다구니가 터져 나오자 나는 일어날 수밖에 없었다.

"네에."

나는 한숨을 쉬며 욕실로 들어갔다. 그러고 보니 시온이 안 보이네?

"시온은 어디 갔어요?"

―새벽 공기를 쐰다며 나갔어! 그러고 보니 오늘 다시 해야 되잖아! 지금 몇 시간이나 손해 봤는지 알아!

나는 세수를 하고 수건으로 물기를 닦으며 중얼거렸다.

"한… 두 시간쯤?"

보통 여섯 시 반이나 일곱 시에 일어나니까 지금은 한 아홉 시쯤 되었으려나?

―자그만치 다섯 시간이다!

당당하게 소리치는 말에 나는 잽싸게 고개를 돌려 벽난로의 선반을 올려다보았다. 거기에 걸린 시계는 정말로 열두 시 이십 분 정도를 가리키고 있었다.

"으악! 아침밥 놓쳤잖아!"

―…….

―고작 하는 생각이 밥뿐이냐?

"다 먹고 살자고 하는 짓인데 당연히 중요하죠. 난 어제의 경험으로 그걸 뼈저리게 느꼈다고요!"

내가 수건을 욕실 언저리에 걸어놓으며 말하자 펜던트에서는 한심하다는 목소리가 흘러나왔다.

―그것도 자랑거리가 되냐?

―고작 하루 굶은 거 가지고 열흘은 굶은 것처럼 말하긴.

―어제 아침은 확실하게 먹은 주제에. 하루도 아니잖아?

"아무튼요!"

나는 단호하게 소리치며 검지를 세웠다.

"놓쳐 버린 한때는 다시 돌아오지 않는다는 것이 인간의 상식이라고요! 내일 아침에 일찍 일어나 상쾌하게 아침을 먹더라도 오늘 먹지 못한 아침 식사는 돌아오지 않아요!"

나의 외침에 누군가가 황당하다는 듯이 대답했다.

―그렇게 억울하다면 이 인분 먹어.

"에이! 그런 게 아니란 말이에요!"

―그럼 삼 인분을 먹든지.

"아니라니까요!"

―뭐가 아냐? 먹는 거에 한이 들린 거 맞지. 그것보다 놈이 왔다.

'놈?'

바람에 커튼이 펄럭이는 듯한 소리에 고개를 돌려보니 발코니로 시온이 들어오고 있었다.

"…일어났냐?"

무심한 눈길로 나를 쳐다보며 묻는 말에 나는 크게 고개를 끄덕였다.

"산책한 거예요?"

내 물음에 시온은 대답하지 않았다. 아니라는 건가? 시온은 물끄러미 협탁 위에 올려진 펜던트를 바라보며 이렇게 내뱉는 것이다.

"보나마나 놈들이 시끄럽게 굴었겠지."

—하루 벌써 지났어! 저놈도 집어넣어!

"흥, 지나기는! 아직 이십오 분 정도 남았다!"

—그게 그거잖아! 너는 시합으로 정하기 전에 밖으로 나왔으니까 그 시간도 빼야 돼!

대체 그때 시계가 어디 있었다고 시간을 알고 있는 걸까? 나는 그에 대해 묻고 싶었지만 저 말싸움에 끼어드는 것은 사절이었다. 시온은 일 대 다수의 말싸움에도 많이 해본 가락이 있는지 펜던트 밖에 있는 상황을 살려 열심히 나머지 사람들을 놀려대고 있었다.

'펜던트 안에 오래 있으면 저렇게 되는 건가?'

나는 한심한 기분을 느끼며 다른 방으로 가서 옷을 갈아입었다. 어차피 점심이나 마찬가지겠지만 아침도 먹어야 될 터였다. 바지에 간단한 셔츠를 걸치고 긴 줄에 달린 벨을 울리자 얼마 지나지 않아 호텔의 급사가 문을 두드렸다.

"뭐 시키실 일이라도?"

내가 문을 빼꼼히 열고 고개를 내밀자 급사는 친절한 목소리로 내게 물었다. 나는 다시 문안으로 머리를 집어넣고 시온을 향해 소리쳤다.

"밥 먹을 거예요?"

"필요없다."

차디찬 응수에 나는 다시 문밖으로 머리를 내밀었다.

"일 인분만 부탁해요."

"알겠습니다."

바삐 사라지는 급사의 뒷모습을 보며 나는 문을 닫았다. 식사가 올 때까지는 시간이 있으므로 오늘 밖으로 나오는 사람을 정해야 될 터였다. 나는 펜던트와 시온을 향해 씨익 웃으며 말했다.

"오늘은 뭘로 할래요? 지난번과 같은 거?"

―또 그거냐?

―다른 방법을 생각할 수 없어? 우리가 납득할 만한 방식으로 말이다!

툴툴거리는 말들에 나는 가볍게 눈살을 찌푸렸다.

"웬만한 방법으로 납득을 해야지 말이죠."

"이런 건 어떨까?"

"어떤 거요?"

내가 묻자 시온은 자못 사악한 미소를 지으며 내게 말했다.

"나와 거래를 하는 거다."

아? 내가 어벙벙한 표정으로 시온을 쳐다보는 것과 같이 펜던트의 사람들도 순간적으로 무슨 말인지 알아듣지 못하는 모양이었다.

"내가 그 새벽 동안 무엇을 하고 있었을 것 같으냐?"

자신만만한 그의 태도에 나는 멍하니 대답했다.

"밤 산책……. 노려볼 것까지는 없잖아요!"

시온은 안 되겠다는 듯이 고개를 젓더니 품에서 무언가를 꺼내 들었다. 엉? 아니, 저것은!

"내 돈! 아니, 내 돈 주머니!"

"후후… 그렇지. 이제 알아본 거냐?"

“아뇨. 뭐, 알아보았다기보다는…….”

내 돈 주머니라고 특별하게 생겼겠는가? 그냥 모습이 비슷하고 그 순간에 생각나는 게 그것밖에 없었다. 나는 손가락으로 그 돈 주머니를 가리키며 물었다.

“한데 그 거래라는 건 그 돈 주머니와?”

“날 너무 어리석게만 보는군. 네가 돈을 좋아하는 것은 알고 있지만 이따위 푼돈에 흔들릴 녀석이 아니라는 것도 알고 있다.”

잘 아시네. 그런데?

“내가 어젯밤에 무엇을 했는 줄 아나? 바로 이 도시의 도둑 길드를 급습한 거다. 아, 신경 쓸 필요는 없다. 죽은 사람은 없으니까.”

“그것에 대해서는 의심하지 않지만 회복되지 못한 상처를 안겨준 것은 아니겠지요?”

내가 묻자 시온은 이 상황에 그따위 게 무슨 상관이냐는 듯한 표정을 지었다.

“…시일은 걸릴 테지만 회복은 될 거다. 그보다!”

강한 악센트를 주는 말에 나는 순간적인 박력에 밀려 움찔했다.

“그 도둑 길드… 상당히 재물을 많이 모았더군.”

“그런데요?”

가벼운 비웃음을 흘리며 시온이 내게 말했다.

“말귀가 어둡군. 앞으로 날 저 펜던트 속에 봉인시키지 않으면 그 돈을 전부 네게 주겠다는 말이다. 게다가 앞으로도 저 정도의 금액을 벌어다 주겠다. 물론 선량한 인간의 돈을 뺏는 것이 아니라 그런 녀석들을 터는 것으로 말이다.”

―…….

“…….”

정적이 침실 안에 가득 차올랐다. 내가 서서히 눈을 치뜨며 시온을 쳐다보자 시온은 조금 찔리는 구석이 있는지 약간의 동요를 보였다.

“뭐, 뭐냐?”

“…내가 거절하면 어쩔 건데요.”

“거절한다면…….”

시온은 발코니로 시선을 돌리며 힐끗 나를 쳐다보았다.

“그 보석 더미가 숯으로 변하겠지.”

보석……. 그러고 보니 보석은 탄다. 금은 그냥 녹아서 형체만 달라지지만. 머리 썼는데? 그런데 날 너무 순진한 욕심덩이로 본 거 아냐? 나는 푹 한숨을 쉬며 말했다.

“그럼 전 봉인해 버리고 연결 끊어버리지요 뭐.”

3초간의 정적과 다시 5초간의 침묵이 이어졌다. 아무렇지 않은 얼굴로 협박의 말을 내뱉는 나와 괜히 말 꺼냈다가 이도 저도 못하게 된 시온.

―우와하하하! 너, 말 잘 꺼냈다, 꼬마!

―이 바보 녀석! 저 꼬마가 애냐, 그런 속 보이는 유혹에 넘어가게?

―…한심하다. 정말 같은 마족이라는 게 창피스러울 정도네. 그걸 유혹이라고 하는 거야?

―시온님의 수준을 알 만하군요.

―얼간이.

곧이어 엄청난 양으로 쏟아지는 조롱과 야유와 놀림에 시온은 벌겋게 달아올라 벌컥 화를 내었다.

“시, 시끄러워! 그따위 하잘것없는 게임에 계속 내 운명을 맡겨야 된다는 거냐!"

"돈 생기면 대장간에서 똑같이 생긴 패를 만들어서 뽑기로 할게요."

내가 아무렇지도 않게 대꾸하자 펜던트에서 쏟아지던 목소리들이 조용해졌다. 뭔가 이건 아니라고 생각하는 것 같지만 내가 이게 편한데 뭐. 내 마음이다.

보석이 좀 아깝긴 했지만 어차피 장물이라 현금인 금화만 가지기로 마음먹었다. 보석 같은 건 어떻게 처분해야 하는지도 모르는데다 자잘한 것이 아니라 큼지막한 것들이 많아서 뒤가 쉽게 추적될 것 같았던 것이다.

나는 시온을 시켜 뒤가 발각되지 않게 도둑 길드와 보석을 경비대에 넘기는 조건으로 용서해 주었다.

오늘의 게임에서 이긴 것은 마족인 오웬과 드래곤인 레스트레온이었다. 물론 앞의 오웬이 밖으로 나오는 사람이고 뒤쪽이 말하는 우선권을 가지게 됐다.

레스트레온은 정령왕인 이플리트와 환수인 샤이시스랑 같이 말을 막 섞어서 해대기 때문에 누가 누군지 구분을 할 수가 없었다. 음침한데다 조용한 성격이라 묻지 않으면 제대로 말도 하지 않는 삼인방을 제외하고는 말이다. 나머지 한 명은 아직 봉인 상태에서 풀리지 않았는데 조만간 깨어날 것이라고 에레타가 일러주었다.

"제1조 2항에 의거, 나 세르티드 레플리카는 종속자 오웬 렐라이즈를 불러들이겠습니다."

스팟!

불꽃이 튀어 오르며 붉은 보석이 바닥으로 떨어졌다. 붉은 빛이 길어지며 사람의 형상으로 변하더니 곧이어 설명서에 나타났던 붉은 머리칼을 가진 여자의 모습으로 변했다.

"하아……."

가느다란 신음 소리를 토해낸 오웬은 고개를 들어 올리더니 나를 쳐다보며 눈을 빛냈다. 응? 뭔가 불길한 시선이…….

"까아~"

"엥?"

벌떡 일어난 오웬은 나를 향해 달려들었다.

"왜, 왜 이래요?"

오웬의 가슴에 안겨 버둥거렸으나 나보다 힘과 요령이 좋은 오웬은 날 꼭 끌어안고 내 얼굴과 체격을 살폈다. 으꺅!

"아아, 역시 딱 이 나이 때의 애들이 좋다니까~ 너는 절대로 성장하지 마라. 응?"

"으에엑! 무슨 소리를 하는 거예요!"

―오웬은 네 나이 대의 애들을 좋아해. 열네 살에서 열여덟 살 사이. 딱 청년과 소년 사이를 좋아한다고나 할까?

한가로운 레스트레온의 목소리에 나는 비명을 질렀다.

"난 중성이잖아요!"

"마족이나 천족은 궁극적으로는 무성이야. 마족의 경우에는 성을 바꿀 수도 있고."

오웬은 그렇게 말하며 내 볼을 이리저리 꼬집었다. 으엑~ 이게 뭐야아? 오웬은 자신이 여자의 모습으로 보인다는 사실을 빌미로 내 뺨을 비벼 대고 뽀뽀까지 해댔다.

"그만 해요! 우리 엄마도 이렇게는 안 했다고요!"

"어머나? 하지만 나는 엄마가 아닌걸? 무엇보다 너를 이성으로나 동성으로나 좋아하기도 하고."

"그것만은 말아주세요."

때마침 식사가 와주었기 때문에 나는 간신히 오웬의 품에서 벗어날 수 있었다. 레스트레온의 말에 의하면 내 외모가 여자도 남자도 아닌 식의 중성적인 모습이라 더 오웬의 마음에 들었단다.

"머리를 기를까……."

나는 우울하게 뇌까리며 식사를 마치고 오웬과 함께 밖으로 나왔다. 우선은 본선의 대진표를 봐야 할 테고 그 다음은 시내의 이모저모를 살펴볼 생각이었다. 시온의 활약 덕분으로 돈 걱정은 없게 되었으니 당장 아르바이트는 하지 않아도 될 터지만 돈이란 것이 무한정 제공되는 것이 아닌 이상은 내가 할 수 있는 일과 앞으로 할 만한 일들을 찾아봐야 한다.

'그래, 우선 오징어구이를 양껏 먹는 거야! 오징어 값도 갚고! 일순위는 바로 그거다!'

물론 아침 겸 점심은 벌써 섭취했지만 아직 채워지지 않은 내 욕구가 오징어구이를 부르짖고 있었다. 더군다나 오징어 가게는 경기장 안에 있어 대진표도 확인할 수 있다. 그런 의미에서 내 의견을 피력하자 레스트레온은 약간 황당한 모양이었다.

―상관은 없다만… 그럴 필요 있을까?

"예? 하지만 갚고 싶은데. 저한테 잘해준 거잖아요."

―아니, 난 그 말이 아니라…….

내가 좀처럼 알아듣지 못하자 오웬이 나섰다.

"그걸 말하는 게 아니잖아. 네 아르바이트를 말하는 거지. 도대체 왜 일을 하려는 거야?"

"예? 그거야… 당연히 돈을 벌기 위해서지요. 돈은 한정되어 있고 난 오래 살 거잖아요."

내가 당연한 듯 말하자 오웬은 이해가 가지 않는다는 듯이 눈살을 찌푸렸다.

"오늘처럼 하면 되잖아. 돈이 되는 것 따위는 우리가 구해줄 수 있어. 일할 필요 없다고."

'…라는 것은.'

나는 눈을 끔벅거렸다.

'놀아도 된다가 아니라……'

오웬이 묘한 시선으로 나를 쳐다보고 있었지만 나는 상관치 않고 그녀에게서 떨어졌다. 이, 이것은…….

"악마의 유혹이라는 건가?"

"뭐?"

오웬의 얼굴에 떠오른 황당하다는 표정에 나는 적정 거리—전에도 말했지만 십오 미터—를 유지하며 그녀에게 소리쳤다.

"마족=악마잖아요! 악마의 속삭임!"

"아니……."

끓어오르는 분노를 억누르는 듯 오웬은 눈길을 내리깔았다. 지끈거리는 듯 관자놀이를 꾹꾹 누르던 그녀는 고개를 번쩍 쳐들며 내게 소리쳤다.

"왜 얘기가 그렇게 되는 건데?"

"그럼 돈 없어서 허덕거릴 때는 침묵을 지키다가 내가 적극적으로 성실히 살아보겠다니까 이러는 이유가 뭐예요!"

"그때는 네가 나오지도 못하게 했잖아! 게다가 네 정신없는 성격에 적응하느라 그런 생각을 미처 못했다!"

그, 그런가? 내가 머뭇거리는 사이 한달음에 다가온 오웬이 내 볼따구니를 잡았다.

"내 취향이라 귀여워해 주려 했더니… 내 충고를 그런 식으로 받아?"

무언가 정체를 알 수 없는 기운을 마구마구 피워 올리며 오웬은 내 통통한 뺨을 잡아당겼다. 우웨엑! 아프잖아! 우에우엣! 내가 기이한 비명을 지르며 버둥거리자 오웬은 그제야 분이 풀렸는지 손을 놓았다. 놓았지만 내 뺨은 이 모양인걸.

"우씨, 농담한 건데."

"진심이 느껴졌는데?"

오웬이 날 쫙 째려봤으므로 나는 고개를 돌리고 툴툴거릴 수밖에 없었다. 아, 뺨 화끈거려~

─오웬의 말대로다. 네가 아까와 같은 방법으로 우리에게 요구하면 우리는 거부할 수 없어. 그런데 왜 그렇게 하지 않는 거지?

"하지만… 인간으로서 할 짓은 아니잖아요. 별로 그렇게 하고 싶지는 않아요. 물론 필요하면 할 테지만."

내가 뺨을 문지르며 대꾸하자 레스트레온은 묘한 침묵을 지켰다.

─…무엇이든 절대는 없다는 건가?

"그야 뭐……."

어느 한쪽에 일방적으로 기대는 것, 이들의 도움 없이 살 수 없는 나를 만들고 싶지 않다는 것 정도였다.

'사실 당신들의 능력은 죄다 폭력적인 거잖아! 난 그쪽으로는 발을 담그고 싶지 않다고!'

…라는 소리는 못하겠지만 이 사람들에게 기대어 살고 싶은 생각은

없었다. 이들의 능력이 아무리 뛰어날지라도.

"나중에 죽어서 하늘에 올라갔을 때 넌 뭐 하는 녀석이냐고 물으면 곤란하게 하지 않기 위해서!"

내가 엄지를 세우며 그렇게 말하자 잠깐의 침묵 뒤에 무수한 반대 여론이 쏟아졌다.

―넌 남을 위해서 사냐?

―인간은 죽으면 끝이야. 그런 거 없다.

―…그냥 이유없으면 없다고 하십시오.

―그런 거 묻는 사람이 있을 거 같냐? 뭣 하러?

―별 쓰잘데없는 이유 다 있군.

"으엑! 그럴 수도 있는 거잖아요! 그냥 이해해 줄 수는 없어요!"

―없어.

―당연히 없지.

―널 지켜보는 게 몇천 년, 몇만 년이 될지 어떻게 알고?

다들 인내심이 부족해. 나랑 만난 것은 아직 일 년도 안 됐는데. 나는 입을 삐죽 내밀고 펜던트를 목에 걸었다.

호텔 앞의 거리는 북적북적했다. 오늘은 경기가 열리지 않았지만 인기있는 선수의 경기가 며칠에 열리는지를 알기 위해 사람들은 대진표가 붙어 있는 경기장 벽에 몰려 있었다.

'이 인파를 뚫고 저 앞으로 가는 것은 불가능해.'

내가 주눅이 든 얼굴로 인파를 바라보고 있자 레스트레온의 목소리가 들려왔다.

―쫓아줄까?

"으음… 그건 됐고요, 키가 크면 보일 것 같기도 한데……."

목을 길게 빼고 이리저리 고개를 돌려보았지만 내 키로는 역부족이었다. 이 나이에 시온을 불러서 목마를 태워달라고 할 수도 없고. 오웬은…….

"없다?!"

내가 황급히 주위를 두리번거렸지만 어디에도 오웬의 모습은 보이지 않았다. 내가 당황하여 허둥거리자 레스트레온이 말했다.

─인간이라도 꼬시러 갔겠지. 어차피 죽을 정도로 정기를 빨아 먹지는 않을 테니까 걱정할 필요는 없어.

"저, 정기를 빨아 먹는다고요? 그럼 큰일이잖아요!"

내가 언성을 높이자 주위 사람들이 힐끗거리며 나를 쳐다보았다.

─좀 기운이 없을 뿐이야. 죽을 정도로만 빨지 않으면 얼마 지나지 않아 정신을 차리니까.

레스트레온의 말에 나는 미심쩍은 듯이 펜던트를 바라보았다.

"그 얼마란 것은?"

─그러니까… 한두 달 정도?

"그거 민폐잖아요! 상대가 수험생이거나 결혼 앞둔 새신랑이라고 생각해 보라구요!"

내 착각일지는 모르지만 펜던트 안에서 어딘가 먼 산을 바라보는 레스트레온의 시선을 느꼈다.

─…본인이 할 탓이지.

"자기 일 아니라고 그렇게… 어? 어? 으어?"

레스트레온에게 핀잔을 주려던 나는 뒤로 물러서는 인파에 휘말려 황급히 뒷걸음질칠 수밖에 없었다. 앞에서 무슨 일이 생긴 모양으로 사람들이 우르르 뒤로 물러섰던 것이다.

"으에, 으에!"

인파 속에 휘말렸던 나는 허둥거리며 균형을 잡았다. 으악! 밀치지 마! 넘어진단 말이다! 으엑!

"끄악!"

나는 비명을 지르며 엎어졌다. 엎어진 내 위로 사람들의 발이…….누구냐! 나 죽어어어!

으흐흑! 두세 명 정도가 나를 밟고 도망쳤다. 누군지 걸림 죽어! 이 원한을 잊지… 끄악!

썰물이 싹 빠지듯 사람들이 몰려가고 나는 구경꾼들 앞에 덩그러니 남게 되었다. 쪽팔린다는 것은 바로 이런 것을 의미하지.

─뼈는 안 부러졌냐?

"등에 발자국이 찍힌 거 말고는 멀쩡해요."

부스스 일어나기도, 그렇다고 흙 바닥에 엎어져 있기에도 창피스러운 상황이었기에 나는 얼굴을 가린 채 사람들 쪽으로 엉금엉금 기었다. 그런데…….

"꺅!"

미약한 비명을 지르며 누군가에게 밀쳐진 여자 아이가 내 위로 쓰러졌다. 무거워! 밟혀진 개구리가 다시 한 번 깔린 모양으로 버둥거리던 나는 가까스로 상체를 일으켰다.

'날벼락도 이런 날벼락이 없어.'

분한 듯 날카로운 눈매로 자신을 밀친 남자를 쏘아보고 있는 여자 아이는 놀란 것인지 어깨를 들썩이며 숨을 몰아쉬고 있었다. 한데 묶어 땋아 내린 빨간 머리칼이 여자 아이의 등 뒤에서 살랑거렸다.

"이게 무슨 짓이야!"

여자 아이가 큰 소리로 쏘아붙이자 남자는 쫙 찢어진 눈을 치켜뜨며 소리쳤다.

"무슨 짓? 이게 정신을 덜 차렸나!"

남자의 큼지막한 주먹이 여자 아이의 얼굴을 향해 떨어지자 나는 그녀의 어깨를 잡아 확 뒤로 뺐다.

"엣?!"

졸지에 내 품에 안기게 된 여자 아이가 미약한 비명을 질렀지만 그걸 상관할 바가 아니었다. 내 머리 위로 남자의 주먹이 아슬아슬하게 지나갔다.

"너, 넌 뭐냐!"

자신의 주먹이 빗나가자 남자는 당황하여 소리쳤다. 누군가 끼어들 거라는 생각은 하지 못한 모양이었다. 하나 그의 당황은 순간이었다. 상대가 나라는 것을 확인하자 남자의 표정은 단번에 싸늘하게 변모했다.

"애새끼는 빠져!"

"별로 애새끼로 불릴 만한 나이는 아닌데요."

내가 불만스럽게 말하자 남자는 당장 내 멱살을 붙잡았다. 덩치 자체가 내 두 배는 될 듯한 남자는 멱살을 잡아당기는 것으로 간단히 나를 일으켰다.

"뭐라고 말했냐, 꼬마? 작아서 들리지가 않던걸?"

큭, 바닥에 발이 닿지 않아. 목이 졸려서 신음 소리조차 제대로 낼 수가 없다. 위협적인 목소리로 지껄여 대는 남자의 말에 나는 속이 뒤틀리는 듯한 기분이 들었다.

"으, 크읏!"

내 미약한 중얼거림에 남자는 '뭐?' 라고 중얼거리며 귀를 세웠다. 히죽 웃으면서도 내 목을 조이는 손길은 풀어지지 않는다. 버둥거리는 내 모습에 바닥에 주저앉아 있던 여자 아이가 벌떡 일어나 소리를 지르며 남자의 팔에 매달렸다.

"그 손 놔!"

"이 계집애가!"

뿌리치는 손에 뺨을 얻어맞은 여자 아이가 비명을 지르며 주저앉았다. 멱살을 잡은 손이 조금 느슨해지자 나는 지체없이 내 목을 움켜쥐다시피 한 남자의 손가락을 깨물었다.

"으악!"

남자의 비명이 터져 나오며 나는 거칠게 바닥에 내동댕이쳐졌다. 이미 흙 바닥에서 구른 몸이 더 더러워질 리는 없겠지만 기분만은 최악이다. 나는 목 언저리를 어루만지며 남자를 향해 소리쳤다.

"입 냄새가 고약하니까 고개 돌리라고, 이 빌어먹을 자식아!"

내 욕설에 깨물린 손가락을 들여다보던 남자의 얼굴이 삽시간에 벌겋게 물들었다. 남자의 손에 의해 뿌리쳐졌던 여자 아이가 당혹스러운 눈길로 나를 돌아보다 갑자기 화색이 돌았다.

'으잉?'

턱하니 어깨에 손이 얹어지자 나는 고개를 돌려 뒤를 돌아보았다. 키가 큰 청년이 내 뒤에 서서 남자를 바라보고 있었다. 무표정한 얼굴에 냉엄한 시선을 가진 그가 자신을 바라보자 남자는 움찔하며 그를 쳐다보았다.

"뭐, 뭐야?"

"이쯤해 두시지요. 어린아이들을 상대로 어른스럽지가 못하군요."

청년은 그렇게 말하며 바닥에 주저앉아 있던 여자 아이를 힐끗 쳐다보았다. 여자 아이의 뺨은 아까 달려들 때 얻어맞은 것인지 빨간 자국이 남아 있었다. 그 자국에 청년의 눈살이 찌푸려지자 여자 아이는 재빨리 고개를 저었다.

'뭐야? 아는 사이인가?'

내가 어리둥절해하는 사이 남자는 청년의 눈치를 보며 주춤주춤 물러서고 있었다. 청년이 관심없는 듯 여자 아이에게로 등을 돌리자 남자는 이때다 싶은 것인지 뒤도 돌아보지 않고 달아나 버렸다.

"……."

바라보니 청년은 길게 한숨을 쉬며 여자 아이를 향해 손을 내밀고 있었다. 하나 여자 아이는 그의 손을 거절하고 스스로 일어나 옷자락에 묻은 먼지를 털어냈다. 모였던 구경꾼들도 사라지고 주변이 어느 정도 정리가 된 듯싶자 청년은 내게 말을 걸었다.

"괜찮나?"

"별로……."

내가 말끝을 흐리며 힐끗 여자 아이를 쳐다보자 그녀는 싱긋 웃으며 내게 말을 건넸다. 빨간 머리 색과는 대조적인 새파란 눈동자가 나를 바라보고 있었다.

"도와줘서 고마워. 난 크리스티아 애버레스트야. 간단히 티아라고 불러. 넌?"

크리스티아 애버레스트. 뭔가 균형이 안 맞는 것 같은 이름이었다. 나는 싱글거리는 그녀를 이상한 듯이 바라보며 대답했다.

"세르티드 레플리카."

"세르티드… 레플리카? 네가?"

놀란 듯이 반문하는 음성에 나는 싸한 표정을 지어 보였다. 또 나에 대한 뭔가 이상한 소문이 퍼진 건가? 내가 묘한 표정을 짓자 티아는 당황한 얼굴로 얼른 말을 덧붙였다.

"아니, 수도에서는 좀 유명해서. 그래, 내 또래의 남자 아이라더니 너였구나?"

잠깐… 잠깐, 잠깐, 잠깐! 방금 뭐라고오?!

"세티인~"

내가 막 사족을 붙일 찰나 어디에선가 간드러진 목소리가 들려왔다. 착착 감기는 듯한 그 음성의 주인은 나긋한 태도로 달려와서는 내 목덜미를 보고 비명을 질렀다.

"아니! 이, 이 상처 뭐야? 누구야?"

참고로 나는 멱살을 잡힌 탓에 옷깃이 구겨지고 목덜미에는 빨간 상처까지 나 있었다. 약간 욱신거리는 정도였지만 내 목덜미를 바라본 오웬은 히스테릭하게 소리쳤다.

"만지기도 아까운 피부에 이 무슨 짓을! 아직 아무 짓도 못했는데!"

"설마 그거 걱정이라고 하는 소리는 아니겠죠?"

내가 이를 빠드득 갈며 중얼거리자 오웬은 살포시 웃으며 내 어깨를 끌어안았다.

"물론 걱정되서 하는 소리지. 누구야? 누군지 말만 하면 내가 처단해 줄게."

부드러운 표정과 음성으로 오웬은 그렇게 말했지만 저 이글거리는 눈빛은 '내가 건드리기도 전에 어느 놈이 먼저 건드렸어' 였다.

"…일행인가?"

굵직한 음성으로 청년이 말하자 그제야 알아차린 듯 오웬은 힐끗 그를 올려다보았다.

"이 사람이야?"

나직이 배어 있는 살기에 나는 재빨리 고개를 저었다.

"반대예요. 절 도와준 사람."

"흐응~ 그래?"

장난기 어린 목소리로 오웬이 청년의 아래위를 훑어보았지만 청년
은 상관치 않고 티아 쪽으로 고개를 돌렸다.

"그럼… 가실까요?"

어딘가 단호함이 묻어나는 그의 어조에 티아는 어쩔 수 없다는 듯이
내 쪽을 향해 웃었다.

"나중에 다시 만나자. 오늘은 고마웠어."

티아는 오웬을 향해서도 짤막하게 고개를 숙이고는 남자와 함께 사
라져 버렸다. 인파 속으로 멀어져 가는 그들의 모습에 나는 어깨를 으
쓱하며 오웬 쪽으로 돌아섰다. 다시 만나자고 말한대도 이름밖에 모르
는 상대를 다시 만날 수 있을 리가 없었다.

"뭐야, 자기들 할 말만 하고 가버리고."

내가 투덜거리자 오웬은 품속에서 무언가를 꺼내 내 앞에 펼쳐 냈다.

"어?"

"본선 대진표. 이걸 보려고 하고 있었지?"

그러고 보니 그랬다. 나는 커다랗게 펼쳐진 그 종이를 보다 다시금
경기장 벽 쪽을 돌아보았다. 거기에는 어느새 다시 사람들이 몰려들어
내가 다가가기도 힘들게 되어 있었다.

"용케도 이런 걸 구했네요? 어디서 구한 거예요, 이거?"

오웬이 내민 종이는 벽에 붙은 대진표보다 조금 작은 크기의 것이었

다. 거기에 깨알같이 날짜와 경기장이 적혀 있어서 경기장 벽에 붙어 있는 것보다 편리했다.

"비~밀이야, 그건."

누군가 경기 관계자를 꾀어낸 거겠지. 모르는 게 약이야.

본선의 진출자는 모두 64명. 그중 네 명만이 결승에 진출할 수 있었다. 결승은 총 세 번을 싸울 수 있는데 그중 두 번 이상 이긴 사람만이 여신의 수호자라는 칭호를 받을 수 있었다. 결승에 오른 자는 모두 로얄 가드에 들어갈 수 있는 자격이 주어지고 기사 작위를 받는다.

'흐음~ 최종 상금은 우승자가 두 명이면 반으로 갈린단 말이지?

반으로 갈려도 상당한 액수임에는 분명하지만 나는 반으로 갈라 먹을 생각은 추호도 없었다. 액수가 줄어드는 것도 줄어드는 것이지만 만약 종속자의 능력을 빌렸음에도 지게 된다면 그들이 날 잡아먹으려 들 거다.

내 경기는 바로 내일이었다. 나는 결승전의 대진표를 쭉 살펴보다 보지 않았으면 좋았을 이름을 보고 말았다. 내가 그대로 굳어지자 펜던트에서 레스트레온의 목소리가 들려왔다.

—호, 그 녀석, 통과했네?

왜 떨어지지 않고오~!! 나는 원망 섞인 눈길로 대진표를 바라보았다. 다른 조이기는 했지만 분명히 놈도 예선전을 통과한 거다. 운이 좋다면—물론 레오폴드 쪽이—결승에나 만날 수 있을 것 같았다.

'쳇, 알아서 떨어지라지. 매일 밤 저주의 파동을 보내주마!'

나를 욕해도 할 수 없다. 난 이 녀석의 면상을 다시 보고 싶지 않단 말이다! 녀석의 형의 방문도, 그 아버지의 방문도 싫어! 녀석을 또다시 이기면 이번에는 그 아버지가 와서 날 끌고 가려 할 것 같단 말이다!

내가 레오폴드 떨어뜨리기 계획에 몰두하고 있을 즈음 내 곁에서 대진표를 들여다보고 있던 오웬이 말을 걸었다.

"여기 이 녀석, 이 녀석도 통과했네? 이 라힐 파베르라는 녀석, 그 레오폴드에게 졌던 녀석이지?"

오웬의 물음에 나는 대진표 쪽으로 시선을 돌렸다.

"헤, 진짜 그러네요? 그런데 어떻게 그 이름을 기억하고 있어요?"

별일이었다. 오웬은 내 이름과 몇몇 사람을 제외하고는 얼굴도 이름도 기억해 주지 않았던 것이다.

내 물음에 오웬은 싱긋 웃으며 대답했다.

"맛있을 것 같은 사람의 이름과 얼굴은 기억해 둬야지."

대진표를 바라보던 내 눈길이 굳었다. 나는 얼굴에 경련을 일으키며 오웬을 쳐다보았다. 그, 그럼… 먹는다는 건…….

"시…….."

"시?"

오웬은 붉은 눈동자를 동그랗게 뜨며 나를 쳐다보았다. 나는 어버버 말을 더듬으며 오웬을 향해 손가락질했다.

"식인?! 진짜로?"

"그럴 리가 없잖아!"

내 비명에 발끈하는 오웬의 목소리가 겹쳐졌다. 쯧쯧, 농담에 흥분하긴.

【제6화】
최악의 남자

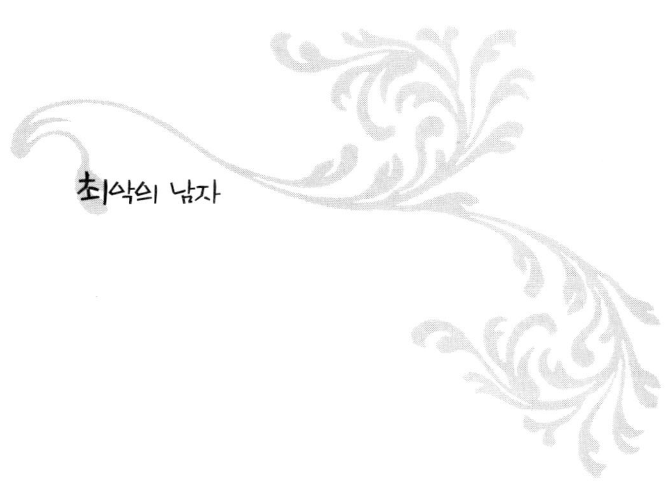

최악의 남자

'눈앞에 상대를 두고 이런 말을 하는 것은 정말 실례라는 것을 알아. 알고는 있지만……'

파르르 떨리는 주먹을 움켜쥐고 잇새로 새어 나오는 신음을 꼭 깨물 었다. 질끈 감은 두 눈 속에서는 경기 관계자에 대한 원망이 이글거리 고 있다.

단단한 경기장의 반석 위. 이미 경기장 위로 올라섰고 관중들의 기 대 어린 환호성조차 들려오고 있었지만 내 마음은 차분히 가라앉아 있 지 않았다. 그도 그럴 것이,

"왜 나만 계속 이런 상대야!"

내가 버럭 소리를 지르며 상대방을 가리키자 심판을 비롯한 내 경기 의 상대자가 깜짝 놀라 어깨를 움찔했다.

나는 이미 본선의 경기를 치러 하나둘씩 이겨 나가고 있었다. 늘상

경기가 시작된 지 얼마 되지 않아 상대방을 날려 버리기 때문에 내 이름도 덩달아 유명해졌다. 내 겉모습을 보고 우습게 보았던 대전 상대들도 나를 경계하게 된 것이다.

한데… 그런 게 중요한 게 아니다!

나는 이글거리는 눈빛으로 대회 관계자들이 앉아 있는 좌석을 째려보았다. 대체 무슨 심보로 이따위로 조를 짠 거냔 말이다!

거대한 할버드를 들고 내 맞은편에 서 있던 카로스의 도살자는 왠지 모르게 주눅 든 얼굴로 나를 힐끔힐끔 쳐다보고 있었다. 이미 눈치를 챈 사람들도 있겠지만 내 전 상대자들의 이름은 이렇다.

*카말의 푸른 늑대(산도적):그래도 이 사람은 좀 괜찮았다. 얼굴에 자상이 있어 험악해 보일 뿐이었지 제대로 나를 상대해 줬다.

*바키나의 살육자(용병?):독 바른 검 쓰다가 한 방에 날아갔다. 바키나의 내전 때 천여 명을 베었다는데 믿거나 말거나지.

*알킨의 흑거미(암살자):심판 몰래 내 뒤에서 독침 날리다가 규칙 위반으로 탈락했다.

*카로스의 도살자(검투사):지금 상대하고 있는 사람. 거대한 할버드로 상대자들을 잔인하게 죽였다지만 지금의 경기 규칙으로는 불가(不可)다.

왜, 왜왜왜 이런 사람들이야! 이게 열여섯 소년의 상대자냐고! 이 사람들을 한데 집어넣는 것은 당신들 마음이지만 나는 거기에 왜 넣어! 도살자, 살육자가 웬 말이냐고! 나도 멋있는 상대와 자웅을 겨루고 싶어! 아무리 내 능력으로 싸우는 것은 아니라지만 이건 너무하잖아!

관계자석을 노려보니 안면이 있는 사람, 내 이름을 대진표에 적어넣던 할아버지가 씨익 웃으며 한가로이 손을 흔들었다.

'이거 저 할아버지가 짠 거 아냐?'

의심이 뭉글뭉글 피어나는 가운데 펜던트에서 목소리가 들려왔다.

―레플리카, 뭐 하는 거냐? 관중들이 기다리고 있다. 시합을 시작해야 할 거 아니냐?

심드렁한 시온의 목소리에 나는 인상을 팍 쓰며 상대방을 쳐다보았다. 별로 험악할 것 없는 내 인상에 카로스의 검투사는 긴장된 얼굴로 나를 쳐다보고 있었다.

어떤 상대이든 간에 이것은 시합. 그것도 상금이 걸린 시합이었다. 헛으로 할 수는 없는 노릇이다.

내가 마음을 가라앉히며 심판을 쳐다보자 손수건을 꺼내 식은땀을 닦아내던 심판은 움찔하며 내게서 물러섰다.

"지, 진정이 되셨습니까?"

"물러서지 않으셔도 괜찮아요. 제가 심판께 화를 낼 리 없잖아요?"

"아, 그, 그렇죠?"

내가 불퉁하게 말하자 심판은 어색하게 웃으며 눈치를 보듯 카로스의 검투사를 돌아보았다. 자신의 무기인 할버드를 바닥에 대고 기다리고 있던 남자는 그것의 손잡이를 잡아당겨 어깨에 멨다.

"나도 괜찮소."

"그럼."

심판이 다시 나를 돌아보자 나는 고개를 끄덕였다. 심판은 관중들을 돌아보며 소리쳤다.

"세르티드 레플리카와 론 폴드버그의 경기가 시작되겠습니다! 규칙은 여러분이 아시는 것과 같습니다! 상대의 항복을 받아내거나 전투 불능이 되거나 장외로 떨어뜨리면 승리합니다! 물론 죽음을 초래할 만큼 심한 상처를 입히게 되면 실격 처리됩니다!"

좀 전의 소심한 모습과는 달리 우렁차게 소리치는 목소리가 경기장 안팎으로 쩌렁쩌렁하게 울려 퍼졌다. 그는 어느새 조용해진 관중석을 바라보며 외쳤다.

"경기를 시작하겠습니다!"

"우와아아!"

경기 시작을 알리는 목소리와 함께 관중석에서 환호성이 터져 나왔다.

할버드를 들어 올린 론이 자세를 잡으며 나를 바라보고 있었다. 다분히 긴장된 그의 표정에 나는 괜히 화를 낸 것이 미안해졌다.

'진지하게. 이번만큼은 제대로 상대해 드리자!'

내 최소한의 예의였지만 저 사람에게도 좋은 일일지는 미지수였다. 나 역시 미리 시온의 힘을 빌려두었기 때문에 내 손에는 검은 장검이 들려 있었다.

실력이 어느 정도인지 볼 요량으로 가볍게 검을 들어 올리며 방어 자세를 취하자 론이 먼저 할버드를 휘두르며 달려들었다.

할버드에 엉킨 푸른 기운에 나는 바닥을 박차며 뒤로 물러섰다. 론이 휘두르는 할버드가 내 머리칼을 스치며 몇 가닥 후두두 떨어졌다. 상상치 못했던 예기에 내가 검을 끌어당기자 론은 방향을 바꿔 나의 뒤를 돌았다. 거한의 체격을 가진 자로는 놀라운 움직임이었다.

"어딜!"

스르륵 미끄러지듯 돌아서며 내 등줄기를 향해 내리 꽂히는 할버드를 올려 쳤다. 퉁 하는 둔탁한 소리와 함께 시온의 검에 맞은 할버드가 위로 팅겨 나갔다.

"오오오!"

관중석의 탄성과 함께 손아귀가 찢어진 론이 허겁지겁 할버드를 물리며 뒤로 물러섰다. 어리게만 보이는 내가 이 정도의 완력을 보일 줄은 몰랐던 모양이다. 하나 진지하게 싸우기로 작정한 이상 봐주고 자시고 할 생각은 없었다.

주춤하며 물러선 만큼 그 틈이 보인다. 찢어진 손아귀에 힘을 줄 새도 없이 내 검격이 론의 목덜미를 아슬아슬하게 스치고 지나갔다. 핏방울이 떨어지며 론은 간신히 피했지만 이것은 그로 하여금 자세가 흐트러지도록 하기 위함이었다.

어디까지나 내 목적은 장외패를 시키는 것! 나는 강하게 검을 부여잡으며 내 모든 마나를 단숨에 검 속으로 들이부었다. '우웅' 하고 맑게 울리는 검명이 들리자 나는 지체할 것 없이 검을 휘둘렀다.

부아아앙!

기묘한 공명음이 울리며 대기를 찢어발기는 검광이 번뜩였다. 지척에서 휘두르는 검격에 대기가 밀려나며 할버드를 쥐고 있던 론의 육신이 그와 함께 붕 떠올랐다. 검풍을 빌어 그를 날려 보낸 것이다.

"끄아악!"

거짓말처럼 팅겨 나간 론은 경기장 밖의 모래판 위로 추락했다. 그가 내 위협에도 자세를 흐트러뜨리지 않았다면 아마도 장외로 떨어뜨리기는 힘들었을 것이다.

할버드를 쥔 채로 모래판 위에 자빠진 론은 이 결과가 믿기지 않는지 멍한 표정이었다. 어쩐지 관중석도 조용해 내가 이상스러운 시선으로 돌아봄에도 아무런 소리가 들리지 않았다.

"와아아아아아!"

경기장이 떠나갈 듯한 함성에 심판을 향해 무어라 소리치려던 나는 움찔하며 그들을 돌아보았다. 열광하는 관중들에게서 부담스러운 시선이 쏟아졌지만 아직 심판이 승패를 선언하지 않은 것이다.

나가떨어진 론을 쳐다보며 마른침을 꿀꺽 삼키던 심판은 소란스러운 관중들을 향해 외쳤다.

"레, 레플리카의 승리입니다!"

들끓는 듯한 경기장의 환호성을 들으며 나는 재빨리 경기장 위에서 내려왔다. 이미 모래판 위에서 몸을 일으킨 론은 경이로운 눈빛으로 나를 쳐다보고 있었다. 그가 악수를 청하자 나는 조금 주춤거리며 그 손을 잡았다.

"기가 막히군."

론의 손은 내 손을 완전히 덮을 정도로 컸다. 론은 내 작은 체격으로 자신의 공격을 튕겨내고 그런 공격을 했다는 것이 믿어지지가 않는지 고개를 설레설레 저었다.

"어떻게 훈련을 하면 그렇게 되는 거지? 이 체격으로는 그런 완력이 나오지 않을 텐데……."

"아하하! 그, 그러게요."

나는 어설프게 맞장구를 치며 손을 뗐다. 론과 나의 체격이 어른과 아이라면 시온과 론의 완력 역시 그만큼의 차이가 났다. 내 공격 한 번에 검을 놓치지 않았다는 것은 론이 그만큼 실력이 있다는 얘기였다.

'역시 조금 미안한 생각이 드네. 하지만 시온이 나갔다면 어차피…….'

나는 무심결에 시온이 론과 싸우는 광경을 상상하다 조용히 론의 시선을 피했다. 그야말로 살인멸구의 광경이 머리 속으로 그려졌던 것이다.

'그 생각은 관두자.'

시온의 살육 장면을 머리 속에서 지우며 내가 입을 뗄 찰나 관중석과 경기장 사이의 담을 넘어 누군가가 훌쩍 안으로 뛰어내려 왔다.

"여어, 레플리카!"

히죽 웃으며 부르는 소리에 나는 눈을 동그랗게 뜨며 돌아보았다. 파란 눈동자에 갈색 머리칼을 지닌 남자가 성큼 다가와 내 어깨를 툭 쳤다. 시원스러운 푸른 눈으로 나를 장난스럽게 바라보던 남자는 싱글거리며 말했다.

"뭐냐, 너? 기사는 되고 싶지 않다고 하더니 이런 곳에나 있고."

"어……."

이 얼굴은… 그러니까……. 나는 눈을 깜박거리다 그의 이름을 생각해 냈다.

"레너드?"

약간의 간격을 두고 내가 그의 이름을 말하자 레너드의 얼굴이 찌푸려졌다.

"방금 그 간격 뭐야? 너… 설마 하니 내 이름을 까먹은 거야?"

상당히 미심쩍다는 얼굴로 내게 물었지만 이럴 때는 시치미를 떼는 것이 상책이다. 섣불리 그렇다고 실토했다가는 두고두고 원망을 듣는 것이 명약관화.

나는 천연덕스럽게 시치미를 떼며 말했다.

"에이, 그럴 리가요. 며칠이나 지났다고."

내가 손을 내저으며 태연하게 말하자 레너드는 의심스러운 시선을 보내면서도 수긍했다.

"그런 거겠지? 아무렴, 바보도 아닐 텐데."

바보라서 미안하네요! 나는 속으로 꾹 눌러 참으며 배시시 웃었다.

레너드가 가리키는 곳을 바라보니 마치 단체 관광이라도 나온 것인지 줄줄이 경기장 안으로 내려오고 있었다.

그에 론은 일행이 오는 것으로 생각하고 나중에 보게 되면 인사라도 하자며 먼저 가버렸다.

"벤슨 씨! 크리스!"

관람석에서 경기장으로 통하는 계단을 내려오는 그들을 보며 나는 손을 흔들었다. 크리스는 여전히 무뚝뚝한 표정으로 벤슨에게 끌려 내려오고 있었고 벤슨 씨는 싱글벙글 웃으며 내게 화답했다.

"여어! 오랜만이다!"

"에헤헤, 아직 한 달도 안 됐는데요 뭐. 그런데 안젤라는요? 같이 안 왔어요?"

그의 등 뒤를 두리번거리며 묻자 벤슨은 씨익 웃으며 말했다.

"안젤라는 여기에 안 왔어. 결승전 말고는 별로 관심을 두지 않으니까. 그나저나 굉장한데! 한 번 더 이기면 결승전 아니야!"

"그거야 이겼을 때의 얘기죠."

내가 말하자 벤슨은 고개를 저었다.

"아냐아냐! 지금의 실력으로 봐서는 확실해!"

"…그런데 기사 직에는 관심없지 않은가? 왜 무투대회에 나가기를 결정한 거지? 마음이 바뀐 건가?"

크리스의 물음에 나는 어색하게 웃으며 볼을 붉적였다.

“그게… 상금이 탐나서…….”

“에? 상금 때문이야?”

내 대답에 레너드는 정색을 하며 벤슨과 크리스의 얼굴을 쳐다보았다. 무언가 통하는 것이 있는지 그들은 서로 비슷한 눈길들로 시선을 교환하고 있었다.

“왜 그러세요?”

내가 묻자 레너드는 우물쭈물하며 미안한 듯이 나를 쳐다보았다.

“그게 말야… 차등 지급이니까 우승 아니어도 상관없겠지?”

“예? 그게 무슨 소리예요?”

레너드의 말에 따르면 기사단의 단장이 폐하의 명령으로 이번 대회에 출전했다는 것이다. 본래 무투대회는 그 질을 높이기 위해 로얄 가드의 상위 클래스의 기사가 출전하도록 되어 있는데 우습게도 이번에 나오기로 했던 기사의 다리가 부러졌다는 것이다. 그래서 왕의 명령으로 단장이 대신 나왔다나?

“그럼 그 사람이 유력한 우승 후보겠네요?”

“그래, 까놓고 말해서 단장이 나오는 것은 거의 반칙 수준이야. 그 사람은 왕국이 아니라 대륙 내에서도 손꼽히는 기사니까.”

“헤에…….”

레너드의 투덜거리는 말에 내가 신기하다는 듯이 눈을 반짝이자 그것을 다른 쪽으로 오해했는지 크리스가 말했다.

“로얄 가드 내에서도 다섯 사람 이상이 한꺼번에 덤비는 것이 아니면 단장과는 대련이 안 돼. 그러니까 너무 기대하지 않는 것이 좋을 거다.”

“크리스랑 레너드도 상대가 안 돼요?”

내가 묻자 레너드는 피식 웃으며 크리스를 돌아보았다.

"우리 둘이서 함께 덤비면 호각을 이룰 수는 있지. 하지만 개개인으로는 어림도 없어."

'그렇다는 것은 무지 세다는 건데… 그냥 이겨 버려도 되려나?'

하지만 최종 우승자와 그 다음 순위는 상금의 액수가 엄청나게 차이가 났다. 비교하자면 우승자는 백억을 받는데 두 번째는 이십억 정도랄까? 물론 큰 액수지만 우승자와 비교하자면 턱없이 작은 것이다.

'거의 백만 원과 이십만 원의 차이라……. 으음.'

내가 혼란스러운 표정으로 끙끙대자 레너드는 위로한답시고 내 어깨를 두드렸다.

"여기까지 온 것만 해도 잘한 거야."

그건 떨어진 사람한테 하는 소리잖아요! 난 아직 안 떨어졌다구요!

오후에는 다른 조의 경기가 시작된다. 나는 나머지 경기를 함께 보자는 레너드들의 제의를 수락하고 레너드와 크리스에게 들러붙어 점심을 얻어먹었다(물론 비싼 걸로). 후식은 벤슨 씨한테 사달라고 할 생각이었는데 지갑을 가지고 나오지 않았단다. 레너드와 함께 대회 구경을 간다고 하니까 안젤라가 가지고 가지 말라고 했다나? 하지만 그렇다고 진짜 몸만 달랑 오는 것은 또 뭐냐?

레너드와 크리스가 비난의 눈초리를 보냈지만 벤슨 씨는 태연하기 그지없었다. 마침 시온에게 받은 돈도 있고 하니 내가 후식을 사겠다고 하자 크리스가 고개를 저었다.

"내가 사지. 오래간만에 만난 건데 돈을 쓰게 할 생각은 없어."

"에? 아뇨, 뭐 그렇게까지."

"말 들어."

크리스는 무표정하게 말하며 메뉴판을 펼쳐 내게 내밀었다. 먼저 고르라는 건가?

"실례하겠습니다."

메뉴판으로 시선을 옮길 찰나 웨이터가 다가오며 말했다. 쟁반을 들고 있던 그는 쟁반 위의 파르페를 내 앞에 내려놓으며 우리가 앉아 있던 테이블의 반대쪽을 가리켰다.

"저 테이블의 손님께서 보내시는 겁니다."

그가 정중하게 가리키는 곳에는 젊은 남자 하나가 나를 쳐다보고 있었다. 그는 눈이 마주치자 싱긋 웃으며 살짝 고개를 기울였다. 엉겁결에 나도 따라 고개를 숙이려니까 내 곁에 앉아 있던 레너드가 내 팔을 잡았다.

"왜요?"

"너, 저치랑 알아?"

레너드는 어쩐지 목소리를 낮추며 내게 소곤거리고 있었다. 나는 그 말에 다시 테이블의 남자 쪽으로 고개를 돌렸다. 의자 위에 앉았지만 가늘고 호리호리한 체격에 키가 큰 것 같았다. 안경을 쓰고 있는 갈색 머리칼의 미남자의 모습에 나는 휘휘 고개를 저었다.

"아니요. 오늘 처음 봐요."

"그래? 저 남자가 네 다음 대전 상대야. 알렉산드로 훼르드. 훼르드 백작이지."

"헤에……."

별일이라는 듯이 눈앞의 파르페를 내려다보자 벤슨이 의심스럽다는 듯이 백작을 곁눈으로 쳐다보며 말했다.

"무슨 꿍꿍이지? 다음 시합 상대라는 것을 알고 아부라도 해보겠다는 건가?"

벤슨이 파르페로 미심쩍다는 시선을 보내며 말하자 나는 어깨를 으쓱하며 스푼을 들었다.

"글쎄요. 하지만 파르페 정도로 져줄 사람이 누가 있겠어요?"

"그렇지? 어린애도 아니고 그런 술수에 넘어갈⋯ 먹지 마!"

"풋!"

돌연 인상을 팍 일그러뜨리며 벤슨이 소리치자 아이스크림을 담은 숟가락을 입에 넣었던 나는 삼키려던 아이스크림을 내뱉을 뻔했다.

"뭐예요!"

내가 간신히 아이스크림을 삼키며 소리치자 벤슨은 긴장된 표정으로 나를 쳐다보며 말했다.

"사, 삼켰어? 먹은 거야?"

벤슨의 물음에 나는 찡그리며 말했다.

"그럼 그걸 도로 뱉으란 말이에요?"

"뱉었어야지! 놈이 주는 거잖아! 약이 들어 있으면 어쩌려고 그래?"

벤슨의 고함에 나는 눈을 크게 떴다.

"에엑! 약이요?"

나는 화들짝 놀라며 반쯤 몸을 일으켰지만 크리스는 태연히 손을 들어 웨이터를 불렀다. 그리고는 나를 쳐다보며 말했다.

"앉아. 사람들이 쳐다본다."

"하, 하지만 방금⋯⋯."

내 물음에 레너드는 피식 웃으며 나를 자리에 앉혔다.

"정말로 약을 먹일 생각이라면 이렇게 우리들이 보는 앞에서 네게 파르페를 배달시킬 리 없잖아."

"아, 그런가?"

그런가아아? 벤슨이 그제야 '그렇지' 라는 듯한 표정으로 멋쩍은 듯이 웃자 나는 끓어오르는 분노로 인해 부르르 떨 수밖에 없었다.

"놀랬잖아요!"

"아하하하, 그게… 내가 너무 과민했다고나 할까? 그, 그러니까… 그래, 파르페 말고 더 먹고 싶은 것은 없어? 푸딩이나 케익이라든지. 먹고 싶은 거 더 시켜. 내가 사줄 테니까."

"…불과 몇 시간 전까지만 해도 돈이 없다고 하지 않았던가?"

냉막한 크리스의 음성에 벤슨은 비로소 자신의 실수를 깨달았다. 나를 비롯한 크리스, 레너드의 싸늘한 눈빛에 벤슨은 고양이 앞의 쥐마냥 고개를 수그렸다.

"그, 그게 말이지……."

"돈을 숨기는 데에 무슨 이유가 필요하지?"

"안젤라가 가져가지 말라고 했다면서요!"

"치사하게 돈을 숨기냐?"

우리 세 사람의 비난에 벤슨은 사정없이 쪼그라들고 있었다. 그가 슬금슬금 의자를 뒤로 빼며 도망갈 태세를 보이자 동시에 일어난 레너드와 크리스가 양쪽에서 그를 붙잡았다. 레너드의 도움에 크리스가 그를 뒤에서 잡아 한쪽 팔로 목을 조이고 다른 쪽 손으로는 오른팔을 꺾었다. 허둥거리던 그 덩치가 단숨에 제압되자 나는 눈을 휘둥그레 뜨며 그 광경을 지켜보았다.

"레너드!"

"알았어!"

크리스의 외침에 레너드는 능숙한 솜씨로 벤슨의 여기저기를 뒤지기 시작했다. 레스토랑의 웨이터가 당황한 얼굴로 다가왔지만 벤슨을 뒤지는 레너드의 모습은 태연하기 그지없었다.

"역시!"

무릎 아래쪽, 끈으로 묶은 것이 분명한 지갑이 다리에 매달려 있었다. 벤슨이 바득바득 이를 가는 가운데 레너드는 음흉하게 웃으며 벤슨의 지갑을 풀어냈다.

"크윽!"

"헤헷, 얼마가 들었는지 볼까?"

지갑 속에서 딱딱한 동전이 만져지는 듯 레너드는 실실 웃으며 지갑의 끈을 풀어 손바닥 위에 털어놓았다. 놀랍게도 지갑 속에는 백금화와 금화, 그리고 은화들이 들어 있었다. 천에 단정히 싸인 금화들에 레너드는 씨익 웃으며 말했다.

"오늘 밥값은 벤슨이 내는 것으로 결정!"

"크아악! 이놈들이!"

벤슨은 크리스의 손아귀에서 벗어나려 발버둥 쳤지만 벤슨을 붙잡고 있는 크리스는 보기보다 힘이 좋은 것인지 꿈쩍도 하지 않았다. 벤슨이 보는 가운데 레너드는 금화를 꺼내 밥값을 지불하고 우리들은 레스토랑 밖으로 나왔다.

나갈 때 슬쩍 그 훼르드 백작인가 뭔가 하는 사람이 있던 자리를 돌아보았지만 그는 언제 나갔는지 보이지 않았다. 아마도 우리가 소란을 떨 때 먼저 나가 버린 것이 아닌가 싶었다.

가게 밖으로 나오자 크리스는 벤슨에게 돈을 돌려주는 레너드를 내버려 두고 나를 붙잡았다. 벤슨과 레너드가 이야기를 나누는 사이 따로 내게 할 말이 있는 모양이었다.

"…백작과는 그리 가까이 하지 않는 편이 몸을 위해 좋아."

속삭이는 말에 나는 눈을 크게 떴다.

"예? 왜요?"

내가 묻자 크리스는 뭔가 복잡 미묘한 표정을 지었다.

"특이한 버릇… 때문이라고 할까? 아무튼 가까이 하지 마. 좋을 것은 하나도 없으니까."

크리스는 그렇게 말하며 날 붙잡고 있던 손을 놓았다. 특이한 버릇 때문이라고? 그게 뭐야?

내가 물음표를 둥실둥실 띄우며 크리스에게 다시 물었지만 크리스는 곤란한 표정만을 지을 뿐 내 물음에는 대답해 주지 않았다.

가까이 하지 말라는 것을 보면 무언가 폐를 끼치는 버릇이라는 소린데 뭐길래 그러지?

점심에 후식까지 들고 레스토랑 밖으로 나왔지만 경기 시작까지는 아직 시간이 남아 있었다. 적다고도 할 수 없고 많다고도 할 수 없는 그 시간에 크리스는 복잡해지기 전에 관중석으로 돌아가자고 제안했다.

안 그래도 거리에 인파가 북적거렸으므로 벤슨과 레너드는 쾌히 그에 동의했다. 나는 어제 그 장사하는 아저씨를 만나지 못해 외상값을 갚지 못했으므로 뭐 좀 사가지고 오겠다고 말하고는 그들과 헤어졌다.

경기 시간이 가까워오자 안 그래도 북적거리던 중앙 광장은 유입되는 인파로 인해 만원을 이루고 있었다.

"동대문 시장 같네요."

─동대문?

시온이 반문하자 나는 피식 웃었다.

"예전에 살던 곳에 그런 시장이 있었어요. 그나저나 굉장하네요."

광장에는 늘어선 사람들의 수만큼이나 엄청난 숫자의 노점상들이 늘어서 있었다. 손짓하며 손님을 부르는 노점상들과 물건 값을 흥정하는 사람들의 목소리로 광장은 시끌벅적했다.

내가 신기한 듯 이리저리 고개를 돌리자 곧 먹이를 노리는 매처럼 근처 노점상의 상인 하나가 은 세공의 팔찌를 들고 내 옷자락을 붙잡았다.

"총각, 이것 좀 보우. 참 예쁘지 않수? 총각이 좋아하는 아가씨한테 주면 아주 좋아할 거야."

"예?"

내가 난처한 얼굴로 할머니를 돌아보자 팔찌를 들고 있던 할머니는 비슷한 디자인의 은 목걸이까지 꺼내 들었다.

"이거는 세트라우. 내가 총각이 잘생겨서 은전 한 닢이면……."

"아뇨, 할머니. 전 목걸이는 별로……."

나는 손을 내저었지만 할머니는 얼른 다른 물건으로 바꿔 들었다. 이번에는 붉은 보석이 박힌 목걸이였다.

"이 가운데의 이 녀석 보이지 않수? 이건 연인들의 수호신인 아르케 님을 형상화한 조각이라오. 이게 있으면 총각이 하는 일마다 다 잘 풀릴 거야."

남자로 보이나? 호텔 급사는 멋대로 내가 여자라고 생각하는 것 같던데. 묘한 기분에 할머니를 쳐다보자 할머니는 힘을 얻었는지 줄줄이 물건을 풀어놓았다.

내가 막 당황하여 필요없다고 말할 찰나 내 등 뒤로 굵직한 목소리
가 들려왔다.

"그것과 아까 그것 모두 주십시오."

내 어깨를 잡은 손에 뒤를 돌아보자 아까의 훼르드 백작이 싱긋 웃
으며 나를 쳐다보았다. 언제 나타난 거지? 내가 놀란 얼굴로 그를 보자
그는 할머니에게로 고개를 돌렸다. 할머니는 마치 구원자라도 만난 사
람처럼 화색을 띠며 백작에게 다른 물건들도 권유했다. 그러자 백작은
나를 돌아보며 물었다.

"마음에 드는 것이라도 있나?"

"왜 그런 걸 물어보는 건데요?"

솔직히 마음에 드는 것이 있더라도 이 사람에게 받고 싶은 생각은
없었다. 백작은 쿡쿡 웃으며 몇 가지 물건들을 골라 값을 치렀다.

'그러고 보니 크리스가 이 인간이랑 가까이하지 말라고 했는데…
괜찮으려나?'

할머니는 물건을 종이에 포장해서 내밀고는 나를 보고 씩 웃었다.

"좋은 애인을 둬서 좋겠구먼?"

엥? 나는 잠시 못 알아듣다 할머니가 의미심장한 눈빛으로 백작과
나를 쳐다보는 것을 보고 알았다.

무슨 천인공노할 소리를 하시는 겁니까? 할머니는 방금까지 나를 총
각이라고 불렀잖아요!

"무……!"

"자, 자……."

백작은 진정하라는 듯이 내 팔을 잡으며 골목 쪽으로 이끌었다. 솔
직히 말해 그때는 이 작자가 무슨 생각으로 내게 친절을 베푸는 건지

하나도 이해하지 못했다. 내가 아주 둔감하다는 말은 아니고 그런 쪽
일 거라는 생각은 하지 못했다는 소리다.

"그런데 무슨 일… 아얏!"

어깨 쪽에서 따끔한 통증이 일자 나는 깜짝 놀라며 왼쪽 어깨를 쳐
다보았다. 내 곁에 있던 백작이 어느새 내 어깨를 감싸듯이 하여 끌어
안고 있었다. 나는 당황해서 그를 뿌리치려 했지만 몸이 마음대로 움
직여 주지 않았다.

"놀라실 필요 없습니다. 당신께 해를 끼치려는 생각은 없으니까요."

백작은 그렇게 속삭이며 손으로 내 뺨을 쓰다듬었다. 으아악! 그게
바로 폐를 끼치는 거잖아! 이놈, 뭐야! 이놈, 뭐야아~!

비명을 지르려 해도, 버둥거리며 그의 손아귀에서 벗어나려 해도 몸
에 힘이 들어오지 않고 점점 눈이 감기고 있었다. 밀려들어 오는 수마
에 필사적으로 저항하던 나는 이윽고 잠에 빠져들고 말았다. 무겁게
감기는 눈꺼풀 사이로 백작 얼굴이 흐릿하게 비추어졌다.

─레플리카!

시온의 목소리가 내 머리 속으로 강하게 울리고 있었다. 욱신거리는
듯한 통증이 머리 속을 지배하고 있어 정신을 차리기란 쉽지 않았다.

─레플리카! 뭐 하는 거냐! 얼른 정신 차려! 놈이 곧 돌아온단 말이
다!

다급한 시온의 목소리에도 눈은 떠지지 않았다. 며칠 동안이나 잠을
자지 못한 것처럼 몸이 나른하고 피곤했다.

'왜 이러는 거야? 졸리단 말이야……'

나는 몸을 웅크리며 시온의 소리를 듣지 않으려 했다. 하지만 웬일

인지 아래로 끌어당긴 내 팔이 무언가에 걸린 것처럼 움직여지지 않는
다.

절걱. 절그럭.

'응? 절그럭?'

─레플리카!

화가 머리끝까지 오른 듯 시온의 목소리가 내 머리 속에 울려 퍼졌
다. 그제야 나는 화들짝 놀라며 눈을 떴다.

"으악!"

순식간에 내가 처한 상황들이 내 머리 속으로 차르륵 펼쳐지고 있었
다. 당황한 얼굴로 내 몸 여기저기를 살펴봤지만 입고 있던 옷도 그대
로고 옷매무새도 달라진 곳은 없었다. 달라진 것이라면······.

"쇠사슬······."

양 손목에 채워진 두 개의 쇠사슬에 나는 질린 듯한 시선을 보냈다.
나는 침대 위에 눕혀져 있었고 고개를 돌려 방 안을 둘러보니 창이 없
는 방이었다. 삭막한 석벽에 붉은 비단으로 만들어진 휘장이 가득 걸
려 화려한 분위기를 연출하고 있었지만 창이 없다는 부분에서 이 방은
삭막했다.

"여긴 어디예요?"

─그 백작인가 뭔가 하는 놈의 집이다. 녀석은 옷을 갈아입는다며
방 밖으로 나갔어.

시온의 대답에 나는 하기 싫은 상상을 하며 내 목에 걸린 펜던트를
내려다보았다. 다행스럽게도 펜던트를 빼앗아 가거나 하지는 않았다.

"그으… 백작이… 무슨······?"

나는 우물쭈물하며 시온에게 물었다. 펜던트에 있는 시온이라면 내

가 잡혀오는 과정을 다 보고 있었으리라. 내 물음에 시온은 싸늘한 목소리로 말했다.

—무슨 짓을 하지 않았느냐는 물음이라면 얼굴을 만지작거리고 뺨에 입술을 가져갔…….

"으악! 더 이상 말하지 말아요!"

나는 부들부들 떨며 시온의 말을 막았다. 이, 이놈이 그런 흑심이 있었단 말이야! 기, 기도 안 차!

—그 밖에는 묶어둔 것밖에 없다.

"그걸로도 충분히 불쾌해요!"

나는 발끈하며 이를 갈았다. 이 쇠사슬을 풀고 그 백작인가 뭔가 하는 변태를 아작 내는 데에는 종속자의 힘을 빌리는 것만으로도 충분하다.

"계약 1조 1항에 의거, 나 세르티드 레플리카는 시온 시에트로 고르도스의 힘을 빌리겠습니다."

익숙한 감각이 펜던트에서부터 흘러 내게로 흡수됐다. 검도 소환되는 것 같았지만 그것은 되돌려보냈다. 저런 놈한테는 검이 아니라 주먹 맛을 보여줘야 한다.

내가 분노에 칼을 갈며 쇠사슬을 잡아당길 찰나 두터운 나무 문이 열리고 백작이 들어왔다. 내가 무시무시한 눈길로 쏘아보자 백작은 난처한 듯이 웃었다.

"화가 나신 모양이군요?"

당연하지! 그걸 말이라고 하냐! 내가 콱 쏘아붙이려 입을 열었지만 백작이 먼저 말했다.

"처음에는 묶을 생각까지는 없었습니다. 하지만 당신의 실력을 생각하니 그렇게 할 수밖에 없더군요."

　백작은 그렇게 말하며 내가 앉아 있는 침대의 곁으로 다가왔다. 이미 안경을 벗은 그는 그것을 침대 근처의 탁자 위에 올려놓았다.

　"아직 어린 소년임에도 불구하고 쟁쟁한 실력자들 앞에서 무위를 떨치는 당신을 보고… 저는 한눈에 반했습니다."

　…지금 뭐라고?

　얼어붙어 있는 나를 보고 백작은 씁쓸하게 웃었다.

　"저를 경멸하셔도 좋습니다. 이렇게 당신을 손에 넣었으니까요. 그걸로 만족합니다."

　"아뇨, 잠깐."

　내가 손을 들어 올리자 쇠사슬에서 절그럭거리는 소리가 났다. 머리 속이 혼란 일보 직전의 도가니탕이었다. 소년? 방금 소년이라고 했어? 그럼 당신, 게이? 동성애자?

　그는 침대 위로 올라와 내게로 몸을 구부렸다. 기가 막혀서 말이 안 나오고 정말 돌아버릴 것 같다! 여자라고 생각했어도 반죽음인데 도, 동성애자? 내가 미쳤다고 네 밑에 깔릴 것 같냐!

　"믿어주실지 모르겠지만 저를 이렇게 움직이게 한 것은 당신이 처음입니다."

　지금 나 때문에 나쁜 길로 빠졌다고 고백하는 거냐! 오냐, 이런 끔찍한 기분은 나도 태어나서 처음이다!

　백작은 내게 입이라도 맞출 생각인 것인지 스으윽 고개를 숙이고 있었다. 더 이상은 못 참아! 당신 오늘 죽어!

　"떨어져!"

　촤르륵!

쇠사슬이 무섭게 당겨지며 내 주먹이 백작의 얼굴을 강타했다. 얼굴이 뭉개지며 침대 아래로 나가떨어진 백작은 믿을 수 없다는 얼굴로 나를 쳐다보았다.

벽에 박혔던 쇠사슬은 말뚝째 뽑혀져 있었고 내가 다른 하나를 거칠게 잡아당기자 그것도 돌 부스러기를 날리며 빠져나왔다.

나는 망연한 얼굴로 나를 쳐다보는 백작을 향해 이를 아득바득 갈며 외쳤다.

"당신! 귀 파고 똑똑히 들어! 누가 소년이야! 난 여자야!"

여기서 내가 중성이라는 사실은 접어두자. 당당히 이성애자라고 소리쳐 봤자 저놈은 타격을 입을 것 같지도 않다(입으면 납치라는 극단의 방법을 사용하지도 않았겠지).

과연 이번에는 백작이 놀랄 차례였다. 그는 마치 첫날밤에 벗겨보니 신부가 남자였다는 듯한 표정으로 나의 전신을 훑어보았다. 그의 빠른 시선에 나는 얼굴을 찡그렸다.

"하, 하지만 가슴이……."

"그 말은 옷을 벗겨봤다는 소리?"

내가 빠른 어조로 싸늘하게 지껄이자 백작은 실수했다는 표정을 지었다.

"아니, 안았을 때의 감각이……."

"더듬은 거냐! 이, 이, 이 변태!"

나는 주위를 두리번거리다 서랍장 위의 꽃병을 들어 백작을 향해 내던졌다. 하얀 도자기로 만든 꽃병을 얼른 피하며 백작은 복잡한 표정으로 소리쳤다.

"자, 잠깐! 내 말을……!"

“듣기 싫어!”

나는 달려들어 백작을 향해 주먹을 날렸다. 진공파를 실은 내 주먹에 지형 지물이 무너지자 백작은 눈을 커다랗게 뜨며 오른쪽으로 몸을 피했다. 금이 간 벽과 바닥을 보는 꼴이 아직도 믿어지지가 않은 모양이었다.

“동성애에 대한 혐오는 없지만 나를 납치하고 감금한 것만으로도 당신의 죄가 충분하다는 것은 알지?”

살기를 드러내며 내가 말하자 백작은 하얗게 질린 얼굴로 물러섰다. 나는 그의 질린 얼굴을 보며 싸늘하게 웃었다.

“그러니 죽어!”

외침과 동시에 작렬한 나의 성난 철권이 백작의 얼굴에 강타했다. 그것만으로 반쯤 빈사 상태로 빠져드는 그에게 돌려차기를 선사하자 문을 부수며 방 밖으로 튕겨졌다. 과연 그도 무투대회의 상위권을 차지할 수 있을 정도의 무골인 것인지 시온의 힘으로 세 대나 얻어맞고도 얻어맞은 뺨을 감싸며 몸을 일으켰다.

“지, 진정을⋯⋯!”

“백작님! 무슨 일이⋯ 아니?”

구겨져 부서져 버린 문짝과 양 손목에 쇠사슬을 차고 있는 나, 그리고 묵사발이 되어 있는 백작을 보고 경비병의 얼굴이 굳어졌다.

내가 있던 문제의 그 방은 백작의 방과 연결된 것이었는지 내가 눕혀져 있던 그것에 못지않은 침대가 방 한가운데에 떡하니 자리잡고 있었다. 가구며 명화가 잔뜩 걸린 호사스러운 방에 나는 씩씩거리며 들어갔다.

백작의 방에 난입한 경비병들은 얻어맞아 부어오른 백작의 얼굴을 보고 판단을 내린 것인지 곧바로 내게 검을 뽑아 들었다.

"침입자다! 저 소년을 잡아라!"

"아, 아니, 잠깐!"

백작이 비명을 질렀지만 이미 늦었다. 내 분노가 몰아치는 범위 안으로 저들이 발을 들여놓은 것이다. 가뜩이나 기분도 좋지 않은 상태의 나를 건드리면 어떻게 되는지 내가 똑똑히 보여주마!

대략 삼십 분 뒤 사태는 정리됐다. 물론 이들을 처리하는 데에 삼십 분이라는 긴 시간이 걸린 것이 아니라 내 분이 풀리는 시간이 그만큼 걸렸다는 소리다.

"이 정도면 되겠지?"

나는 씩씩거리던 숨을 가다듬으며 손을 털었다. 방 한가운데에는 한 무리의 남자가 산더미처럼 쌓여 있었다. 저 맨 밑에 백작이 깔려 있었지만 압사해서 죽는데도 본인이 할 탓이지 나는 상관해 줄 마음이 요만큼도 없었다.

덕분에 나는 경기장에서 만나기로 한 레너드 일행과의 약속도 어겼다고!

다시 생각하니 부글부글 끓어오르는 것 같아 그만두고 나는 방 밖으로 나갔다. 서재며 거실이며 호화스러운 방이었지만 그 소란을 피웠음에도 하인이나 시종은 보이지 않았다. 아마도 도망쳤으리라 생각되지만 시 경비대를 부르러 갔다면 그것 또한 큰일이었다.

—인간 따위를 피해 도망칠 필요가 있나? 아까와 같은 식으로 대응하면 그만 아닌가?

나는 가끔 시온이 인간의 도시에서 활동을 한 적이 있는지 의문스러울 때가 있다. 자기 말로는 얼마간 지낸 적이 있다지만.

"제정신이십니까? 그렇게 했다가는 세틴님의 입장이 난처해집니다."

문득 들려온 목소리에 나는 화색을 띠며 뒤를 돌아보았다.

"트레스!"

내가 반갑게 외치자 트레스는 싱긋 웃으며 망토에 달린 후드를 뒤로 젖혔다.

"죄송합니다. 너무 오랜만에 바깥 세상에 나온 터라 이런 곤경에 처하셨음에도 도움이 되지 못했군요."

"아, 아뇨. 이건 제가 방심한 터라……."

내가 손을 저으며 말하자 트레스는 다시 후드를 쓰며 내게로 다가왔다.

"사람을 믿는 것은 잘못된 일이 아닙니다. 이번에는 상대가 잘못됐지만… 아무튼 아무 일 없으셔서 다행입니다."

─여전히 사람 좋은 소리만 하는군. 한 번쯤은 그 검은 속내를 드러내는 것이 어떤가?

시온이 싸늘하게 말하자 트레스는 힐끗 내 목에 걸린 펜던트를 쳐다보았다.

"무슨 말씀이신지?"

─다들 좋은 소리만을 떠들어대며 이 아이를 위하는 척하지만 결국에는 손에 넣어 좌지우지하려는 것이 목적 아니냔 말이다.

냉랭한 시온의 목소리에 트레스는 잠시 침묵을 지키며 펜던트를 쳐다보았다. 다른 종속자들 역시 말이 없다.

내가 무표정한 얼굴로 트레스를 보고 있자니 그는 천천히 고개를 들어 올려 나를 쳐다보았다.

"아니라고는 할 수 없겠군요. 다른 분들의 생각은 어떨지 모르겠지만 제 생각은 시온님이 말씀하신 그대로입니다."

이 상황에서 '아, 그래요?' 라고 말할 수는 없겠다. 하지만 내가 뭔가 우물거리며 밀을 할 찰나 트레스가 돌아시며 말했다.

"나갑시다. 손을 쓴다고 쓰기는 했지만 곧 시 경비대가 들이닥칠 것입니다."

어쩐지 트레스의 말투가 싸늘해져 있었다. 나는 시온과 트레스 사이에서 눈치를 보며 그를 쳐다보았다.

"그, 그냥 나가면 되는 거예요?"

"제가 도와드리지요."

그는 짤막하게 말하며 내게 다가와 내 팔을 붙잡았다. 손가락이 나와 있는 검은 장갑을 낀 그의 손가락은 어쩐지 차가운 느낌이었다.

"워프."

트레스의 시동어와 함께 갑자기 주위의 풍경이 변화했다.

갑자기 달라진 풍경에 어지러워할 찰나도 없이 트레스는 사라져 버렸다. 물론 내가 부른다면 다시 돌아올 수밖에 없겠지만 약속된 하루는 아직 지나지 않았고 굳이 그런 방법을 동원하고 싶은 생각은 없었다.

트레스가 워프시킨 곳은 내 호텔 방으로 자신은 곧장 워프해서 다른 곳으로 가버린 것 같았다. 그가 어떤 생각을 가지고 어떤 심정으로 나를 대한 것인지는 모르겠지만 아까의 일은 확실히 마음 상하는 것이었을지도 모른다는 생각이 들었다.

"시온, 뭐 하고 싶은 말 없어요?"

내가 펜던트를 들여다보며 의뭉스럽게 묻자 시온이 불쾌하다는 듯이 언성을 높였다.

―내가 못할 소리라도 했다는 거냐?

"못할 소리는 아니지만 꼭 그 상황에서 해야 할 소리는 아니었잖아요."

내가 말하자 시온은 투덜거렸다.

―너는 놈들이 정말 네게 호의를 가지고 잘해주고 있다고 생각하는 거냐?

"그야… 저도 기본적으로 생각하는 것은 있으니까요. 잘해주는 상대에게 나쁘게 대할 수는 없잖아요. 게다가 내가 펜던트를 버리지 않는 한은 앞으로 계속 봐야 하고."

무슨 생각을 하고 있는지 몰라도 날 이용하려 한다는 것 자체가 이해가 되지 않았다. 날 이용할 수 있으리라 생각하는 거야? 내 십육 년 세월을 우습게 보는 것은 상관없겠지만 그리 호락호락하지 않다고, 나.

아무튼 눈앞에 있지 않으니 트레스의 기분을 풀어주는 것은 무리일 것 같았다. 그보다…….

"경기 하나도 못 봤어! 오후 경기는 그 기사단장이 나온다고 그랬는데!"

내가 울상이 된 얼굴로 중얼거리자 펜던트로부터 침묵이 전해져 왔다. 어라? 평소 같으면 뭐라고 한마디 해야 할 텐데?

"저… 시온?"

―너라는 인간은 이해할 수가 없군.

그 한마디로 시온의 목소리도 끊어져 버렸다. 뭐야, 오늘! 단체로 나한테 삐치는 날이야? 오늘 가장 큰일을 당한 사람은 바로 나라고!

　나는 부랴부랴 레너드 등을 만나 사과를 하고 오징어 장사 아저씨를 만나 외상값을 갚았다. 벤슨 씨네 집에서 저녁 식사를 함께 하자는 제의를 뿌리치고 호텔 방으로 돌아오니 트레스가 와 있었다.

　여전히 무표정한 얼굴이었지만 몇 시간 전보다는 훨씬 나아진 모습이었다. 그는 창가에 앉아 시가지를 내려다보고 있었는데 내가 방문을 열자 나를 돌아보았다.

　"저녁 같이 먹을 거죠? 난 그것 때문에 벤슨 씨의 제안도 뿌리치고 나왔다구요!"

　내가 명랑하게 말하자 트레스는 기묘한 표정으로 나를 쳐다보았다. 그는 잠시 머뭇거리다가 내게 말했다.

　"그래도… 되는 겁니까?"

　그가 묻자 나는 눈썹을 찌푸렸다.

　"싫어요? 혼자 먹는 건 싫은데."

　"아뇨. 싫지 않습니다. 음식을 섭취하는 것은 몇백 년 만이니까요."

　그럼 몇백 년 동안 굶었다는 말인가?! 방 밖으로 나가려던 내가 굳으며 돌아보자 트레스는 싱긋 웃었다.

　"저 정도가 되면 입으로 음식을 섭취할 필요가 없어지니까요. 가시죠. 오래간만이니 기대가 됩니다."

　나는 그냥 방에서 먹자는 소리였는데 어쩐지 방 밖으로 나가서 외식을 하자는 꼴이 되어버렸다.

　물론 트레스는 돈이 한 푼도 없다. 고로 내가 쏘게 되는 것이다. 돈이 많으니—시온은 피눈물을 흘릴지 모르지만—상관은 없었지만 이런 것을 말려든다고 하는 것인가? 트레스는 자기가 가게를 잡더니 메뉴판을 들고 혼자 멋대로 시켜 버렸다.

식탁 앞에 펼쳐진 화려한 음식들을 보니 제대로 시킨 것 같기는 하지만 설마 밖에 나가서 이런 거나 알아보고 있었던 건가?

내가 이상하게 쳐다봄에도 트레스는 상관하지 않고 음식을 들고 있었다. 나는 트레스가 시키는 대로 그 음식들을 먹었다. 해산물 요리였는데 이름이 복잡해서 못 외운다.

"기묘한 기분입니다."

트레스는 유리 잔에 담긴 포도주를 들고 창밖을 바라보며 말했다. 참고로 말하자면 이 자리는 특등석이라 손님이 별로 없을뿐더러 전망까지 좋았다. 한마디로 돈이 엄청 깨지는 자리라는 말이지.

"유폐되어 있던 것이 삼만 년간이었습니다. 오래전에 시간을 가늠하는 것도 잊어버렸지만 다시금 이렇듯 다른 세상의 공기를 쐬고 누군가와 대화를 나누는 일이 생길 거라고는 생각도 하지 않았습니다."

후에 알게 된 일이었지만 전에 펜던트를 사용했던 사람은 처음 몇 달간만 그들을 불러냈을 뿐 그 후로는 단 한 번도 그들을 펜던트 밖으로 꺼내지 않았다고 한다.

전 주인이 살아 있는 동안에 그들은 펜던트 속에서 세상을 봤을 뿐 단 한 번도 밖으로 나오지 못했던 것이다.

몇몇은 그에 의해 불려 나갔지만 단 한 번도 밖으로 나가지 못한 자들도 있다.

나는 에레타에게 들었던 사실들을 상기하며 그를 쳐다보았다. 음울한 얼굴로 창밖의 시내를 내려다보던 그는 내 시선을 느끼고 고개를 돌렸다.

"당신 같은 사람이 그 물건의 주인이 될 거라고는 생각지도 못했습니다."

나는 펜던트를 건넸던 그 아저씨를 떠올리고 고개를 갸웃거렸다.

"그 아저씨는 뭔가 별달랐나요?"

내 물음에 트레스는 쓴웃음을 지었다. 내가 뭔가 잘못 물었나?

"그자는 우리들을 두려워하고 있었습니다. 감당 못할 힘이라 여기고 멀리하려 애썼지요. 하지만 결국 우리들의 힘을 사용했습니다. 파멸하지는 않았지만 그리 원하던 삶을 살지는 않았지요."

"그 사람이 마법사였기 때문인가요?"

"그건 저도 모릅니다."

그는 조용히 말하며 시선을 내리깔았다.

"우리는 계약자와의 계약이 깨어지면 그의 단편적인 것밖에는 기억할 수 없습니다. 현재의 저로서는 그의 얼굴도, 음성도, 그가 어떤 직업을 가지고 있었는지도 뚜렷이 알고 있지 않습니다. 그저 어렴풋이 추측할 따름이지요."

흐음, 그렇다는 것은 내가 무슨 짓을 해도 계약이 깨진 다음에는 내가 한 일 같은 것은 까맣게 잊어버린다는 얘기?

'나름대로 유용하게 쓰일 수 있겠어!'

속으로 좋은 소리 들었다며 기뻐하고 있을 때쯤 트레스가 나를 쳐다보며 물었다.

"아무렇지도 않으시군요?"

그의 말에 나는 잠시 멍~해졌다.

"아, 예. 뭐, 그렇죠."

내가 고개를 끄덕이자 트레스는 알 수 없다는 표정을 지었다.

"지금의 저는 당신의 환심을 사기 위해 이러는 것일지도 모릅니다.

제가 했던 말은 전부 거짓이고 제가 보였던 호의 역시 당신을 위태롭게 하기 위한 것이라도 당신은 저를 전과 같이 대할 수 있습니까?”

“…시온이 했던, 그 손에 쥐고 흔들 거라는 얘기?”

“그는 단순한 만큼 솔직한 사람이니까요. 저나 다른 사람들의 태도가 마음에 들지 않았을 겁니다.”

…라는 것은 다른 사람들도 비슷한 속셈이라는 소리군.

“당신은 어리고 경험이 없으니까요. 저희가 이 세계에 영향을 끼칠 수 있는 것은 당신을 통해서 뿐입니다. 저희는 어디까지나 당신의 종속자 그 이상도 이하도 아니니까요.”

트레스는 그렇게 씁쓸하게 말하며 유리 잔에 입을 댔다.

“트레스.”

내가 부르자 트레스는 포도주로 입술을 축이며 힐끗 나를 쳐다보았다.

“어쩐지 멋있어요.”

“푸웃!”

그가 뿜어내는 포도주를 나는 잽싸게 피했다. 식탁보가 더러워졌지만 세탁비는 물어주면 될 일. 비싼 만큼 별로 물어달라고 할 것 같지는 않지만.

트레스는 진짜 거짓말하지 않고 얼굴이 빨개져 있었다. 그는 잔을 내려놓으며 내게 소리쳤다.

“가, 갑자기 무슨 소리를 하시는 겁니까!”

“아뇨. 진심인데. 그냥 그런 생각이 들어서요.”

그는 내 말에 손으로 얼굴을 가리며 시선을 돌렸다.

“당신이라는 사람은 정말 감당이 안 됩니다.”

감당해 달라고 할 생각 같은 것은 없다. 어차피 제대로 알아들었으니까. 트레스가 하고 싶은 말은 종속자들이 벌이는 일까지 전부 내가 책임지도록 되어 있다는 것일 것이다. 나를 통해서만이 이 세계에 영향을 끼칠 수가 있다는 것은 다시 말해 그런 소리다. 결국 그들을 책임져야 하는 것은 나라고.

이로써 오늘 하루는 끝났고 내일은 훼르드 백작과의 일전이 남아 있다. 말하자면 준결승전.

'나올 수 있으려나?'

갈빗대가 부러지고 부러진 팔다리가 다 나았다면 아마도 나올 수 있겠지만 솔직히 그 얼굴, 보고 싶지 않다. 부상임에도 불구하고 경기장으로 나온다면…….

'아작을 내줘야지. 암!'

다시 한 번 다짐하는 나였다.

【제7화】
달 없는 밤을 조심하라!

'역시 안 나왔군.'

나는 가늘게 눈매를 좁히며 경기장의 반석을 바라보았다. 훼르드 백작은 엉망이 된 얼굴로 경기장에 나와서 기권을 외치는 대신 시종을 보내 오늘 참석할 수 없음을 알린 것이다. 때문에 심판은 경기 종료와 함께 내 승리를 관중석에 알렸다. 시합도 없이 경기가 끝났으므로 관중석으로부터 아우성이 터져 나왔지만 나를 보러 왔던 기사단 사람들은 환호성을 질러주었다.

백작과 내 경기는 점심 시간 이후에 벌어진 것이므로 기사단 사람들과 나는 마지막 경기를 보지 않고 경기장 밖으로 빠져나왔다. 레너드와 벤슨이 기사단 사람들과 함께 파티를 열어주겠다고 말한 것이다.

식당 하나를 빌려 와자지껄하게 벌어지는 파티에 나는 훼르드 백작과의 불미스런 일로 불쾌했던 감정들을 말끔하게 털 수 있었다.

"세티인~"

교태로운 목소리가 귓전을 간질였지만 나는 몸을 웅크린 채로 뒹굴 방향을 돌렸다. 틀림없이 오웬이겠지. 졸려 죽겠는데. 씨이, 어제 밤새 도록 놀았단 말이야!

"세티이인~"

콧소리가 잔뜩 섞인 목소리가 목을 간질인다. 숨결이 목덜미로 닿는 것을 봐서는 달라붙어 있는 것 같은데.

"으악!"

나는 벌떡 일어나며 오웬을 노려보았다. 널찍한 침대 위에서 오웬은 싱긋 웃으며 나를 쳐다보았다.

"좋은 아침~"

"좋은 아침이고 뭐고 간에 왜 오웬이 여기 있는 건데요? 방 따로 있 잖아요! 게다가 귀에다 숨결 불어넣지 말아요!"

"아이이… 뭘 그렇게 열을 내고 그래~ 응?"

오웬은 눈웃음을 치며 내 앞으로 슬금슬금 다가왔다. 이어 나긋하게 움직이는 몸 동작으로 내 목에 팔을 감았다. 손가락이 내 목 선을 타고 아래 쪽으로 내려온다. 미치겠네, 정말!

"히이익! 옷 속에서 손 집어넣지 말아요!"

내가 기겁을 하며 달아나는데 오웬의 표정이 이상했다.

"어? 오웬?"

"세틴, 이리 좀 와봐."

가볍게 손짓하는 그녀의 모습에 나는 설레설레 고개를 저었다. 무슨 일을 당할 줄 알고 그녀에게 접근하란 말인가? 내가 싫다는 듯이 고개를 젓자 눈살을 찌푸리던 오웬이 문득 눈으로 내 전신을 훑었다.

"세틴, 밤사이 키가 많이 커졌는걸?"

"예?"

나는 어리둥절한 얼굴로 내 다리를 쳐다보았다. 정말인지 잠옷이 짧아져 발목이 드러나 있었다. 양팔의 소매도 어딘가 짧아진 듯했다.

"응? 에엥?"

밤사이 이렇게까지 키가 커지는 것은 말이 되지 않는다. 설마 하니 잠옷이 줄어든 것인가? 어리둥절해하는 나를 오웬은 이상한 눈길로 쳐다보더니 침대에서 일어나 내게로 다가왔다.

"이거……."

턱하니 그녀의 손가락이 내 목 가운데를 눌렀다.

"뭐, 뭐예요!"

"진짜네. 세틴, 화장실에 가서 아래를 확인해 보는 게 어때?"

에? 그게 무슨……? 손으로 목을 더듬으니 정말 전에 없던 것이 만져지고 있었다.

'그, 그러고 보니 무언가가…….'

목덜미를 더듬던 나는 미끄러지듯 욕실로 달려갔다. 욕실로 들어가기가 무섭게 문을 잠그고 거울을 들여다보자니 이상하게 시선이 높아져 있다는 것을 알았다. 거울에 비치는 내 얼굴……. 동그랗고 커다란 눈에 눈썹이나 콧날, 머리 색 등은 변함이 없었지만 묘하게 턱 선이 날카로워져 있었다.

'뭐, 딱히 변한 건 없는 같은데……. 분위기는 조금 달라진 것 같지만.'

어차피 가슴 쪽은 아무것도 없었으므로 확인해 볼 필요성도 느끼지 못했지만 아래쪽은 달랐다. 떨떠름한 얼굴로 허리끈을 풀어 확인하자 과연 무언가가 있었다.

'이거 기뻐해야 하는 건가?

언젠가 안젤라가 했던 말이 맞는 모양이었다. 묘한 기분으로 다시 옷을 추스렸지만 딱히 기쁘다는 생각보다는 이게 과연 얼마나 갈 것인가, 혹은 이대로 유지되는 것이 맞기는 맞는 건가에 의문을 품을 수밖에 없었다.

'대체 내가 변한 종족이 뭐야?

찌푸린 얼굴로 화장실을 나오자 오웬이 기대 어린 눈길로 나를 쳐다보고 있었다.

"결과는?"

"…일단 남자가 된 것 같아요."

"꺄아~"

"으흭!"

오웬이 양팔을 벌리며 나를 끌어안으려는 것을 보고 나는 잽싸게 침대를 건너뛰어 그녀의 곁에서 떨어졌다.

"뭐예요!"

"뭐긴, 이제 온전한 몸이 되었으니 본격적으로 해보려는 거지."

"절대 사양이에요!"

협탁 위의 펜던트를 집어 올리며 소리치자 오웬은 아쉽다는 듯이 나를 쳐다보았다. 나는 눈살을 찌푸려 보이고는 펜던트의 동공을 들여다보았다.

"설명서."

한 손을 내밀며 말하자 손아귀에 묵직한 감각이 느껴졌다. 아무 페이지나 펼치며 침대 위에 걸터앉았지만 여전히 나오는 것은 그 한 줄 뿐이었다.

계약자는 그 행성에 존재하는 종족으로 재구성된다.

"그럼 이건 체질이라는 거냐?"

중성이었다가 아무런 변화(?) 없이 몸이 변하다니 이런 것은 들어본 적도 없다. 어젯밤에도 특별한 징후를 느끼지 못한 것이다.

"이대로 안심해도 되는 건가?"

내가 나지막이 중얼거리자 침대로 올라온 오웬이 넌지시 내 허리를 끌어안았다. 내가 눈살을 찌푸리며 돌아보자 그녀는 빙긋 웃으며 억지로 내 목덜미에 입을 맞추며 말했다.

"왜? 남자가 싫어?"

"싫다니 뭐니 이전에 별 감흥 없어요."

현재 내 기분은 그랬다. 남자나 여자나 어느 한쪽으로 끌리는 기분을 느낀 적도 없고 중성이어서 생활에 딱히 불편함을 느끼지도 않았다. 어차피 만나는 사람마다 남자든 여자든 멋대로 생각해 주었던 것이다. 거기에 입만 다물고 있으면 딱히 문제가 될 일도 없었다.

내가 무표정한 얼굴로 오웬을 돌아보며 말하자 오웬은 싱긋 웃으며 내게 말했다.

"뭐 느껴지는 거 없어?"

"평소에도 자주 하는 짓이잖아요."

별반 감흥 없이 중얼거리자 오웬은 눈살을 찌푸리며 몸을 일으켰다.

"너 혹시 남자한테만 끌리는 거 아니야?"

"나랑 같은 게 달려 있는 녀석을 뭐 어쩌라고요?"

설명서를 닫으며 불퉁하게 말하자 오웬은 '흐응' 하고 콧소리를 내며 침대 위에 드러누웠다. 그에 나는 그녀가 다시 달라붙을까 봐 침대에서 일어났다.

—그런데 오늘 결승전이잖아. 한가하게 있어도 돼?

세리나의 목소리에 나는 테이블에 걸쳐 두었던 옷을 집어 들다가 내 잠옷을 바라보았다.

"옷이 맞지 않을 것 같은데……."

"그것보다."

오웬은 가볍게 웃으며 나를 바라보았다. 다리를 흔들거리며 그녀는 내 목덜미를 바라보며 요염하게 웃었다.

"그냥 그러고 나가도 돼? 그 모습이면 남자라는 게 단박에 들통날 텐데."

"예? 별로 새삼스럽지도 않잖아요. 그다지 신경 쓸 필요는……."

내가 별 생각 없이 말하자 오웬은 피식 웃으며 말했다.

"그 백작이라는 남자, 네가 여자라고 해서 떨구어진 거 아냐?"

"…어, 그러고 보니……."

확실히 그런 말을 한 것 같기는 했다. 그 후로 백작이 집적거리는 일은 아직 없었다(그 이후라고 해봤자 아직 며칠 되지도 않았지만). 그에 내가 잠시 고민하는 듯하자 오웬은 씨익 웃으며 내게 은근한 목소리로 속삭였다.

"괜찮을까아? 납치까지 할 정도면 꽤나 끈질긴 사람인 것 같던데……. 남자라는 걸 알면……."

"그, 그러면 나더러 어떻게 하라는 거예요?"

내가 긴장된 얼굴로 오웬을 쳐다보자 그녀는 싱긋 웃으며 말했다.

"여장."

"헤에?"

눈을 동그랗게 뜨자 오웬은 뭘 놀라냐는 듯이 나를 바라보았다.

"간단하잖아. 이 정도 외모에 몸매라면 어울리지 않을 옷도 없고…….."

"들통나면 망신이잖아요."

내가 불퉁하게 말하자 오웬은 침대 위에서 일어나 가볍게 내 뺨에 손을 가져다 댔다.

"이런 얼굴을 누가 의심하겠어?"

지금 시비 거는 겁니까?

여장이든 뭐든 현재로서는 맞는 옷이 없었다. 전보다 키도 크고 어깨도 넓어져 버린 것이다. 오웬의 말에 의하면 피부도 여전히 하얗고 목 울대도 나오지 않아서 여장하기에 그만이라고는 하지만 그 말은… 아까와는 다르지 않은가! 아까는 목 울대 때문에 남자라는 것이 들통 날 거라고 하고서는.

"아무튼 여장은 안 돼요. 이 모습으로는 나가봤자 망신만 당한다고요."

"괜찮다니까. 남자로 변했다지만 여전히 소년 체형에다가 팔다리도 가늘고… 키만 조금 커졌을 뿐이야."

"어깨도 넓어지고 덩치도 커지고 말이죠?"

내가 투덜거리자 오웬은 싱긋 웃으며 내 앞의 의자에 걸터앉았다.

"그래 봐야 약간이야. 너는 당한 본인이라 그렇게 급작스럽게 느껴지겠지만 친하지 않은 사람이라면 알아보지 못할 거야.”

오웬은 그렇게 말하며 내 턱을 붙잡고 얼굴을 이리저리 돌렸다. 날카로운 눈으로 나를 샅샅이 훑어보던 오웬은 이렇게 결론을 내렸다.

“어쩐지 중성이었을 때보다… 색기가 흐르는 것 같은데?”

“…그걸 농담이라고 하는 거예요?”

내가 말하자 오웬은 심각한 표정으로 나를 바라보며 입을 열었다.

“진심이야. 레스트레온, 얘 더 예뻐진 거 같지 않아? 선이 좀 날카로워지기는 했지만 오히려 선이 가느다래 보여서 더 예뻐.”

―허어, 그러고 보니…….

“하나도 안 기뻐요.”

나는 음울하게 중얼거리며 맞지 않는 옷을 벗었다. 체형이 커져 버려서 맞는 옷이 없었던 것이다.

“어차피 지금 있는 옷은 조금씩 작을 테니까 내가 밖으로 나가서 너한테 맞을 것 같은 옷을 사 올게. 그러니 너는 트레스를 불러.”

“트레스는 왜요?”

내가 눈매를 좁히며 묻자 오웬은 싱긋 웃으며 말했다.

“네 종족에 대해서 알아봐야 할 거 아냐. 이대로 굳어지는 것인지, 아니면 몇 차례 더 변화가 일어나는 것인지.”

흠… 그건 조금 일리있는 말인 것 같다. 내가 수긍한 듯이 펜던트를 바라보자 오웬은 방 한구석에 있는 돈 상자에서 얼마간의 금화를… 아니, 그러고 보니 액수가 너무 많잖아요! 한 움큼 꺼내더니 베란다 밖으로 뛰어내렸다.

나는 황망히 오웬이 나간 곳을 바라보며 펜던트의 종속자들에게 물었다.

"전부터 궁금했던 건데, 왜 다들 현관을 사용하지 않아요?"

―그쪽이 더 편하니까.

―간편하잖아?

―인간과 마주치는 것은 귀찮은 일이지.

단순한 대인 기피증인가? 아무튼 나는 오웬의 말대로 트레스를 불러 냈다. 트레스는 자료를 찾아보겠다는 말만 하고는 얼른 방 안에서 사 라졌다.

―오늘 경기가 몇 시야?

레스트레온이 묻자 나는 시계를 쳐다보았다. 아직 오전 아홉 시였 다.

"열한 시요."

―시간은 많네.

세리나의 냉정한 목소리에 나는 침대에 걸터앉아 전보다 커진 내 손 가락을 들여다보았다. 펜던트를 쥐어보니 손아귀에 딱 들어오는 것이 전보다 내가 커졌다는 것을 알 수 있었다.

"후우, 이대로 괜찮은 건가?"

"무슨 한숨을 쉬고 있어?"

톤이 높은 오웬의 목소리에 나는 뒤를 돌아보았다. 바라보니 오웬이 양손 가득 옷가방을 들고 있었다. 오웬은 그것을 바닥에 떨구어놓더니 내게 말했다.

"사이즈는 맞을 테니까 골라서 입어."

오웬의 말에 나는 가방을 뒤적였다. 어쨌거나 옷은 입어야 되는 것 이다.

"상관은 없지만… 왜 죄다 원피스 같은 것만 보이는 거죠?"

“여장하고 싶다며?”

“내가 언제요?”

아아, 혈압이 올라 쓰러져 버릴 것 같다. 팔랑거리는 플레어 스커트에 이건 또 뭐야? 가슴이 잔뜩 파여서는 지금의 내 상태로는 입고 싶어도 못 입는다!

“이걸 가슴에 넣으면 되는데…….”

오웬은 싱긋 웃으며 일종의 가짜 가슴이라고 생각되는 물체를 내게 내밀었다.

“싫어욧! 지금 나 놀리려고 이러는 거죠!”

“너무 빨리 알아차리면 섭하잖아~”

빙글빙글 웃으며 하는 소리에 나는 뒤집어질 것 같았다. 이, 이걸 나더러 어떻게 하라는 거야! 내가 여자였어도 이런 옷은 안 입어! 내가 살랑거리는 스커트를 들어 올리며 발작을 하려는 찰나 트레스가 돌아왔다. 테라스를 통해 안으로 들어오는 그는 상당히 낡아 보이는 고서적 하나를 들고 있었다.

‘거 무쟈게 빨리 오네.’

그는 내가 들고 있는 옷에 눈매를 좁히더니 내게 느릿한 어조로 말을 꺼냈다.

“찾았습니다. 이 행성에 존재하는 종족인 것만큼은 분명한 것 같더군요.”

트레스는 그렇게 말하며 들고 있던 책을 펼쳐 내게 내밀었다. 펼쳐져 있는 페이지를 들여다보자니 빽빽한 글자들이 눈에… 들어올 리가 없다. 뭔 소리인지 하나도 모르겠어.

“그냥 요점을 정리하자면 뭐예요? 어린아이일 때는 중성이었다가 커서는 다른 성으로 변화하는 뭐 그런 거예요?"

내가 도로 책을 내밀며 말하자 트레스는 어딘가 곤란한 표정을 지으며 말했다.

"뭐… 비슷하다고는 할 수 있겠습니다."

"비슷하다고요? 딱히 내가 어딘가 이상한 것은 아니라는 건가요?"

내가 묻자 트레스는 애매한 얼굴로 고개를 끄덕였다.

"예, 세틴님의 변화는 지극히 정상적인 겁니다."

정상적인 거라고? 내가 어리둥절한 눈빛으로 그를 쳐다보자 트레스는 곤란한 듯이 '으흠' 하고 목소리를 가다듬었다.

"이 책에 서술된 내용으로 봐서 세틴님은 아프렌이라는 고대의 종족인 것 같습니다."

"그냥 인간 아니고요?"

"예. 아프렌 족은 겉모습은 인간과 같지만 근력이나 마력 능력에서 인간을 상회하며 필요에 따라 성별을 바꿀 수 있다고 합니다. 처음에는 보통 십오 일을 주기로 달이 없는 날에 바꾸게 되는데 그것은 육체의 필요에 따라 달라진다고."

트레스의 말에 나는 눈을 크게 떴다. 육체의 필요? 아니, 그게 무슨 소리야?

"그냥 내 마음대로 되는 거 아니고요?"

"그게… 그렇습니다. 육체가 생각하기에 유리하다고 생각되는 조건으로 변화되는 거랍니다."

그걸 나더러 어쩌라는 말입니까?

나는 음울한 얼굴로 안면을 감싸 쥐었다. 육체의 필요… 육체의 필요라고? 뭐가 어떻게 필요하다는 건데! 나는 지끈거리는 관자놀이를 손으로 누르며 트레스에게 물었다.

"그럼… 혹시 그냥 돌아다니다가도 몸이 변한다거나… 하는 건 아니에요?"

"그건 확실히 모르겠습니다만… 일단은 아닐 것 같습니다."

같습니다? 같습니다라는 것은 그럴 수도 있다는 소리잖아! 이, 이게 무슨 꼴이냐고? 내가 실의에 빠져 허우적대는 와중에도 오웬은 열심히 옷가방을 뒤적이며 내가 입을 만한 옷을 고르고 있었다. 그녀는 꽤 그럴듯한 셔츠와 바지를 골랐지만…….

"아, 그렇게 파인 건 못 입는다니까요! 애초에 나는 가슴이 없잖아요!"

내가 버럭 소리를 지르자 오웬은 의미심장한 얼굴로 곁에 있는 트레스를 쳐다보았다.

"마법사 됐다 어디다 쓰겠어?"

그 용무로 불러내라고 했던 겁니까?

그나마 꽤 중성적인 옷을 골라서 입기는 입었는데 확실히 여자 옷인지라 여러모로 불편했다. 내가 시원찮은 표정을 짓자 오웬은 얼른 트레스를 시켜 내게 주문을 걸도록 했다. 그야말로 가짜 가슴을 만드는 주문이란다.

"아, 아니… 어떻게 남자인 트레스가 이런 주문을 알고 있는 거예요!"

"뭐… 여러 가지로 학문적인 진리를 꾀하다 보니…….'

무슨 학문적인 진리란 말이오? 내가 말도 안 된다는 듯이 쳐다보자 트레스는 조용히 고개를 돌렸다. 오웬은 긴 머리는 여자라는 일반적인 편견을 적용시키자며 마지막으로 비약을 먹여 머리카락을 길게 만들었다.

‘어떻게 여장을 하기는 했는데 이러다 피박을 뒤집어쓰는 거 아닌가?’

허리에 닿을 정도로 길어진 내 머리칼을 기묘한 듯 바라보자니 오웬이 내 어깨를 돌려 거울을 바라보도록 했다. 그녀는 힐끗 내 가슴 쪽을 쳐다보며 물었다.

“가슴은 어때? 불편해?”

“아뇨. 불편하다기보다는…….”

없던 게 생겨서 이상할 뿐이었다. 내가 기분 나쁜 눈길로 거울 속에 비친 트레스를 힐끗 쳐다보자 그가 말했다.

“모양만 갖추었을 뿐이지 실사와는 같지 않을 겁니다. 실수라도 옷이 찢어지거나 들춰지는 일이 없도록 하시는 것이 좋을 겁니다.”

“그런 건 당연히 조심하지만요, 경기장은 안티 매직 쉘인가? 그게 걸려 있다는데… 풀리지 않을까요?”

내가 묻자 트레스는 그답지 않게 씩 웃었다.

“안티 매직 쉘은 6서클 이상의 마법에는 통용되지 않습니다. 그 주문은 6서클 이상의 주문이니 상관없지요.”

트레스의 말에 오웬이 이상하다는 듯이 그를 쳐다보았다.

“겨우 가짜 가슴을 만드는 주문 따위가 6서클 이상이라는 거야?”

“여러모로 완벽을 꾀하다 보니…….”

무슨 완벽? 트레스의 말에 오웬은 힐끗 내 가슴 쪽을 쳐다보았다. 그 시선이 이상해서 나는 얼른 뒤로 물러섰다.

“뭐, 뭐예요? 설마 만져 보겠다느니 하는 건…….”

“진짜 네 건 아니니까 상관없지 않아?”

“아뇨! 상관있어요. 풍기문란이라고요!”

“어차피 가짜잖아.”

“어쨌든 싫어요!”

내가 질겁을 하며 물러서자 오웬은 아쉬운 듯이 입맛을 다셨다.

“까다롭긴.”

까다로운 거랑 상관없는 거네요, 그건! 게다가 오웬은 절대 그 정도로 끝날 것 같지 않아서 싫다! 내가 펜던트를 목에 걸자 펜던트 속에서 샤이시스의 목소리가 들려왔다.

―그런데… 오늘은 제비뽑기 안 해? 아까부터 그 말을 하려고 했는데 영 분위기가 안 나서…….

지금도 분위기는 아닙니다만. 나는 부스스 고개를 숙여 펜던트를 노려보았다.

“어제 그대로, 다만 오늘은 오웬과 트레스 둘이서 대기조로 나와 있는 걸로 할게요.”

―뭐?!

―그, 그런 법이 어디 있어!

―맞아! 오웬하고 트레스는 전에도 밖으로 나왔었잖아! 아직 한 번도 밖으로 나오지 못한 녀석들도 있는데 왜 그놈들이야!

“…내가 원하니까요.”

싸늘히 시선을 떼며 그렇게 말하자 마구 소리치던 아우성이 잠잠해졌다. 벽난로 쪽을 쳐다보니 벌써 시계 바늘이 열한 시에 가까워지고 있었다. 더 이상 지체하면 경기 시간에 늦고 만다. 나는 펜던트를 들여다보며 상큼하게 웃었다.

“지금 제 기분은 최악의 가도를 아주 사뿐히 달리고 있으니 오늘은 내버려 두세요.”

―그, 그래.

포기한 듯한 샤이시스의 목소리에 나는 웃음으로 화답하고는 호텔 방을 나섰다. 결승전. 상금은 포기할 수 없다!

"세르티드 레플리카… 본인이십니까?"

경기장 앞을 막아선 대회 관계자의 물음에 나는 고개를 끄덕였다. 그는 유심히 내 얼굴을 들여다보더니 곁에 있던 대회 진행자와 소곤거렸다.

'뭐, 뭐야?'

내가 불쾌감을 드러내며 눈살을 찌푸리자 그 남자는 미안하다는 듯이 말했다.

"인상이 좀 바뀌신 것 같아서 말입니다. 아무튼 이쪽으로. 다른 분들은 먼저 와서 기다리고 계십니다."

바로 경기장으로 나가는 것이 아닌가? 남자는 바로 경기장으로 이어지는 통로가 아닌 위쪽으로 날 안내하고 있었다. 병사들의 호위를 받아가며 위층으로 올라가자 남자는 경비병들이 서 있는 문안으로 나를 인도했다.

"이곳에서 대기하시면 됩니다. 간단한 절차이니 긴장하실 필요는 없습니다."

대기? 간단한 절차? 무슨 소리지? 내가 모르겠다는 표정을 짓자 남자는 혹시나 하는 표정으로 내게 말했다.

"결승전은 경기 시작 전에 전하를 알현한다는 사실을 잊고 계신 겁니까?"

"알… 현이요?"

내가 묻자 남자는 크게 고개를 끄덕였다.

"폐하께서 직접 그 실력을 치하하시고 격려의 말씀을 내리실 테니 혹시나 무례한 행동을 하지 않도록 주의하십시오."

남자는 눈을 빛내며 '폐하 앞에서 무례를 범하게 되면 왕실 모독죄로 끌려갈 수도 있으니 조심하십시오' 리는, 실로 위험천만한 말을 남기고 사라졌다.

'그 왕이라는 거… 안 만나면 안 되는 건가?

쾅 그대로 튀어버릴까도 생각했지만 내가 문을 돌아보자마자 병사들이 문을 여는 것이 아닌가.

'그대로 튀어도 되잡혀올 것 같은 생각이 드는 것은… 내 노파심이겠지?

나는 힐끗 열려진 문안을 쳐다보았다. 서 있던 세 사람이 문이 열리자 일제히 이쪽을 돌아보았다.

"히익! 무슨 구성이 이래?"

내가 외마디 비명을 지르자 레오폴드가 싸한 얼굴로 나를 노려보았다.

"그거… 날 보고 하는 소리냐?"

싸늘한 레오폴드의 표정에 나는 아차 싶었다. 주제에 눈치는 빨라가지고.

"무, 무슨. 절대 아니지!"

나는 정색을 하며 손를 내저었다. 그러자 레오폴드는 고개를 팍 숙이더니 눈을 치뜨며 소리쳤다.

"…라고 말하면 내가 믿을 줄 알았냐? 날 쳐다보고 있었잖아, 너!"

"쳇, 모른 척할 것이지."

내가 고개를 돌리며 혼잣말을 하자 레오폴드는 얼굴이 벌게져서는 소리쳤다.

"오늘은 절대 안 져! 네놈한테만큼은 기필코!"

"소란 떨지 마라. 경기 시작이 얼마 남지 않았는데."

이 목소리는 본선 시작 전 대진표를 보기 위해 경기장을 찾았을 때 만났던 남자의 목소리였다. 그 크 뭐라던 여자 아이를 데리고 홀연히 사라져 버렸던.

그는 나를 돌아보며 말했다.

"결국 결승전까지 올라왔군. 실력, 기대하고 있겠다."

실력 기대하는 것은 상관없는데요 이름이나 알려주시면 안 될까요? 남자가 그렇게 말하며 나를 쳐다보자 레오폴드는 분한 얼굴로 나를 노려보았다.

'아, 그러고 보니… 그럼 저 사람이 기사단장?! 왜 이렇게 젊어!'

아무리 많아도 이십대 후반. 그 이상은 안 될 것 같다. 젊게 봐주자면 이십대 초반까지도 볼 수 있겠어.

"여자 분이셨군요?"

곤혹스러운 듯이 라힐이 나를 쳐다보며 말했다. 뭐야? 내가 여자라서 불만?

그러고 보니 결승전 상대자가 모두 내가 아는 사람들이었다. 뭐, 확실히 알고 있다고 말할 만한 사람은 없지만 말이다.

'내 생각이지만 말이야, 이번 결승전은 어째 얼굴만 보고 뽑은 듯한 느낌이…….'

성질은 더럽지만 얼굴만은 봐줄 만한 레오폴드와 푸르스름한 빛깔을 내는 머리 색과 눈으로 여자들의 인기를 한 몸에 모으고 있는 라힐,

게다가 실력과 외모를 모두 갖춘 기사단장까지. 상술이 느껴져, 상술이! 분명 입장권은 매진이다!

나도 내 입으로 이런 말 하기는 뭐하지만 여자들에게 인기를 끌고 있었던 것이다. 물론 소녀가 아닌 소년으로 착각한 탓에 벌어지는 일이겠지만 구운 쿠키가 담긴 바구니 같은 것을 건네주고 도망치는 소녀들을 보면 그것도 그리 나쁘지만은 않다는 생각도 든다.

'…뭐 어디까지나 이 상태가 계속 유지된다는 가정 하겠지만.'

게다가 지금은 여장을 한 상태라 더 이상 그런 친절을 바라는 것은 불가능할 것 같았다.

"그런데 어째 너……."

레오폴드가 유심히 나를 쳐다보자 나는 화들짝 놀라며 그에게서 떨어졌다.

"뭐, 뭐야?"

"키가 커진 것 같은데… 예선전에서 본 지가 아직 일주일밖에 안 됐는데 그새 자랐냐?"

"아하하! 그, 그래?"

내가 어색하게 웃으며 볼을 붉적이자 레오폴드는 샐쭉한 얼굴로 고개를 돌렸다.

"뭐, 그래 봤자 나보다 작지만."

'그런 걸 경쟁해서 뭐 하나?'

레오폴드는 별 쓸데없는 부분에서도 경쟁심에 불타오르고 있었다. 기사단장 쪽은 그런 말을 떠드는 레오폴드를 무표정한 눈길로 쳐다보고는 휙 고개를 돌렸다. 내 추측이기는 하지만 저 기사단장 쪽은 나보다 레오폴드 쪽을 훨씬 애 취급하고 있는 것 같았다. 저 녀석이 나보다

연상인데 레오폴드는 열일곱, 라힐은 열아홉 살이다.

'기사단장만 빼면 완전 애들 잔치……'

사실 저 기사단장은 대회의 질을 높이기 위해 참석한 것뿐이니 결승전은 미성년자의 잔치라고 할 수 있었다. 다들 스무 살 미만의 소년(?)들뿐이니 말이다.

멀거니 서거나 의자에 앉아서 기다리고 있자니 반대쪽의 문으로 시종 하나가 안으로 들어왔다.

"결승전 개막 행사가 시작될 것입니다. 선수 분들은 이쪽으로."

시종의 안내에 우리는 줄줄이 그의 뒤를 따랐다. 경기장으로 안내하는 것인지 그는 어둡고 긴 통로를 지나 관중석이 한눈에 내려다보이는 발코니로 우리를 안내했다.

바닥에 붉은 카펫이 깔리고 왕가의 문장이 달린 호화로운 휘장과 깃발로 장식된 그곳에는 왕과 왕족들을 호위할 기사들과 일부의 귀족들이 앉아 있었다.

기사단장이라는 남자가 먼저 왕이 앉을 의자에서 내려다보이는 카펫 위에 서자 라힐과 레오폴드도 그를 따라 자리를 잡았다.

'이 언저리에 서 있으면 되는 건가?'

관중석은 이미 사람들로 꽉 들어차 있었다. 내가 주위를 두리번거리자니 레오폴드가 촌티 내지 말라며 눈총을 주었다.

'으헉! 놈도 있다!'

내 최대의 악연인 훼르드 백작이 근처 귀빈석에 자리잡고 있었다. 무표정한 얼굴로 앞을 바라보고 있던 그와 눈이 마주치자 나는 최대한 빨리 시선을 돌렸다.

'모, 모르는 척… 모르는 척하자.'

"국왕 전하 납시오!"

팡파르와 함께 시종의 목소리가 크게 울리자 나는 발코니 안쪽으로 고개를 돌렸다. 휘장이 젖혀지고 국왕 내외와 자식들이라고 생각되는 한 무리의 인간들이 걸어나왔다. 귀빈석의 귀족들이 일제히 자리에서 일어나 무릎을 꿇자 나도 덩달아 무릎을 꿇으려다가 다시 일어날 뻔했다.

"왜 갑자기 소리를 지르고 그래요!"

내가 낮은 목소리로 중얼거리자 레오폴드가 힐끗 쳐다보는 것 같았지만 나는 상관하지 않았다.

—왜 저따위 인간들에게 동요해서 무릎을 꿇는 거냐! 넌 우리의 계약자란 말이다!

"에익, 시끄러우니까 나중에 하라고요!"

다시 한 번 펜던트에 중얼거리고는 고개를 들자 라힐과 레오폴드가 이상스러운 시선으로 나를 돌아보고 있었다.

"모두 일어나시오."

국왕의 명령이 떨어지자 귀족들이 일어서고, 기사단장과 나머지도 자리에서 일어났다. 귀족들은 왕이 앉은 다음에야 따라서 자리에 앉았다.

감히 왕의 얼굴을 빤히 쳐다봐서는 안 되는 것이었지만 나는 힐끗거리며 왕과 왕비, 그리고 두 남매를 바라보았다.

왕은 혈색 좋은 삼십대 초반의 미남자였고 왕비는 파리한 인상의 이십대 후반의 여자였다. 우아하게 틀어 올린 금발과 하얀 피부가 돋보였으나 전체적으로 유약한 인상을 주고 있었다. 그에 비해 왕의 왼쪽에 앉은 공주는 발그레한 뺨에 빨간 머리카락, 파란 눈동자를 가져 생기 발랄한 느낌을 주고 있었다.

내가 빤히 바라보는 시선을 느낀 것인지 공주가 내 쪽을 쳐다봤으므로 나는 얼른 시선을 내리깔았다.

"이리 가까이 오라."

왕의 부름에 아직도 무릎을 꿇고 있던 기사단장이 일어서서 우리들을 돌아보았다. 아무래도 자신은 왕과 자주 대면했으니 우리들을 왕에게 보여주려는 생각인 것 같았다.

우리 셋이 나란히 옥좌로 올라가는 계단 앞에 서자 기사단장은 자리 한쪽으로 비켜섰다.

공주와 같은 빨간 머리칼을 지닌 왕은 빙글빙글 웃으며 우리 셋을 바라보고 있었다. 왕의 위엄과는 다른 장난기 어린 그 표정에 나는 슬슬 저 사람이 왕이 맞는가에 대해 조심스러운 의문을 떠올리고 있었다.

"이 자리에까지 잘 와주었다. 어린 나이에도 불구하고 뛰어난 실력을 가졌다는 그대들에 대해서는 입에 침이 마르도록 간언하는 신하들이 있어 잘 알고 있도다."

왕은 그렇게 말하며 힐끗 귀족들이 앉아 있는 귀빈석 쪽을 쳐다보았다. 그는 씩 웃으며 내 쪽으로 시선을 돌렸다.

"하나 이쪽의 소녀는 처음 보는군. 평민이라고 들었다. 이름이 어떻게 되는가?"

"세, 세르티드 레플리카입니다만."

내 대답에 왕은 고개를 갸웃거렸다.

"레플리카라……. 평민의 성치고는 특이하군. 어디에선가 들어본 적이 있는 듯싶은데……."

왕은 그 어디선가 들어봤다는 이름을 생각하는 듯 미간을 찌푸리는 것 같았지만 나와 성이 같은 사람 따위는 궁금하지 않았다. 어차피 이 이름도 그냥 펜던트에서 받은 것이 아닌가.

'뭐, 세상에는 동명이인이 많으니까.'

오, 호호호호호호!

경기장을 커다랗게 울리는 방정맞은 여자의 웃음소리에 사람들이 웅성거리기 시작했다. 톤이 높은 목소리로 울리는 그것은 마법을 사용한 것인지 경기장뿐만이 아닌 수도 전체로 울려 퍼지는 것 같았다.

"뭐, 뭐냐!"

당황한 병사들과 기사들의 목소리에 기사단장이 그들을 돌아보았다.

"동요하지 말고 자리를 지켜라! 전하를 보호하는 것이 우선이다!"

기사들과 병사들이 왕족들을 감싸는 사이 하늘이 어두워지고 있었다. 구름 한 점 없던 하늘 위로 까맣게 구름이 몰려들며 금세 태양을 가려 어두워졌다.

"위, 위를 쳐다봐라!"

누군가의 외침에 병사들과 기사들의 시선이 하늘 위를 향했다. 검은 구름 사이로 보랏빛 머리칼을 늘어뜨린 여자 하나가 모습을 드러내고 있었다. 새카만 하늘을 가득 채우는 여자의 상반신에 누군가가 신음에 찬 비명을 터뜨렸다.

거대한 여인의 형상이 경기장의 관중석과 귀빈석을 두루 내려다보고 있었다. 그 움직임이 마치 실사와 같아 거대한 형체를 가진 거인이 구름 사이로 고개를 내밀어 수도를 내려다보는 것만 같았다.

거기로군!

날카로운 웃음소리가 터져 나오며 여인이 손가락으로 공주를 가리

컸다. 검은 빛 줄기가 손가락에서부터 튀어나오며 귀빈석을 가로질렀
다.

꺄아아악!

관중석에서부터 비명이 터져 나오자 나는 얼른 고개를 숙였다. 빛
줄기는 내 머리 위를 지나 기사들에게 둘러싸여 있던 공주를 향해 쏟
아졌다. 한 무리의 기사들과 함께 광선에 쏘인 공주는 외마디 비명도
지르지 못한 채 털썩 바닥에 주저앉았다.

'엥?'

살그머니 고개를 들어 올렸던 나는 어리둥절한 시선으로 다시 하늘
위의 여자를 돌아보았다. 공주의 몸에는 아무런 이상도 보이지 않았던
것이다. 물론 그것은 공주와 함께 광선을 뒤집어썼던 기사들도 마찬가
지였다.

오호호호홋! 너도 내 타입이구나!

"에엥?!"

슈팡!

내가 당황하여 여자를 올려다보는 사이 또다시 빛 줄기가 발사되었
다. 일직선으로 쏟아지는 광선을 피하지 못하고 맞은 나는… 어라? 이
게 뭐야?

"레, 레플리카 양……."

내가 아무런 변화도 느끼지 못해 어리둥절해하는 사이 라힐이 하얗
게 질린 얼굴로 나를 쳐다보았다. 레오폴드를 돌아보니 그도 마찬가지
였다. 왜 저러지?

"꺄악!"

돌아보니 공주가 양팔로 자신의 가슴을 끌어안고 비명을 지르는 것

이 보였다. 뭐, 뭡니까?

나는 얼른 손을 가슴으로 가져갔다.

"흐억!"

주문이 풀렸다! 아니, 이게 아닌…….

―세틴! 진정해라! 아무 일도 없어!

―그, 그래! 아무래도 트레스가 건 주문과 맞부딪쳐서 상쇄된 것 같다! 놀라지 마!

아, 그런 건가? 내가 약간 안심을 하며 하늘을 올려다보려니 보랏빛 머리칼의 여인이 손등으로 입가를 가리며 자지러지게 웃어대는 것이 아닌가!

놀랐겠지? 놀랐을 거다! 나만의 비장의 주문이니 다른 마법사 따위는 흉내도 내지 못하겠지!

…뭐가 비장의 주문이란 말씀입니까? 내가 싸한 눈길로 여인을 쳐다보는 와중에도 공주는 계속해서 비명을 질러대고 있었다.

"이, 이런 끔찍한 일이……."

신음하는 국왕과 기사들의 목소리에 나는 의아한 기분을 느낄 수밖에 없었다. 대체 무슨 저주길래? 공주의 외관은 조금 달라진 것 같긴 한데 뭐가 달라진 것인지 확실히 집어낼 수 없었다.

저주를 푸는 방법은 단 하나다! 더도 말고 덜도 말고 내 노예가 되어 십 년만 봉사하는 거다!

쩌렁쩌렁하게 울리는 여인의 음성에 관중들의 목소리가 사그라들고 있었다. 레오폴드는 황당하다는 듯이 중얼거렸다.

"뭐 저런 게 다 있어?"

어떠냐? 나를 따라오겠느냐?

보랏빛 머리칼의 여마법사가 소리치자 공주의 앞을 가로막은 왕자가 소리쳤다. 왕비를 닮은 금발에 유약한 얼굴을 하고 있었지만 목소리만큼은 우렁찼다.

"웃기지 마라! 너 따위에게 내 동생을 넘겨줄 것 같으냐!"

"오, 오라버니……."

흐느끼는 듯한 공주의 목소리에 나는 고개를 갸웃했다. 어디선가 들어본 적이 있는 목소리 같았다. 왕은 경기장 위를 올려다보고 있는 기사들과 마법사들을 돌아보며 소리쳤다.

"뭣들 하는 거냐! 어서 저 마법사를 잡아들이지 않고!"

"하, 하오나……."

왕의 호령에 노마법사는 당황한 얼굴로 하늘 위의 영상을 올려다보았다. 실체를 드러내지 않은 채 저렇듯 영상만을 보내고 있는 상대를 붙잡을 수는 없는 것이다. 왕의 외침에 여마법사는 가소롭다는 듯이 웃었다.

오호호호호홋! 나는 도망치지 않는다! 쉐이크 필드에 있는 나의 궁전에서 기다리고 있을 테니 그 저주를 풀고 싶다면 나에게 오너라! 덧붙여 거기 있는 미남자 삼인방도 데려오지 않으면 들여보내 주지 않을 거다!

"…저거 정상이야?"

내가 작은 소리로 중얼거리자 라힐과 레오폴드가 절대 아니라는 듯이 고개를 저었다. 아무래도 미남자 삼인방은 기사단장을 포함한 레오폴드와 라힐을 가리키는 것 같은데… 안됐어, 다들.

내가 쯧쯧 혀를 차자 여마법사는 무슨 남의 말을 하고 있느냐는 듯이 나를 쳐다보고는 이렇게 덧붙였다.

물론 너도 같이 초대한 것이니 염려 말고 오려무나. 오호호호홋!

"아니, 나는 왜 끼워넣어!"

버럭 소리를 질렀지만 여마법사의 모습은 사라져 버린 뒤였다. 몰려들었던 구름도 사라지고 언제 그랬냐는 듯이 하늘이 다시 맑아지자 사람들은 망연한 눈길로 귀빈석의 공주와 나를 쳐다보았다.

"이, 이런 일이……."

미약한 신음을 흘리며 왕비가 뒤로 넘어가자 그녀를 붙잡은 왕이 비명을 울렸다.

"어의를! 어의를 불러라!"

아무래도 무투대회는 취소되어 버릴 것 같다.

공주에게 걸린 저주는 바로 그것이었다.

남자가 되는 저주.

그래서 내 가슴이 가라앉았음에도 아무도 의문을 표시하지 않은 것이다. 그 광선을 쐬인 기사들 속에도 여기사는 끼어 있지 않았고, 아무래도 저주의 피해자는 공주와 나뿐인 것 같았다. 뭐, 나는 어차피 남자의 모습이었으므로 별 차이는 없겠지만 말이다.

'트레스의 주문이 파훼되지 않았으면 의심을 샀을지도.'

무시무시한 여장 들통의 예상도를 그리며 나는 몸서리쳤다. 벌어지지 않아서 다행이지 들켰으면 망신살이 하늘까지 뻗쳤을 거다. 특히 레오폴드 놈은 바닥을 구르면서 나를 비웃었을지도.

"괘, 괜찮나?"

레오폴드의 물음에 나는 뚱한 얼굴로 그를 쳐다보았다. 나는, 우리는 지금 왕의 서재에서 대기하고 있는 중이었다. 공주가 남자로 변하고 왕비가 기절하는 사단이 일어났으므로 무투대회는 당연히 취소되었다.

"괜찮을 리가 없잖아. 대체 언제까지 기다려야 하는 거야?"

내가 툴툴거리자 소파에 앉아 차를 들고 있던 라힐이 찻잔을 내려놓으며 말했다.

"아무래도 공주님을 진정시키는 것이 쉽지 않은 것이겠지요."

"그 기분 나도 알지."

내가 무심코 중얼거리자 레오폴드와 라힐은 입을 다물었다. 나는 조용해진 그들을 내버려 두고 방 안을 살펴보았다. 방 한쪽 구석에는 커다란 지도가 붙어 있었다.

"이거 뭐야? 세계 지도? 아니면 이 나라 지도?"

"당연히 세계 지도지. 넌 다른 나라에서 왔다면서 지도도 본 적 없냐?"

레오폴드의 핀잔에 라힐이 힐끗 그를 쳐다보는 것이 보였다. 뭐라 말을 하고 싶은 것 같았지만 내가 쳐다보자 입을 다물었다.

"아까 그 마법사가 쉐이크 필드라고 했잖아. 어디야, 거기가?"

내가 묻자 라힐이 일어섰다. 그는 자리에서 일어나 지도의 한 부분을 손가락으로 가리키며 말했다.

"이쪽이 크라이드 왕국이고 이것이 국경선입니다. 여기 보이는 이 점이 수도인 트리니시, 이곳이죠. 그리고……."

라힐의 손가락이 크라이드 왕국을 벗어나 멀리 북쪽을 가리켰다.

"여기가 쉐이크 필드입니다."

"우와! 진짜 멀잖아. 하루 이틀 만에 갈 수 있는 거리가 아니겠어."

내가 말하자 소파에 앉아 탁자를 두드리고 있던 레오폴드가 신경질적으로 대답했다.

"그래 봐야 어차피 우리가 가야 돼. 그 마법사가 하던 말 못 들었어? 우리 전부 다 오라고 했잖아."

"뭐, 말이야 그랬지. 하지만 정말 우리만 보내겠어? 게다가 난 거기로 가고 싶지도 않아."

"가지 않을 생각이십니까?"

라힐이 묻자 나는 고개를 끄덕였다. 사실을 말하자면 난 저주에 걸린 것도 아니고 가야 할 하등의 이유가 없다. 가까운 곳도 아니고 저리도 먼 곳에 자청하여 갈 이유가 없는 것이다. 그러자 레오폴드는 턱을 괴며 말했다.

"그게 마음대로 될 것 같냐? 우린 벌써 찍힌 거라고. 대회가 취소됐는데도 돌아가지 못하고 다 같이 여기에 대령됐잖아. 거절은 불허. 우리는 꼼짝없이 그 여마법사 앞에까지 끌려갈 거야."

하여간 방정맞은 녀석 아니랄까 봐 불길한 소리는……. 나는 힐끗 눈총을 보내고는 지도 쪽으로 시선을 돌렸다. 내 생각에도 그럴 가능성이 크다는 생각이 들지만 십 년씩이나 봉사할 수는 없는 것이다. 공주도 그렇겠지만 나는 더 더욱.

'십 년이 뉘 집 개 이름이냐?'

찰칵.

문이 열리는 소리에 서 있던 라힐과 나를 비롯한 레오폴드의 시선이 문 쪽으로 향했다. 기사단장인 아이언 란스테일 경이 들어오고—레오폴드 녀석이 잘난 체를 하며 가르쳐 줬다—그 뒤로 왕의 모습이 보이자 레오폴드는 서둘러 자리에서 일어났다.

"오래 기다리게 했군. 앉으시게."

피곤한 기색이 가득한 얼굴로 왕이 말했다. 나는 그 파리한 얼굴의 왕자가 따라오지 않았을까 생각했지만 들어온 것은 왕과 기사단장뿐이었다.

왕이 자리에 앉자 문을 열어 왕을 안으로 들여보냈던 기사단장은 왕 옆에 섰다.

"그대들을 왕성으로 불러들인 이유는 짐작하고 있을 거요."

왕은 이 웃기지도 않는 상황을 무겁게 말하며 우리들을 바라보았다.

"짐은 그대들이 공주의 저주를 풀기 위해 노력해 줄 것을 믿어 의심치 않네. 왕국은 이에 전폭적인 지지를 보내줄……."

우잉?

"자, 잠깐만요!"

왕의 말이 끝나지 않았음에도 내가 소리치자 아이언—기사단장—이 나를 무서운 눈길로 쏘아보았다. 왕은 의외라는 듯이 나를 쳐다보며 말했다.

"레플리카 양, 무슨 일인가?"

"무슨 일이라뇨?"

누구 마음대로 일을 진척시키는 겁니까? 공주의 저주를 풀어주지 않겠나? 뭐, 그런 물음이 있어야 하잖아!

"저의 의사… 같은 것은 중요하지 않은가요?"

"…자네도 저주에 걸렸잖은가."

당연하다는 듯한 물음에 나는 입을 다물었다. 왕은 그렇게 말하며 레오폴드와 라힐을 돌아보았다.

"이쪽의 청년 둘은 내년에 기사 서훈을 받도록 되어 있지. 그것을 앞당겨 줄 터이니 나의 명을 받들어 그 여마법사의 성으로 가도록 하게."

기사 서훈을 앞당겨 준다는 말에 레오폴드의 눈이 번쩍 하고 빛났다.

"맡겨만 주십시오!"

어이, 넌 아까지 툴툴거리고 있었잖아!

왕은 그럴 줄 알았다는 듯이 씨익 웃으며 라힐 쪽을 돌아보았다. 라힐은 한숨을 쉬듯 그에 답했다.

"명을 받들겠습니다."

라힐의 대답이 나오자 시선이 자연스럽게 내게 모여졌다.

"자네는……."

"전 별로 가고 싶지 않습니다만……."

내가 단호히 말하자 왕은 재미있다는 듯이 나를 쳐다보았다.

"호오! 어째선가?"

"저희들이 간다면 그 마녀의 뜻대로 되는 것이 아닙니까? 세상에 마법사가 그 여자 하나만 있는 것도 아니고 굳이 그런 위험을 감수할 필요는 없는 것 같습니다. 저는 따로 저주를 풀 방법을 강구할 작정이니 송구스럽지만 청을 거절하겠습니다."

그러자 왕은 화사하게 웃으며 말했다.

"세르나힐 후작에게 자네 이야기는 많이 들었네."

후작? 내가 아는 후작이라면 한 사람밖에 없는데?

왕은 나를 향해 싱긋 웃었다. 도저히 삼십대 중반으로는 생각할 수 없는 상큼한 웃음이었다.

"자네는 내게 충성을 맹세한 기사도 아니고 내 나라의 국민도 아니니 내가 자네를 강제할 힘은 없네."

그럼요, 그럼! 무심코 맞장구를 치려던 나는 황급히 끄덕이던 고개를 멈추었다. 이상스러운 시선이 내게로 모이고 있었지만 무시.

“때문에… 자네를 용병으로 고용하고자 하는데 어떤가? 사례로 하기에는 좀 그렇다고 할 수 있겠지만 선불로 이번 상금 액수의 반을 주고 성공 시에 그 두 배를…….”

“할게요!”

무심코 소리치며 나는 왕의 손을 덥석 잡았다. 왕은 덫에 걸린 개구리를 보는 듯한 뱀의 눈길로 나를 보며 씨익 웃었다.

“그럴 줄 알았네.”

헉! 아니, 이게 아닌데……. 나는 실수했다는 표정으로 왕을 쳐다보며 번복하려 했지만 왕은 딱 하고 손가락을 튕겼다. 그러자 언제부터 거기서 대기하고 있었던 것인지 시종들이 무거운 상자가 담긴 수레를 끌고 나타났다.

“아뇨, 저기 전하, 제가 순간 착…….”

“착수금이랄까. 선불일세.”

덜컹!

커다란 상자의 뚜껑이 열리면서 휘황찬란한 광채가 내 사고를 가렸다. 태양 빛에 반사되는 그 황홀한 자태에 나는 다시 한 번 실수의 말을 입에 담고 말았다.

“언제 출발하면 되는 거죠?”

우와아! 한 상자가 다 금이야! …가 아니라 나는 어깨를 축 늘어뜨려 테이블 위에 엎어졌다. 빌어먹을, 매수를 하다니, 매수를. 왕이면 왕답게 강압적으로 나오란 말이야! 하지만 금은 좋아. 반짝이고 예쁘고, 묵직한 게 돈 좀 나갈 것 같고.

내가 황홀한 듯 금화 상자를 바라보다가 고개를 젓고 다시금 고민스러운 표정을 짓는 것을 반복하자 레오폴드는 황당하다는 표정으로 나를 쳐다보며 말했다.

"너… 혹시 상금 때문에 이번 대회에 출전한 거냐?"

레오폴드의 물음에 나는 눈을 깜박이며 그를 쳐다보았다.

까닥.

내가 고개를 끄덕이자 그는 '으윽! 이런 녀석에게 내가 졌단 말인가!' 하는 듯한 고뇌의 표정으로 자신의 머리털을 쥐어뜯었다. 동시에 피할 수 없는 분노를 담아 나를 쏘아보며 소리쳤다.

"당장 밖으로 나와! 결투다! 너 같은 놈한테 진 것으로 내 인생을 끝낼 순 없어!"

"…너, 내일 죽냐?"

내가 무심한 어조로 묻자 레오폴드는 벌게진 얼굴로 소리쳤다.

"그런 말이 아니잖아!"

"그만두시지요. 왕궁 안입니다. 소란을 피우게 되면 공작님께 누가 될 것입니다."

라힐의 말에 레오폴드는 못마땅한 표정으로 입을 다물었다. 그의 말처럼 우리는 왕궁 안에서 머물고 있었던 것이다.

그 여마법사, 마녀의 성으로 출발하는 것은 내일이었고 날이 저물었다는 이유로 왕궁에 머물 것을 청했던 것이다.

말이 청했다는 것이지 실제로 의사를 물었다고는 할 수 없었다. 호텔에서 짐을 싸야 한다는 내 말에 왕은 천연덕스럽게도 그럴 줄 알고 사람을 시켜 짐을 모두 왕궁으로 옮겼다고 말했으니까.

'도망가지 못하게 수 쓴 거지 뭐. 그나저나 이 금화들을 다 어떻게 하지? 놓고 가긴 불안한데…….'

금화가 두 궤짝이나 있으니 운반은 확실히 불편하다. 그렇다고 왕궁에 놓고 가자니 이건 고양이한테 생선을 맡기는 기분이고.

내가 금화 상자를 보며 혼자 끙끙대고 있는데 레오폴드가 물었다.

"그런데 그 사람은 왜 안 보이냐?"

그의 물음에 나는 고개를 들었다.

"누구?"

"왜, 네 오빠라고 했던 사람."

"오빠? 아, 시온?"

"시온?"

레오폴드는 눈썹을 찌푸리며 이상하다는 듯이 나를 노려보았다.

"정말 네 오빠가 맞는 거야?"

보면 모르냐? 닮은 구석이 하나도 없는데. 닮았다고는 할 수 없지만 비슷한 것이 있다면 머리 색 정도일 것이다. 시온이나 나나 검은 머리칼이니까.

"얼추 맞아."

"얼추 맞아? 무슨 대답이 그래?"

눈살을 찌푸리며 레오폴드가 내게 따지려는 순간 커튼이 팔랑거리며 두 명의 남녀가 테라스를 통해 안으로 들어왔다.

"아니!"

놀라서 눈을 치뜨는 레오폴드와 검에 손을 가져가는 라힐의 모습에 골치 아파진 나는 관자놀이를 지그시 눌렀다.

"왜 이제 나타나요? 게다가 그런 식으로 들어오면 오해받는다고요. 여긴 왕궁인데."

"복잡한 절차는 사양이야."

오웬은 그렇게 말하며 내게 찰싹 달라붙었다.

'기분 탓일지는 모르지만 내가 남자가 된 다음부터는 더 끈질기게 매달리는 것 같은……'

내가 묘한 눈길로 오른쪽 팔에 매달린 오웬을 쳐다보자 레오폴드가 이상스러운 시선으로 나를 쳐다보았다.

"설마… 애인?"

"아냐!"

무슨 그런 망발을! 누구 앞길 막을 일 있냐! 내가 기겁을 하며 부인하자 오웬은 내 턱에 손을 뻗어 내 뺨을 끌어당겼다.

"그럼 내가 남자가 될까?"

"남자가 되든 여자가 되든 그런 일은 절대 없어요."

내가 지친 표정으로 중얼거리자 이번에는 라힐이 물었다.

"이분들은 대체 누구십니까? 허가없이 왕궁으로 들어와서는 안 됩니다."

곤란한 듯한 라힐의 물음에 트레스가 나를 향해 말했다.

"좀 더 찾아보기는 했습니다만 만족할 만큼의 성과는 없었습니다. 오늘의 일도 끝났으니 저는 이만 돌아가겠습니다."

"돌아가다니… 으앗!"

트레스가 회색 빛 줄기로 변해 펜던트 안으로 돌아가자 그것을 바라보고 있던 라힐과 레오폴드의 눈이 커졌다. 으아악! 이 앞에서 돌아가면 어쩌냐고!

"너… 너 방금!"

"흐응~ 트레스 녀석, 괜한 심술이라니까."

오웬이 콧소리 섞인 목소리로 말하자 트레스의 음성이 들려왔다.

─동행하는 내내 숨기는 것은 무리입니다. 동행하는 사람이 매일 바뀌면 오해를 살 수밖에 없지요. 그렇다고 따로 따라오게 하는 것도 불편하지 않습니까?

트레스의 물음에 나는 찡그리며 소파에 앉았다.

"그냥 한 사람으로 통일할 생각이었단 말이에요."

─누구로?

세리나의 물음에 나는 입을 다물었다. 당연히 생각하고 있는 것은 시온이었지만─다른 사람들, 특히 레오폴드의 눈에 띄었기 때문에─입 밖으로 꺼내면 피곤해진다.

"그냥 뭐……."

"너, 누구랑 얘기하는 거야?"

경계하는 듯한 레오폴드의 물음에 나는 고개를 들어 그를 바라보았다. 이미 상당한 거리를 두고 나를 노려보고 있는 레오폴드는 의심의 시선을 숨기지 않으며 물었다.

"도대체 아까 그건 뭐야? 어떻게 사람이 목걸이 안으로 들어갈 수 있지?"

"보면 모르겠니? 마법이다."

내 목덜미를 끌어안은 채로 오웬이 말했다. 그녀는 싸늘한 눈길로 레오폴드와 라힐을 보며 말했다.

"나와 이 안에 있는 종속자들은 이 아이와 계약을 한 거야."

오웬은 그렇게 말하고는 스르륵 펜던트 안으로 사라졌다. 아니, 그냥 그렇게 하고 들어가 버리면 어떡해! 나보고 어떻게 수습하라고!

"계약… 입니까? 방금의 여자는 마족으로 느껴졌는데요. 마족과 계약을 나눈 것입니까?"

가시 돋친 라힐의 물음에 나는 바짝 긴장하여 자리에서 일어섰다. 그의 목소리에 뚜렷한 적대감이 실려 있었던 것이다.

"어? 그게……."

내가 당황한 얼굴로 물러서자 라힐은 천천히 허리춤의 검을 뽑아 들었다.

"마족이 인간에게 어떤 영향을 끼치는지… 당신은 그것을 모른단 말입니까?"

—세틴님, 저를 불러주세요.

에레나의 다급한 부름에 나는 머뭇거리며 펜던트를 바라보았다. 무슨 생각에 그런 말을 하는 것인지는 모르겠지만, 여기서 계약의 말 따위를 읊는다면 당장 달려들 거다!

"실례하겠습니다~"

검을 뽑아 드는 라힐의 모습에 내가 당황할 찰나 그들 뒤에 있던 문이 열렸다. 고운 목소리로 말하며 문을 열었던 여자 아이는 검을 들고 있는 라힐과 저만치서 당황한 얼굴을 하고 있는 나를 보고는 눈을 동그랗게 떴다.

—세틴, 지금이다!

시온의 말에 나는 재빨리 입을 놀렸다.

"제1조 2항에 의거, 나 세르티드 레플리카는 종속자 에레타 에레트레스를 불러들이겠습니다."

내 목소리에 라힐이 눈을 치뜨며 돌아보았지만 소용없었다. 네가 뛰어오는 것보다는 내 입이 빠르다고!

툭 하고 떨어진 펜던트의 흰 조각이 눈부신 흰빛을 발하며 하얀 빛 무리가 번져 갔다. 홀린 듯이 시선을 빼앗긴 사람들 앞에서 그것은 흰 날개를 펼치며 모습을 드러냈다.

"이분을 해치지 마세요. 이분께는 죄가 없습니다."

에레타의 간청에 놀란 듯이 바라보던 라힐이 당혹스러운 듯 나를 보았다.

"어떻게 된 거지? 어떻게 천족이……?"

에레타를 휘감고 있던 빛이 스러지고 그녀의 날개가 온전히 모습을 드러내자 라힐은 입을 다물었다. 기이하게 꺾여진 에레타의 날개는 쇠사슬에 휘감겨 있었던 것이다.

"이 날개를 보시면 아시겠지요. 저는 당신이 말했듯이 천족이기는 하나 죄인입니다."

에레타는 무거운 의미가 담긴 목소리로 그렇게 말했다.

"이분께서 가지고 있는 펜던트에는 저와 같은 죄인들이 봉인되어 있습니다. 저희는… 이분과 계약을 맺어 죗값을 치르고 있는 것입니다."

"죗값… 죄인이라고요? 그러면 레플리카 양은……?"

라힐이 묻자 에레타는 조용한 눈길로 나를 바라보며 말했다.

"저희 종속자들의 주인이 되십니다."

―아니야!

어마어마한 고함 소리들에 나는 순간 귀가 먹는 줄 알았다. 아우성치는 종속자들의 목소리가 마구 메아리 치기에 나는 귀를 틀어막았지만 에레타는 아무렇지도 않은 얼굴로 계속해서 말했다.

"이분께 봉사하는 것으로 저희의 죗값은 줄어듭니다. 그러니 괜한 오해로 이분을 괴롭게 하지 말아주십시오."

―무슨 얼어죽을 놈의 봉사냐!

―이… 이 내가 이 꼬마 녀석의 종이라고오오오오!

─아무리 돌려 말하기 위해서라지만 그런 예를 드는 이유가 뭐야!

─크아아아아악! 무슨 헛소리를 지껄이는 거냐! 내 살아생전 그런 허무맹랑한 소리는 처음 듣는다!

'…그냥 연결, 끊어버릴까.'

이 온갖 소음들이 내게만 들리는 것이 아닐 텐데도 에레타의 모습은 꼿꼿하기만 했다.

"부탁드립니다."

에레타가 고개를 숙이자 라힐은 어쩔 줄 몰라 하는 표정으로 손을 저었다.

"아, 아닙니다. 제가 오해를 해서 죄송합니다. 저는 그런 줄은……."

문가에 서 있던 여자 아이는 뭐가 어떻게 돌아가느냐는 표정으로 라힐과 에레타, 그리고 나를 쳐다보고 있었다. 나는 무심코 그 여자 아이를 보았다가 그녀가 만난 적이 있는 사람이라는 것을 알았다.

"크, 크리스… 티아?"

내가 이름을 부르자 여자 아이는 눈을 동그랗게 떴다.

"알아보는 거야?"

"아니, 뭐, 알아본다기보다는……."

내가 뺨을 붉적이며 곤혹스럽게 말하자 레오폴드가 눈살을 찌푸리며 소리쳤다.

"네가 공주님을 어떻게 알고 있는 거냐!"

"뭐? 공주? 누가?"

내가 반문하자 크리스티아, 즉 티아는 쓴웃음을 지으며 말했다.

"혹시나 했는데 역시나네. 내 이름을 듣고도 알아차리지 못한 거야?"

내가 머리 위로 물음표를 띄우며 그녀를 쳐다보자 티아가 입을 열었다.

“크리스티아 애버레스트. 정식 명칭은 크리스티아 애버레스트 아니 타 로우든 크라이드.”

“내가 그 이름을 다 외울 거라고는 기대하지 마.”

내 말에 티아는 방긋 웃었다.

“그런 건 기대도 안 해. 그보다 나 어때? 여자 아이로 보여?”

나는 그 말에 말똥말똥 그녀를 쳐다보았다.

“너, 여자잖아.”

내가 정색을 하고 말하자 티아는 눈살을 찌푸렸다.

“내가 저주를 받았다는 것은 너도 알고 있잖아. 직접 봤으면서… 놀 리려는 거라면 불쾌한 방법이야.”

응? 그렇다는 것은……?

“에엑! 아까의 그 미녀와 동일 인물이야?”

“실례잖아, 그건! 물론 화장이 좀 두껍기는 했지만 알아보지 못할 정 도는 아니야!”

알아보지 못할 정도가 아니긴… 나는 무슨 인피면구를 뒤집어쓰고 있는 줄 알았다.

“공주님께 무슨 실례냐! 당장 사과드리지 못해!”

버럭 성질을 내는 레오폴드의 모습에 나는 의아한 표정으로 그를 쳐 다보았다. 본인도 가만히 있는데 웬 참견이람? 하지만 뭐… 기분 나쁠 수도 있으니까. 나는 즉각 티아를 돌아보았다.

“기분 나빴어? 나빴으면 사과…….”

“공주님께 꼬박꼬박 반말을 하는 것은 뭐냐! 경어를 붙이지 못해!”

“레오폴드!”

티아가 소리치자 레오폴드는 뜨끔한 얼굴로 그녀를 돌아보았다.

"다른 사람들이 있는 자리도 아니고 우리끼리잖아. 그런 식으로 딱
딱하게 굴면 나는 레오폴드와도 편하게 지낼 수 없어."

"고, 공주님……."

뭐냐, 이 녀석? 나한테는 딱딱거리더니. 설마 권력에 약한 녀석인가,
아버지가 공작인 주제에? 뭐, 왕족보다야 약할 것 같기는 하지만.

어쨌거나 티아한테 존댓말을 써야 된다는 것은 접수다. 위험한 것이
나 트집 잡힐 만한 것은 사양이니까.

"세틴님, 저는 이만……."

에레타가 할 일을 마쳤다는 듯이 돌아보자 나는 고개를 끄덕였다.

"응. 고마웠어요, 에레타."

에레타의 몸이 작은 빛 줄기로 변해 펜던트로 빨려 들어갔다. 라힐
은 그것을 보더니 이채로운 눈길로 나를 보며 말했다.

"오해해서 죄송합니다. 흥분했다고는 하나 여자 분께 검을 빼 들었
으니……."

"아니… 베이거나 하지는 않았으니까."

라힐은 마족에 대해 무슨 악감정이 있는 것 같았다. 이 녀석과 같이
있을 때는 마족을 소환하는 것은 피해야겠어. 그나저나,

"공주님이 여기에는 웬일인 거야?"

내가 티아를 돌아보며 묻자 그녀는 배시시 웃었다. 목 울대가 드러
나지 않게 목을 가리는 드레스를 입은 그녀(?)는 저주를 받아 남자의
육신을 가지고 있음에도 여자 아이 같았다.

"나도 같이 가게 됐거든. 그 마녀의 성으로."

싱긋 웃으며 하는 말에 라힐과 나, 레오폴드는 아연실색한 표정으로
공주를 쳐다보았다.

대대적인 호위 행렬이 따라붙을 것이라 생각했던 마녀 퇴치단은 의외로 간소했다. 결승전 진출자인 네 명과 여장 공주, 공주의 시중과 호위를 맡을 여기사 하나, 그리고 훼르드 백작.

궁중 마법사의 말로는 공주의 저주는 매개체가 필요한 것인데 그것을 찾아내기 위해서는 저주에 걸린 당사자가 필요하다는 것이다. 때문에 공주가 동행하게 되었지만 다른 기사들이 붙지 않는 것은 이상했다. 왕위 계승자가 아니라서 홀대받는 건가, 아니면 아이언의 실력을 믿기 때문일까?

어느 쪽이든 나와는 상관없는 일이기에 생각을 접었다. 내게는 더 큰 무시무시한 문제가 직면하고 있었던 것이다.

'이 행렬은 저주받았어.'

나는 우울하게 고개를 푹 수그리며 생각했다. 왜 훼르드 백작 따위가 동행하는 거냔 말이다! 하고 많은 사람들 중에서! 내가 무심코 고개를 돌려 백작과 눈이 마주치자 백작은 부드러운 미소를 띠며 나를 쳐다보았다.

'이제라도 늦지 않았으니 튀어버릴까?'

우울하게 뇌까리며 나는 흙 바닥 위의 돌을 툭툭 차고 있었다.

여행 준비는 하룻밤 사이에 끝이 났고 막 출발할 차비를 갖추고 있었다. 가벼운 배낭 하나 없이 펜던트 하나만을 목에 달랑 걸고 있는 내 모습에 라힐이 힐끗 쳐다보았지만 뭐라고 그러지는 않았다.

내 짐은 전부 펜던트 안에 들어 있었다. 설명서가 펜던트의 동공, 그러니까 펜던트 가운데에 박힌 보석 속으로 들어가는 것이 미심쩍어서 설명서를 뒤적인 결과 펜던트의 동공에 물건을 집어넣을 수 있는 기능이 있다는 사실을 알아낸 것이다.

대체 어떻게 된 구조인지는 알 수 없었지만 그것으로 짐도 짊어질 필요 없었고, 잃어버릴 걱정이나 무게 걱정을 하지 않아도 좋았다. 금화 상자를 두 궤짝이나 넣어도 펜던트의 무게는 그대로였으니까.

"쉐이크 필드의 가장 가까운 마을까지는 대략 사나흘 정도 걸립니다. 하루 정도는 마을의 여관에 머물 수 있겠지만 나머지 날에는 노숙을 해야 할 테니 각오하시는 것이 좋을 겁니다."

일행의 길잡이로 명명된 라힐의 말에 티아는 신중한 얼굴로 고개를 끄덕였다. 공주가 노숙 따위를 해본 일이 있을 턱이 없었지만 따라온 이상은 어쩔 수가 없는 것이다.

말구종들이 말을 끌고 오자 나는 고개를 갸웃거렸다.

"저기… 이것뿐인가요? 마차 같은 건……."

내가 묻자 아이언이 말했다.

"마차 같은 것은 없다. 단출한 여행을 하는 데에는 방해가 될 뿐이야."

"하지만……."

내가 힐끗 티아를 돌아보자 레오폴드가 냉큼 말했다.

"공주님께서는 승마를 하시기 때문에 말을 탈 줄 아시지. 문제없어."

네가 공주 대변인이냐? 괜히 잘난 체는……. 나는 한숨을 폭 쉬었다.

"저, 말 못 타는데요."

"엑!"

"뭐?"

약간 놀란 듯한 사람들의 시선에 나는 멋쩍은 듯이 웃었다. 어쩌란 말인가? 기사단 사람들과 동행했을 때에도 다른 사람과 말을 함께 타거나 마차를 타고 있었던 것이다. 결코 혼자 말에 오른 적은 없었다.

"역시 제가 빠지는 것이 좋겠지요? 방해가 되는 것은 좋지 않으니까."

"저… 저와 같이 타시면……."

넌지시 건네는 훼르드 백작의 말에 나는 오싹 소름이 돋았다. 백작은 나와 눈이 마주치자 슬쩍 얼굴을 붉히며 청하듯이 아이언 쪽으로 고개를 돌렸다. 난 절대 싫어!

아이언은 곤란한 듯이 눈살을 찌푸리며 나와 훼르드 백작의 얼굴을 번갈아가며 쳐다보았다. 그가 뭐라 입을 열려는 찰나 라힐이 말했다.

"저와 같이 타시죠. 제 말은 덩치가 큰 편이니 둘이 타도 문제없을 겁니다."

라힐의 말에 발그레하게 뺨을 붉히고 있던 백작의 눈길이 싸늘해졌다. 백작이 힐끗 라힐의 얼굴을 노려보자 그는 천천히 눈길을 내리깔았으나 말을 바꾸지는 않았다.

아이언은 그 두 사람을 쳐다보다 내 쪽으로 고개를 돌렸다.

"라힐의 말을 타고 가도록 해라. 그것이 여행에 무리가 없겠다."

나한테 물어볼 줄 알았더니 전혀 아니네? 아무튼 그 말에 백작은 분한 듯이 자신의 말을 돌아보았다. 잘빠진 흰 말이기는 했지만 확실히 덩치는 라힐의 것이 크다.

'말은 십 분 이상 타고 싶지 않은데. 엉덩이 아파.'

다른 사람들이 자력으로 말에 오르는 것에 비해 나는 다른 사람의 도움을 받아 말을 타야만 했다. 라힐이 앞에 타고 나는 뒤에서 그의 혁대를 잡았다.

"저… 말입니다."

뜸을 들이는 듯한 라힐의 말에 나는 왜 출발하지 않느냐는 듯이 그의 뒤통수를 쳐다보았다. 라힐은 고개를 돌리지 않은 채로 이어서 말했다.

"허리를 잡으셔도 괜찮습니다."

"……."

"그, 그냥 어깨를 잡으셔도 됩니다. 다만 놓지는 마십시오."

라힐은 허둥지둥 말을 바꾸며 이쪽을 보고 있는 레오폴드 등에게로 고개를 돌렸다. 일행을 쉐이크 필드로 이끌어야 할 아이언은 찌푸린 얼굴로 우리들을 돌아보고 있었다.

"그럼 가도록 하지."

아이언의 무신경한 말을 시작으로 우리들은 마녀가 기다리고 있는 쉐이크 필드로 출발했다.

성을 나와 도시를 둘러싼 성벽을 지나니 농토가 펼쳐져 있었다. 드문드문 자리잡고 있는 집과 농토에서 일을 하고 있는 사람들을 보자니 새삼스럽게 생경한 느낌이 들었다.

앞서 가는 아이언이 속력을 올렸기에 라힐은 그에 맞추어야만 했다. 길어야 삼십 분 이상 말을 타본 적이 없는 나는 벌써 엉덩이가 아파오는 것 같았지만 꾹 참았다. 벌써 앓는 소리를 해서는 일행에 맞출 수가 없는 것이다.

나는 능숙하게 말을 모는 나머지 사람들을 부러운 듯이 바라보며 말에서 떨어지지 않게 주의했다. 농경지의 풍경들이 점점 뒤로 물러나고 푸른 초원이 이어지고 있었다.

【제8화】
그리하여 일행은… 마녀를 잡으러 가다

"손님들도 멘디에타에 가시는군요?"

여급이 잔을 내려놓으며 하는 말에 나는 고개를 갸웃했다.

"멘디에타?"

"쉐이크 필드에 있는 마을입니다. 요 근래 들어 부쩍 성장하고 있는 도시지요."

내가 반문하자 백작이 때를 놓치지 않고 말했다. 그는 우리와 합석하고 있었던 것이다. 한 테이블에 모두 앉을 수가 없어 우리는 네 명, 세 명씩 자리를 갈랐는데 백작은 나를 따라 이쪽의 테이블에 앉았다.

"지도에는 표시되어 있지 않은 마을이군요. 생긴 지 얼마 되지 않은 모양이지요?"

라힐이 묻자 여급은 발그레하게 뺨을 붉히며 그에게 대답했다.

"예. 아마도 무슨 광맥이 발견되었다거나 하는 그런 일이겠지요. 요

전번에도 많은 기사 분들과 지체 높으신 귀족 나으리께서 이 여관에 들르셨답니다. 손님들처럼 전부 미남이시라 깜짝 놀랐지요."

"하하!"

공주님과 합석하고 있는 여기사는 완전 무시입니까? 여급의 칭찬에 나는 어색하게 웃으며 여기사인 엔리케를 쳐다보았지만 그녀는 무표정한 얼굴로 차를 홀짝이고 있었다. 꼭 필요한 말밖에 하지 않는 그녀는 이따금씩 던지는 말이 아니면 존재를 잊어버릴 정도다.

'아이언과 저 둘이 있으면 단 두 마디로 끝날 거야. '차를 드시겠습니까?' , '그러지'. 그걸로 끝.'

레오폴드와 엔리케, 아이언은 티아와 합석하고 나는 라힐과 함께 훼르드 백작과 합석을 하고 있었다. 테이블은 나란히 놓여 있었지만 딱히 대화를 주고받는 분위기는 아니었다.

"그… 지체 높으신 귀족이라는 것은?"

드물게 아이언이 입을 떼자 여급은 기쁜 듯이 웃으며 그에게 말했다.

"그야 입고 계신 옷을 보고 알게 된 것이지요. 장식은 화려하지 않았지만 주위 사람들의 대우라든지 그런 것이 달랐거든요. 게다가 호위하는 기사들도 많고. 하지만 문장 같은 것은 보지 못했어요. 하룻밤 머물고는 금세 쉐이크 필드로 떠나셨으니까요."

"그런 사람들이 요즘 많이 오나 보지요?"

내가 묻자 여급은 크게 고개를 끄덕였다.

"이번 주만 해도 그런 분들이 벌써 대여섯 번은 오신 것 같아요."

여급의 대답에 나는 힐끗 아이언을 쳐다보았다.

"공식적으로 알릴 만한 일은 아니니까."

그 마녀가 저주를 걸고 사라진 것은 비단 크라이드 왕국뿐만이 아니라는 소리다. 하나같이 잘생겼다는 것은 우리와 같은 이유겠지.

라힐과 레오폴드는 무언가 복잡한 표정으로 잔을 만지작거리고 있었다. 아마도 정상적인 왕궁이라면 우리처럼 소규모의 기사들 몇몇을 보내는 것이 아니라 토벌단을 보냈을 것이다. 물론 저주의 매개체를 부수기 위해 공주가 동행했을 수도 있으나 반드시 동행하리라고는 볼 수 없다.

'외동딸인 집에서는 이 기회에 남자로 기르고 싶어할지도.'

여급이 가르쳐 준 바로는 멘디에타는 여기서 하루 거리였다. 내일 이른 아침부터 한나절을 꼬박 말을 달려야 간신히 도착할 수 있는 거리인 것이다.

수도인 트리니시를 출발한 지는 삼 일째 되는 저녁으로 지난 이틀 동안에는 괴로운 노숙을 감행하고 있었다. 여름이 가까워지고 있다지만 밤은 쌀쌀했다. 게다가 흙 바닥에 모포 하나 깔고 잠을 자는 것은 너무 불편한 일이었다.

나는 대규모의 군대가 출동한 것이 아니므로 무슨 산적이나 그 밖의 기타 등등… 이 출현해 주지 않을까 기대했지만 그런 일은 없었다. 그나마 일이라면 내가 말에서 내리다 떨어질 뻔한 것이랄까? 정말 변변찮은 일이군.

"쉐이크 필드에 가까워졌으니 좀 더 주의를 기울이는 것이 좋을 겁니다. 방은 엔리케와 함께 쓰시고 무슨 일이 있더라도 혼자서 돌아다니셔서는 안 됩니다."

티아에게 주의를 주는 아이언의 모습에 나는 힐끗 그를 쳐다보고는 창밖으로 고개를 돌렸다. 날이 저물고는 있었지만 완전히 어두워진 것은 아니었기에 나는 밖으로 나가볼 요량으로 몸을 일으켰다. 내가 객실이 아닌 출입문 쪽으로 몸을 틀자 백작이 서둘러 몸을 일으켰다.

"밖에 나가실 생각이시라면 혼자서는 위험합니다."

'…뭐가? 댁이?

내가 어떻게 좀 해달라는 듯이 아이언을 돌아보자 아이언은 눈살을 찌푸리며 말했다.

"위험한 것은 사실이다. 필요한 것이 있다면 라힐이나 레오폴드를 시키도록."

"엑?! 내가 왜 저 녀석의? 아, 아닙니다."

불만에 가득 찬 목소리를 터뜨리던 레오폴드는 아이언과 시선이 마주치자 황급히 말을 얼버무렸다. 라힐은 그저 무덤덤한 얼굴로 입가에서 잔을 떼어 테이블 위에 내려놓으며 말했다.

"어차피 내일 아침은 일찍 출발할 테니 지금부터라도 잠자리에 드시는 것이 좋을 겁니다. 내일은 강행군을 하지 않으면 안 되니까요."

"…그도 그렇군."

아이언이 긍정하며 우리들을 쳐다보자 나는 잠자리에 들 수밖에 없다는 것을 알았다. 이건 너무한 거야! 횡포라고 생각하면서도 객실로 올라가는 나. 어째 한심하다. 에효~

여관은 방이 그리 많지 않은 편이었지만 손님이 우리들뿐이었기에 방은 충분했다. 최악의 경우 남자와 한 방을 쓰는 것을 상상하고 있던 나는 안도에 가슴을 쓸어내리며 방으로 들어갔다.

레오폴드나 라힐들에게는 이미 들통난 바 있지만 아이언이나 다른 사람들에게 들키면 곤란했다. 나는 문을 잠그고 옷자락 위에 드리워진 펜던트를 들여다보았다.

"괜찮아요?"

―안 괜찮아! 뭐가 괜찮을 수가 있겠어!

아우성치는 레스트레온의 목소리에 나는 쓴웃음을 지었다.

"어쩔 수 없잖아요. 틈이 없었는데."

―그렇다고는 해도 물어보는 말에 대답은 해줄 수 있는 거 아냐. 정말이지 세틴은 무심하다니까.

토라진 오웬의 목소리에 나는 두 손을 모았다.

"미안해요. 라힐과 같은 말을 타고 있어서 속삭이는 소리에도 뭐라고 말할 것 같아서요."

―그나저나 몸에 다른 반응은 없습니까?

트레스의 물음에 나는 고개를 저었다. 다행스럽게도 내 몸에는 더 이상의 변화가 없었다. 트레스가 발견한 문헌에는 달이 없는 밤, 그러니까 그믐에 변화가 이루어진다고 하는데 그믐이라면 아직 먼 것이다.

"그런데… 시온과 세리나가 조용하네요? 무슨 일 있어요?"

내가 묻자 에레타가 대답했다.

―그분들은 자고 있어요.

"자요? 아까부터 계속?"

―할 일도 없잖아. 무슨 일이 벌어지는 것도 아니고 말만 타고 달리기만 하니 지켜보는 것도 지겨워진 거지.

샤이시스의 대꾸에 나는 할 말을 잃었다.

"설마 하니 강도라도 나타나길 기대한 건가요?"

내가 묻자 피식 웃는 듯이 샤이시스의 목소리가 울렸다.

―너야말로 그런 일이 있기를 바란 것이 아니었어?

아니라고는 못하겠다. 실제로 산적이라는 것을 한번 구경해 보고 싶다는 생각이 아주 조금이지만 들었으니까. 내가 웃으며 그에 관한 말을 할 찰나 오웬이 조금 날카로운 목소리로 내게 말했다.

—세틴, 머리 숙여!

"예?"

콰광!

커다랗게 들려오는 폭음과 함께 내 방의 벽이 터져 나갔다. 무심코 고개를 숙였던 내 위로 붉은 광선 같은 것이 지나가며 무너져 내리던 벽돌 조각들을 휩쓸고 사라졌다.

나는 멍하니 고개를 들어 올렸다가 커다랗게 타버린 벽의 구멍을 확인하고는 비명을 질렀다.

"으아악!"

—별일 아니야. 지난번의 여마법사가 직접 쳐들어왔다고나 할까?

"아, 알고 있었어요? 그런데 왜, 왜 말 안 해줬어요!"

오웬의 음성에 내가 기겁을 하며 소리치자 오웬은 당연하지 않느냐는 듯이 대답했다.

—하지만 조금 빠르나 느리나잖아? 어차피 저 여자를 찾으러 성으로 가려던 것 아니었어? 그게 조금 빨라진 거라고.

"설마 그게 말이 된다고 생각하는 건 아니겠죠?"

내가 질린 듯이 중얼거리자 레스트레온이 충고하듯 말했다.

—우리한테는 네 목숨이 가장 중요해. 위험한 일에 미리 끼어들게 할 필요는 없지.

—미안해요, 세틴님. 저도 당신이 위험한 일에 빠지는 것은 원치 않아요.

"에레타까지! 하지만 내게도 중요한 것이 있단 말이에요!"

나는 소리치며 급히 주위를 살폈다. 벽에 뚫린 구멍은 그대로 옆 벽을 뚫고 반대편까지 이어져 있었다. 내 옆방은 라힐이고 그 건너편은 아이언의 방이었지만 둘 다 보이지 않는다.

"으으… 계약 1조 1항에 의거, 나 세르티드 레플리카는 시온 시에트로 고르도스의 힘을 빌리겠습니다!"

외침과 동시에 묵직한 감각이 손아귀에 잡혀졌다. 나는 시온의 검을 빼 들고 방문을 벌컥 열어젖혔다. 방 밖의 복도는 완전히 난장판이었다.

지붕의 일부가 날아가 하늘이 들여다보이고 방문마다 부서져 안이 들여다보이고 있었다. 부딪치는 병장기 소리에 나는 급히 그쪽으로 발을 옮기려 했지만 요사스럽고 방정맞은 목소리가 내 발목을 잡았다.

"어머나, 살아 있었네? 다행이야~"

짝 하고 손벽을 치며 즐거워하고 있는 여마법사의 모습에 나는 오싹 소름이 돋았다. 벽에 뚫린 커다란 구멍을 통해 들어온 것인지 검은 밤하늘이 그대로 비춰 보였다.

검은 말 위에 비껴 타고 있는 그녀는 커다란 낫을 들고 빙긋이 웃고 있었다.

"울컥하는 바람에 그냥 쏘고 말았지 뭐야. 네가 아직 남아 있다는 사실을 잊어버리고."

푸르릉거리는 말은 붉은 안광으로 나를 쏘아보고 있었다. 말이라고는 하지만 덩치는 황소에 가까운 그것은 등자에 레오폴드를 태우고 있었다. 사실 레오폴드 따위는 상관없지만… 으악!

"엔리케!"

당황스런 나의 부름에 여마법사는 마음에 들지 않는다는 듯이 눈썹을 찌푸렸다. 그녀에게서 그리 멀리 떨어져 있지 않은 곳에 엔리케가 쓰러져 있었던 것이다.

상처 자리에서 철철 흐르는 피가 바닥을 적시고 있다. 엔리케의 안색은 이미 죽은 것이 아닌가 싶을 정도로 창백해져 있었다. 까맣게 타 없어진 그녀의 왼팔과 어깨 부분에, 나는 저 여마법사가 울컥한 상대가 누군지를 깨닫게 되었다.

"잘도!"

"역시… 미남은 화를 내도 멋져. 동료가 다쳤는데도 화를 내지 않으면 그게 이상한 거지. 하지만……."

여마법사는 보랏빛 눈동자를 반짝이며 자신의 대낫을 들어 올렸다.

"내게 그러는 것은 버릇없는 짓이야!"

―피해라, 세틴!

레스트레온의 외침에 나는 급히 엔리케를 안아 들고 바닥을 박찼다. 나를 향한 대낫에서 무지막지한 광열파가 쏟아져 엔리케가 있던 자리를 완전히 무너뜨렸다.

"흐응~ 그래. 그 정도는 되어야지. 굳이 무투대회 날에 맞추어 찾아가기까지 했는데 실력없는 녀석이었다면 섭하지."

금세 내가 입고 있는 옷에 엔리케의 피가 묻어 나오고 있었다. 내 옷 앞 자락이 엔리케의 피로 붉게 물들었다.

"지, 지혈을……."

"그 정도 상처는 네가 순순히 나를 따라온다고만 하면 재생시켜 줄 수 있어."

여마법사가 상큼하게 웃으며 내게 말했다. 아니, 그보다,

"직접 가고 있었는데 왜 갑자기 습격하는 거야! 찾아오라고 할 때는 언제고!"

내가 손가락질을 하며 버럭 소리를 지르자 그녀는 별일이라는 듯이 나를 쳐다보았다.

"제법 성깔도 있네? 귀여워~"

흐엑! 말이 안 통한다. 나는 엔리케의 망토 자락을 찢어 어떻게든 피를 멈추게 하려 애썼지만 그런 것으로 가려질 상처가 아니었다. 당황한 내 귓가로 레스트레온의 목소리가 들려왔다.

―너, 뭐 하는 거냐?

"출혈이 너무 심하잖아요. 어떻게든 지혈을 해야……."

―얘가……. 에레타나 세리나는 폼으로 데리고 다니는 거야? 그들이라면 그 정도 상처는 눈 감고도 치료할 수 있어!

오웬의 목소리에 내 눈이 휘둥그레졌다.

"아니, 그럼……."

"뭘 혼자서 중얼거리는 거야?"

내 모습이 이상한 듯 여마법사는 안장에서 내려오며 말했다. 그녀는 그 모습만으로도 위협이 되기에 충분한 커다란 대낫으로 척하니 나를 겨누었다.

"선택은 두 가지야. 두들겨 맞고 기절해서 나를 따라오던가, 아니면 순순히 나를 따라오던가."

"그걸 선택이라고 제시한 거야?"

내가 질린 듯이 묻자 그녀는 생긋 웃었다.

"앞으로 다섯을 센다. 하나, 둘……."

이 여자가 정말!

"제1조 2항에 의거, 나 세르티드 레플리카는 종속자 에레타 에레트
레스를 불러들이겠습니다!"

나의 날카로운 목소리에 다섯을 외치려던 그녀가 눈을 동그랗게 뜨
며 나를 쳐다보았다. 펜던트에서 흰 조각 하나가 툭 떨어져 맑은 빛이
흘러나왔다. 그것이 이윽고 사람의 형체를 가진 무언가로 변화하자 여
마법사의 눈은 더 더욱 커졌다.

"처… 천족을 소환했어?!"

"아니, 그거랑은 조금 다른데?"

내가 손을 내저었지만 여마법사는 듣고 있지 않았다.

"나도 못하는 것을 어떻게 마법사도 아닌 네가 할 수 있는 거지?"

믿어지지 않는다는 듯이 여마법사는 엔리케의 곁으로 몸을 숙이는
에레타를 바라보았다. 에레타가 상처 자리에 손을 얹고 힘을 발하는
것만으로도 가볍게 피가 멎고 상처가 아물고 있었다.

"건방지게! 내가 말하는데 뭘 하고 있는 거야?"

그녀가 앙칼지게 소리치자 에레타는 힐끗 나를 쳐다보며 말했다.

"제 능력이 제한되어 있는지라 상처를 완전히 낫게 하는 데에는 시
간이 걸릴 것 같아요. 그때까지……."

"알았어요. 저 여자를 상대하면 되는 거죠?"

─네가 하는 것보다 우리를 부르는 것이 빠르지 않나?

레스트레온의 구시렁거리는 소리가 들려왔지만 나는 싹 무시했다.
저들의 성격을 봐서는 전투를 벌인답시고 이 일대를 초토화시킬 가능
성이 난무한 것이다. 솔직히 말해 저들은 나 이외에 누가 다치고 죽든
눈 하나 깜짝하지 않을 거다. 에레타까지는 괜찮지만 나머지에게 공격
을 부탁했다가는 무슨 재앙을 불러일으킬지 모르는 것이다.

‘전적이 좀 화려해야지.’

“자고로 닭 잡을 때 소 잡는 칼 쓰는 거 아니라면서요!”

―끄응~

―하지만 넌 솔직히 내 힘의 십만 분의 일도 활용하고 있지 못해!

야멸찬 시온의 목소리에 검을 들어 올리던 나는 삐긋하고 앞으로 넘어질 뻔했다. 댁은 언제 깨어나셨수.

“십만 분의 일은 너무하잖아요!”

“자꾸 나를 빼고 혼잣말을 할 거야!”

발끈하는 그녀의 말에 나는 힐끗 그녀를 쳐다보았다.

“얘기는 저것부터 처리하고 나서 하죠.”

―오오, 답지 않게 자신감인데?

신기하다는 듯이 이플리트가 말하자 나는 찡그리며 검을 세웠다.

“눈앞에 나타났잖아요! 보이는 걸 놓치면 시온이 다음부터는 자기 힘 사용하지 말라고 할걸요?”

―당연하잖아!

시온의 목소리를 들으며 나는 바닥을 박찼다. 보는 눈도 없으니 빌려준 시온의 힘을 숨길 필요도 없다. 검사가 아닌 여마법사에게는 잔광조차 남지 않아 여마법사는 그녀의 머리 위로 검을 내지르는 내 모습조차 눈에 담지 못했다. 순간적인 살기에 반응하여 고개를 돌린 그녀의 보랏빛 눈동자가 내 모습을 비추면서 그녀의 얼굴 위로 두려움이 떠올랐다.

파지지지지직!

“꺄아악!”

뭉텅이로 찢겨져 나가는 실드의 모습에 여마법사는 비명을 지르며 뒤로 물러섰다. 에너지 덩어리를 몸에 휘감고 있는 것인지 저릿한 감각이 시온의 검을 통해 내 팔로 전해져 왔다.

"너, 너, 너… 뭐야, 방금?"

"속전속결!"

개방한 시온의 마력에 여마법사의 마력이 부딪치며 에너지의 열파가 주위로 퍼져 나갔다. 부서진 이층의 잔해가 그녀와 나를 중심으로 사방으로 팅겨 나갔다. 여마법사는 갑작스런 힘의 충돌에 급히 낫으로 자신의 마력을 집중했다.

"크윽!"

시온의 마력으로 인해 여마법사의 몸을 감싸고 있던 에너지덩어리가 갈가리 찢겨 나가고 있었다. 그녀는 자신의 마력으로는 그것을 방어하기도 벅찬 것인지 안간힘을 쓰며 믿을 수 없다는 눈으로 나를 쳐다보았다. 하나 나는 그녀가 그대로 쓰러지기만을 구경하고 있을 심산이 아니었다.

도약한 내가 단숨에 그녀와의 거리를 좁히자 그녀는 대낫을 치켜들며 필사적으로 외쳤다.

"라 파르디온!"

대낫의 손잡이가 바닥을 때리자 그로부터 갈라지는 것처럼 여마법사의 모습이 동시에 여러 개로 분산되었다. 똑같은 모습이 열둘. 분산되어 움직이는 여자의 머릿수가 기계적으로 세어져 숫자를 파악할 수 있었다. 지척으로 달려든 내가 검으로 여자 하나를 베었지만 그것은 유리처럼 부서지며 사라졌을 뿐이다. 아직 열한 명의 여자가 나를 보며 웃고 있다.

"솔직히 놀랐어. 그 정도까지라니! 대단하잖아! 나의 상대로 손색이 없어."

감탄한 듯한 목소리에 나는 묘한 표정을 지으며 시온에게 말했다.

"대단한 실력이라고 하는데요?"

―뭐냐, 그 어조는? 내 힘이니 대단한 게 당연하잖아?

그 왕자병은 고쳐지지가 않는군. 나는 고개를 내젓고는 여마법사를 쳐다보았다. 그녀가 천천히 대낫을 치켜들자 열한 명의 여자가 동시에 나를 거누었다.

"라이트닝 볼트!"

찢어질 듯한 목소리에 열한 줄기의 뇌전이 나를 향해 쏘아졌다. 시야를 하얗게 채우는 빛 줄기 위로 몸을 솟구치며 나는 거침없이 가까운 여마법사에게로 검광을 날렸다. 또 하나의 여자가 유리처럼 부서지며 흰 먼지로 돌아갔다.

―세틴, 위!

내 머리 위로 검은 그림자가 드리워지고 있었다. 급히 검으로 바닥을 때려 방향을 틀자 대낫에서 쏟아진 뇌전이 빈자리를 내리쩍었다. 나무판자가 단숨에 박살나며 뇌전과 함께 나뭇조각들이 튀어 올랐다.

"어딜 봐!"

날카롭게 쏘아붙이는 여자의 목소리에 나는 여마법사를 바라보았다. 빙 둘러싸듯 내 주위를 감싸고 있는 열 개의 대낫 앞에서 화염구가 이글거리고 있었다. 어떤 방향으로 도망쳐도 화염에 휩싸일 수밖에 없기에 여마법사는 자신만만한 어투로 말했다.

"지금이라도 늦지 않았어. 무릎 꿇고 내 것이 되겠다고 맹세하면 살려주지."

"그쪽이야말로 염불이나 외워둬!"

검으로 마나를 쏟아 붓자 그 반작용으로 기류가 일었다. 내 머리칼이 흩날리며 늘어뜨린 검날 위로 푸르른 기운이 엉키자 한순간 멍한 시선을 보냈던 여마법사는 앙칼진 표정을 지었다.

"고집불통! 지옥에나 가!"

"누가 할 소리!"

그녀의 외침과 함께 시뻘건 화염구가 산지사방에서 발사되었다. 나는 한 발을 앞으로 내디디며 검으로 틀어박았던 시온의 마나를 전신 전력으로 쏟아냈다.

"일격 필살이다!"

캬아아아아악!

기이한 울림과 함께 대기가 그대로 반으로 나뉘며 작렬하던 불길마저 반으로 갈렸다.

쩡!

길게 그은 검광에 나를 둘러쌌던 열 명의 여마법사가 허리가 양단되어 부서졌다. 산산이 무너져 내리는 열 명의 여마법사의 모습에 나는 경악하여 주위를 둘러보았다. 어느새 그 거대한 말도 레오폴드의 모습도 없었던 것이다.

"오호호호호호!"

들려오는 경박한 웃음소리에 나는 벽에 뚫린 구멍으로 달려나갔다. 하늘에는 거대한 말 두 마리가 허공을 내디디며 투레질을 하고 있었다. 한 마리의 등에는 그 여마법사와 레오폴드가, 다른 한 마리의 등에는……

'오잉? 백작?'

내가 눈을 깜박이며 그녀를 쳐다보자 여마법사는 간드러지는 웃음

소리를 그치며 내게 소리쳤다.

"성에서 기다리마! 그리고 이건……!"

그녀의 치켜들어 올린 낫에서 섬뜩한 붉은 빛이 일렁이고 있었다. 검붉은 핏빛의 구체가 그 빛이 정점에 다다르자 그녀는 날카롭게 웃으며 소리쳤다.

"내 선물이다!"

쏘아진 빛 줄기가 여관 건너편의 건물에 이어 대지를 양단하며 내게 달려들었다. 나는 다급히 벽 쪽에서 물러섰으나 기둥을 베인 여관은 천천히 오른쪽으로 기울어졌다.

"으아악!"

무너지는 여관 속에서 비명을 지르는 나를 누군가의 손이 붙잡았다. 폭음을 내며 무너져 내리는 여관 위로 여마법사의 웃음소리가 울리고 있었다.

"깔깔깔! 기대하고 있겠다! 늦지 않게 오너라! 오지 않는다면 네 일행의 목숨은 없다!"

레오폴드와 훼르드 백작, 그 멤버를 잡아가고서는 나더러 구하러 오라고? 바랄 걸 바라라!

─세틴… 세틴……!

들려오는 나직한 목소리에 나는 눈살을 찌푸리며 몸을 웅크렸다. 몸이 피곤한 것도 피곤한 것이었지만 커다란 대들보 밑에 깔려서… 으잉? 나는 벌떡 일어났다.

"어, 어?"

재빨리 몸의 아래위를 더듬었지만 통증 같은 것은 느껴지지 않았다.

분명 무너지는 건물의 잔해에 깔렸을 텐데?

"세틴님의 몸에는 상처가 없었어요. 이분이 감싸주었거든요."

에레타의 말에 나는 고개를 쳐들어 그녀를 쳐다보았다. 보통 인간의 평상복을 입고 있는 그녀는 등에 사슬에 묶여 있을 날개가 보이지 않았다.

"그거……."

"날개를 숨긴 것뿐이에요. 이런 마을에서 본모습을 드러냈다가는 소동이 일어날 테니까요."

나는 멍하니 상체를 일으켜 침대 위에 주저앉았다. 주위를 둘러보니 하얀 흙벽으로 이루어진 방이었다. 확실히 그 여관 방은 아니다. 방 안에는 침대가 세 개가 놓여 있었는데 내 왼쪽과 오른쪽에 각각 엔리케와 아이언이 눕혀져 있었다. 에레타가 말한 날 감쌌다는 사람은 아이언인 모양이었다. 그의 가슴에 붕대가 둘러져 있으니까.

"상처는 치료했지만 이쪽의 여자 분은 당분간 왼팔을 쓰지 못할 거예요. 팔을 재생시켰다고는 하지만 그것으로 인해 체력이 많이 떨어졌을 테니 각별히 주의하도록 말씀드려 주세요."

"아, 예."

"그럼."

에레타는 방긋이 웃으며 내 목에 걸린 펜던트로 돌아갔다. 내가 펜던트를 들여다보며 에레타에게 감사의 말을 전하려던 찰나 달칵 하고 문이 열렸다.

"아니, 정신이 들었나?"

뭡니까, 그거? 내가 정신이 들어서 아주 불만이라는 듯한 어조입니다?

물그릇을 들고 왔던 남자는 그것을 한 곁의 테이블 위에 올려놓고 노골적인 시선으로 주위를 훑었다.

"그 금발의 아가씨는? 잠깐 나갔나?"

"…나갔다면 나간 거겠죠."

내가 중얼거리자 남자는 무슨 대답이 그러냐는 투로 나를 쳐다보았다. 그는 아쉽다는 듯이 입맛을 다시며 넌지시 내게 물었다.

"그 아가씨 말이다. 너랑 무슨 관계냐?"

나는 말똥말똥 그를 쳐다보다 불쑥 내뱉었다.

"뗄래야 뗄 수 없는 관계."

"뭐, 뭣?"

남자가 화들짝 놀라며 나를 노려보자 나는 눈을 가늘게 뜨며 그를 흘겨보았다.

"우리 누나니까 괜히 집적거릴 생각 말아요!"

"윽! 누, 누가 집적거린다고 그래? 다만 감사 인사를 해두려는 것뿐이지."

"감사 인사?"

내가 의아한 듯 되묻자 남자는 몰랐냐는 듯이 말했다.

"그 여자 분… 아니, 네 누나가 지난밤의 소동으로 다친 사람들을 무상으로 치료해 주었어. 덕분에 여관이 폭삭 무너졌는데도 죽은 사람은 아무도 없지. 한데 어디의 치유술사길래 그렇게 치유력이 뛰어난 거냐? 혹 어디 신관의 무녀 아냐?"

"거 별걸 다 캐묻습니다?"

내가 쏘아붙이자 남자는 멋쩍은 얼굴로 머리를 긁적였다.

"뭐 필요한 거 있으면 말해라. 그 아가씨께는 고맙다고 전해주고."

남자가 문을 닫고 나가자 나는 펜던트를 내려다보며 씨익 웃었다.

"고맙다는데요?"

—후후, 잘 전해 들었어요. 그런데 내가 세틴의 누나가 돼도 되는 건가요?

에레타의 물음에 나는 배시시 웃으며 말했다.

"그래도 괜찮다면요."

—물론이지요.

그러고 보니 내 짐은 죄다 펜던트 안에 있다고 쳐도 다른 사람들의 짐은… 없네?

주위를 둘러보았지만 일행의 짐으로 보이는 물건은 없었다. 하긴 자기 물건도 아닌데 누가 그 건물 더미에서 남의 짐을 빼주고 있겠어? 안 보는 사이 훔쳐 가지나 않았으면 다행이지.

내가 부스스 침대에서 내려올 찰나 아이언의 목소리가 들려왔다.

"그렇게 움직여도 괜찮은 거냐?"

힉!

나는 커다랗게 숨을 삼키며 뒤를 돌아보았다. 언제부터 깨어 있었던 것인지 아이언이 상체를 일으키며 나를 쳐다보고 있었다. 푸른 빛이 도는 자색 눈동자에는 아무런 표정이 떠오르지 않았지만 그래서 더 무서웠다.

"라, 란스테일 경……."

어, 어디까지 들은 거지? 나는 놀란 얼굴로 그를 쳐다보았지만 그는 상관치 않고 건너편 침대에 눕혀져 있는 엔리케를 쳐다보았다.

"끌려가지 않은 것은 우리뿐인 것 같군."

그가 무겁게 중얼거리자 나는 눈을 크게 뜨며 벌떡 일어섰다. 우리

뿐이라는 것은… 그건……!

"으아! 그럼 티아가!"

"…일이 우습게 되어버렸어."

아이언은 그렇게 말하며 자리에서 일어나 주섬주섬 옷을 걸쳤다. 주민들이 찾아다 준 것인지, 아니면 에레타가 찾아온 것인지 아이언의 머리맡에는 옷가지와 그의 검이 놓여져 있었던 것이다. 그가 검을 허리춤에 달며 나를 쳐다보자 나는 움찔하며 뒤로 물러섰다.

"뭘 그렇게 놀라는 거지? 안 갈 건가?"

"에? 하지만 엔리케 씨는……?"

"이 마을 주민에게 부탁하면 된다. 엔리케의 성격이라면 틀림없이 따라오려 할 테니 아직 정신이 들지 않았을 때 우리끼리 떠나는 것이 좋아."

"성격 잘 아시네요."

내가 말하자 아이언은 허리띠의 버클을 채우며 대답했다.

"부하니까. 그보다 서둘러라. 저녁때까지는 쉐이크 필드 안으로 들어가야 해."

어깨로 망토를 걸치며 그가 방을 나서자 울며 겨자 먹는 심정으로 그의 뒤를 따랐다. 훼르드 백작과 레오폴드까지는 어떻게 되든 제 팔자지만 티아는 그렇게 만들 수 없는 것이다. 여자애를 어떻게 그런 데다 내버려 둬! 잠자리가 불편하다고!

여관이 무너지면서 우리가 타고 왔던 말들도 대부분이 다치거나 달릴 수 없는 상태였다. 때문에 마을의 촌장에게서 말을 빌려 우리는 다급히 쉐이크 필드로 달리게 되었다. 나는 말을 못 타니까 자동으로 아이언의 뒤에 탔다.

“길은 알고 있어요?”

“아니.”

아이언은 당연한 듯이 대답하며 말에 박차를 가했다. 으아악! 갑자기 너무 빠르잖아! 나는 미친 듯이 질주하는 말에서 떨어지지 않기 위해 아이언의 등짝에 매달릴 수밖에 없었다. 귓가로 윙윙거리는 바람 소리를 들으며 나는 아이언을 향해 소리쳤다.

“그럼 어떻게 찾아가려고요?”

“마을 사람이 그려준 약도를 외웠어.”

엑? 그거 가지고 이렇게 달려도 돼? 믿어도 되는 거야?

“아니! 그러다 틀리면?”

“그때는 운에 맡기는 거지!”

히에엑! 무책임하잖아! 그럼 위험이라면 혼자 빠지란 말이야! 나는 당장이라도 아이언의 말에서 내리고 싶었지만 이 속도에서 뛰어내리면 최하 사망이다.

‘흐으윽! 위험한 일에 달려드는 것도 엄한 곳에 가는 것도 혼자 하란 말이야! 날 끼워넣지 마!’

나는—속으로—절규했지만 말은 나의 염원과는 달리 쉐이크 필드로 달리고 있었다.

“헉! 흐엑! 흐억!”

숨이 목까지 차오르고 땀이 비 오듯 흘렀다. 나는 구르듯이 말에서 떨어져 바닥에 엎드렸다. 말을 타는 것이 힘든 줄은 알았지만 중노동인 줄은 오늘에서야 알았다.

‘몸을… 몸이 곧추세워지지가 않아.’

내가 비실거리며 일어날 줄을 모르자 마찬가지로 거칠게 숨을 몰아쉬던 아이언이 내 팔을 잡아 일으켰다. 가느다란 땀방울에 엉켜 그의 머리카락이 이마에 달라붙어 있었다.

"기어서 들어갈 생각인가?"

"자, 잠겨……."

내가 간신히 팔을 들어 올려 성문을 가리키자 아이언은 천천히 고개를 끄덕였다.

"그래, 잠겨 있군."

무신경한 그의 대답에 벅차 오르던 숨을 참으며 나는 벌떡 일어났다.

"끄악! 잠겨 있군이 아니잖아요! 저래서 어떻게 들어가요?"

다 당신 때문이잖아! 약도를 잘못 읽은 아이언이 엉뚱한 방향으로 말을 몰았던 것이다. 그나마 해가 저물어서 방향을 잡았기에 망정이지 그대로 숲 속에서 객사하는 줄 알았다.

'라힐이 왜 당신을 놔두고 길잡이를 자청했는지 알겠어!'

나는 이를 북북 갈며 소리쳤지만 그는 무표정한 얼굴로 성벽을 돌아보았다.

"통행 시간이 지났다고는 하지만 들여보내 줄 거다."

"뭘로… 그걸 확신해요?"

내가 간신히 숨을 고르며 묻자 그는 태연하게 대답했다.

"아니라면 몬스터의 밥이 될 테니까. 여간한 일이 아니고서야 눈앞에서 여행자가 죽어나가도록 내버려 두지는 않지."

거 눈물 나는 이유로군요.

아무튼 아이언은 말의 고삐를 잡고 나는 터벅터벅 내 발로 걸어 성

문 앞까지 다가갔다. 한눈에 보아도 두껍고, 무겁고, 육중해 보이는 문
은 굳게 닫혀져 있었다.

"생긴 지 얼마 되지 않는 마을치고는 대단하네요. 이런 성벽은 하루
이틀에 생기는 것이 아니잖아요."

"그렇지."

우리가 성문 가까이로 다가가자 성벽의 위에서 우리를 내려다보고
있던 병사들 쪽에서 먼저 말을 걸었다.

"무슨 일이오, 이런 늦은 시간에?"

병사가 외치자 아이언은 소리 높여 대답했다.

"숲 속에서 길을 잃어서 시간이 늦어지고 말았습니다! 어떻게 들여
보내 주시면 안 되겠습니까?"

아이언이 묻자 병사들은 상의하는 것인지 서로들 모여 숙덕거리기
시작했다. 저 모습을 보니까 어째 마을 같기는 하네.

"알겠소! 들어오시오!"

병사의 외침과 함께 성문이 긴 비명을 토해내며 양쪽으로 열렸다.
기름칠 좀 하라고! 칠판을 손톱으로 긁는 소리가 나잖아! 성문이 열리
고 창을 들고 서 있는 병사들의 모습이 보이자 아이언은 후드를 젖혀
얼굴을 보였다.

"고맙소."

아이언이 말하자 병사는 그의 뒤에 있던 나를 힐끗 쳐다보며 말했
다.

"동행이 상당히 지친 것 같은데 빨리 여관을 잡는 것이 좋을 거요.
요즘은 외부인의 출입이 잦아 여관 잡기가 힘드니까."

"여관은 어느 쪽에 있는데요?"

내가 묻자 병사들 중 하나가 대로변을 가리켰다. 성벽 안의 마을은 도시라 불리워도 손색이 없을 만큼 번화했다. 건물이나 길 같은 것도 잘 정비되어 있고 어두워진 거리 여기저기에서 마법의 등불이 반짝이고 있었다.

'이거… 마을 맞아? 뭐 이렇게 잘돼 있어?'

무역으로 번창한 도시나 누구누구의 영지라던가, 아니면 수도 근처의 무언가로 유명한 관광 도시라면 모르겠지만 이런 북쪽 지방의 아무것도 없는 작은 마을이 이렇게나 번창한 것이 말이 되지 않는다. 우리가 지나온 그 마을만 해도 저런 가로등 같은 것은 세워져 있지 않았다.

아이언도 나와 비슷한 느낌인지 묘한 시선으로 대로변을 바라보았다. 오가는 사람들이나 늦은 밤 거리를 배회하는 연인들도 지극히 평화로울 뿐 근처에 이상한 마녀가 살고 있어 위협받는 느낌은 나지 않았다. 나는 힐끗 아이언을 돌아보며 말했다.

"우선은 여관부터 잡고 그 마녀의 성인지를 알아봐요."

"그래. 한데 돈이 없다."

태연스레 내뱉는 아이언의 말에 나는 굳어졌다. 내가 굳어진 목을 억지로 돌려 아이언을 올려다보자 그는 다시 한 번 말했다.

"돈 가진 거 있나?"

'우윽!'

나는 축 늘어져서 여관비를 지불하는 아이언을 쳐다보았다. 저 돈은 분명히 내 주머니에서 나온 것으로 몇 번이고 확인한 것이지만 내가 빌려준 것이다.

근처 여관은 성문의 병사들의 말대로 만원이었다. 어찌어찌 여관을 잡은 것까지는 좋은데 한철 특수를 노려 여관비가 바가지라는 것이 문제. 여관 주인은 뻔뻔한 얼굴로 아이언이 내민 금화를 선뜻 받아 들었다.

'세상에 일주일치 방 값을 한 번에 지불하는 여관이 어디 있어! 게다가 왜 일주일치를 한꺼번에 내지 않으면 안 되는데! 하루만 묵고 갈래도 돈이 아까워서 더 머물겠다! 여관도 무슨 묶어 팔기냐!'

…하고 소리치고 싶지만 남은 여관이 여기 한 군데뿐이라 그럴 수가 없었다. 여기서 나가면 노숙이나 민박을 감행해야 하는 것이다. 하지만 일반 여행객도 아니고 무장한 청년과 소년(?)을 재워줄 집이 어디 있겠는가? 단언코 노숙이지.

'물론 돈을 많이 준다면야 재워주는 곳도 있겠지만 그럼 여기서 자나 거기서 자나 피차일반.'

아이언은 여관 주인에게 몇 가지 설명을 듣더니 곤란한 얼굴로 나를 돌아보았다. 그의 시선에 내가 테이블 위에 처박고 있던 고개를 들자 그가 내게 뭐라고 말하는 것 같았다. 하지만 입구와 여기 테이블과는 거리가 상당한데다 여기저기에 앉아 있는 기사며 검사들이 떠들어대고 있는 것이다. 하나도 안 들린다.

"뭐라고요?"

"…이 …없다고."

무슨 소리야? 나는 다시 테이블 위로 엎어지며 아이언을 향해 소리쳤다.

"전권 위임이니까 그냥 알아서 해요!"

내 말을 알아듣기는 한 것인지 내가 소리치자 아이언은 고개를 끄덕이고는 여관 주인에게 몸을 돌렸다. 입 모양을 봐서는 뭐가 괜찮다고 하는 것 같기도 하고.

몇 분 후 그가 테이블로 돌아오자 나는 주저할 것 없이 물었다.

"아까 뭐라고 그런 거예요?"

"못 들었나?"

그가 묻자 나는 고개를 끄덕였다. 그러자 아이언은 한숨을 쉬듯이 말했다.

"방이 하나뿐이라고 하더군. 한 사람은 소파에서 자야 돼."

머시라?

"그, 그럼 누가 소파를……."

내가 살살 눈치를 보며 말하자 아이언이 힐끗 나를 쳐다보고는 말했다.

"내가 소파에서 자도록 하지. 대신 여관비는 네가 내는 거다."

커억! 그런……. 그냥 여관도 아니고 여기 바가지가 얼만데! 나는 마지막 반항을 해보기로 했다.

"그, 그럼 나라에서 받은 활동 자금은……."

"이미 잃어버린 것을 어디에서 찾지? 찾게 되면 이 여관비는 거기에서 충당하도록 하든지. 찾을 것 같지는 않지만."

당신 너무 뻔뻔하지 않습니까? 여관비에 밥값 모두 내 돈이라고요오! 당장 지금부터라도 내가 돈 못 내겠다고 발버둥 치면 당신들의 돌아가는 길은 죄다 노숙이라고! 그것도 모포며 아무런 장비도 없이!

'헉! 그러고 보니 돌아갈 때 말이며 기타 등등의 돈을 전부 내가 지불해야 하는 거야?

별안간 떠오른 생각에 내가 몸서리를 치고 있을 사이 아이언은 힐끗 주위를 둘러보았다. 여관 식당을 가득 채워 주인을 즐겁게 만들고 있는 이들은 대부분이 무기를 지니고 있는 기사였다. 간단한 갑주를 지닌 사람, 갑주 없이 검만 찬 사람 등 가지각색이었지만 깔끔한 외모나 차림새만으로는 용병이나 상인에게 고용된 무사로는 보이지 않았다.

필시 그 마녀에게 찍히거나 저주를 받은 사람을 데리고 온 호위기사일 터. 아이언이 탐문 수사를 벌이기 위해 저녁도 거르며—생각이 없단다. 배 안 고픈가?—밖으로 나간 사이 나는 저녁 메뉴를 열심히 섭렵하며 그들의 말을 들어보기로 했다. 한마디로 슬쩍 엿듣겠다는 말이다.

우물우물.

"그래, 근처 숲에는 늪지밖에 없단 말인가? 산등성이 쪽으로는……."

"부지가 될 만한 곳도 보이지 않습니다. 게다가 이 지방 사람들도 그에 대해 아는 것이라곤……."

후르룩! 꿀꺽!

"하지만 고… 아니, 도련님의 히스테리가 이만저만이 아니다. 이대로 더 시간을 끄는 것은……."

"그렇다고는 해도 없는 것을……."

"이 지방의 자료를 좀 더 찾아보는 것은……."

나는 음식 쪽으로 고개를 숙인 채 눈동자만을 이리저리 굴리며 사람들의 대화를 엿들었다. 사실 엿듣는다기보다는 저절로 조금씩 들려오는 쪽이 맞긴 하지만 말이야. 아무튼 사람들의 말을 정리하자면 이 지방 사람들은 그 마녀에 대해서 전혀 모르고 이 근처로는 마녀의 성이 있을 만한 곳이 없다는 것이다.

'하지만 중도에 그 마녀가 나타난 것을 봐서는 여기가 맞는 것 같은데.'

추측은 추측일 뿐 이렇다 할 만한 증거가 나타나지 않으면 아무 소용 없는 것이나 다를 바 없었다. 이제까지의 행동으로 미루어보았을 때 그 마녀는 우리가 찾아와 주기를 기다리고 있는 것이다.

'혹 이 마을에 온 사람들이 우리 일행처럼 잡혀갔다든지 했다면……'

하지만 그런 것치고는 마을이 너무 조용했다. 거리를 돌며 순찰하는 이들도 경계심없이 한가로운 표정일 뿐 무슨 일이 벌어졌다는 낌새는 없었다.

달그락.

나는 수저를 내려놓고 씨익 웃었다.

"헤에, 잘 먹었다. 여기 계산서요!"

내가 힘차게 외치자 식당 안의 기사들이 힐끗 나를 쳐다보는 것 같았으나 관심없는 표정으로 고개를 돌렸다. 곧 식당의 여종업원이 계산서를 들고 내게 달려왔다.

"일일 정식 메뉴에 과일 푸딩 하나, 살구 파이 하나. 모두 56라덴 되겠습니다."

그녀의 말에 나는 은화 두 개를 꺼내 들었다. 은화 한 개에 50라덴으로 두 개면 100라덴이다. 그녀는 싱긋 웃으며 거스름돈과 함께 서비스라며 사탕 하나까지 쥐어주었다.

'내가 애로 보이나? 물론 그리 나이를 먹진 않았지만.'

나는 사탕을 까서 낼름 입에 물고는 여관 방으로 올라갔다. 먼저 식사를 하라고 한 것도 아이언이고 먼저 자라고 말한 것도 아이언이었다. 몸이 피곤하고 배가 고팠던 마당에 뭘 마다하겠는가마는 배가 불러지자 조금 기다려 볼까 하는 마음이 일었다.

"그래도 하나 남은 일행인데… 기다려 줄까?"

방 안을 둘러보니 그래도 길게 드러누울 수 있는 소파 말고 의자가 하나 더 있었다. 그것을 창가로 끌고 와서 자리에 앉으니 여관 밖의 풍경이 눈에 들어왔다. 여관 주인이 내준 방은 삼층의 구석진 곳에 있는 것이었지만 그나마 여관의 현관이 내려다보이는 곳이었다. 여기서 내려다보고 있으면 누가 드나드는지도 보이는 것이다.

'티아는 무사하려나. 그래도 왕족치고는 싹싹해 보였는데…….'

턱을 괴고 앉아 있으려니 가뜩이나 피곤한 몸에 졸음이 밀려들었다. 꾸벅꾸벅 졸고 있자니 한심하다는 듯한 샤이시스의 목소리가 들려왔다.

―그냥 침대로 가서 자지? 너 모양새를 봐서는 졸다가 의자에서 굴러 떨어진다고.

"흐아암~ 하지만 아직 안 왔잖아요. 문을 열어놓고 자는 건 불안해서 안 돼."

그렇게 말하며 또다시 고개가 꾸벅꾸벅 저어진다. 그러자 펜던트 속의 오웬이 사근사근한 목소리로 말했다.

―그럼 날 밖으로 꺼내줘. 그 녀석이 오면 내가 깨워줄 테니까.

"귓가에 숨 불어넣으려고요? 됐네요."

나는 크게 하품을 하고는 잠을 떨쳐 버리듯 고개를 저었다. 그러고 보니 요즘은 좀처럼 밖으로 내보내 주지 않는데도 종속자들이 잠잠한 것 같았다. 뭔가 이상해. 무슨 꿍꿍이… 응?

'저 여자……'

그 마녀랑 닮았어! 아니, 똑같다!

갈색의 우중충한 망토를 두르고 머리 위까지 후드를 덮어 쓴 여자였다. 그녀는 똑바로 내 방 창문을 올려다보며 싱긋 웃었다. 벌떡 일어났던 나는 급히 창문을 열었지만 그녀는 뒤도 돌아보지 않고 달아나 버렸다.

"에잉?"

—뭐 해, 쫓아가야지!

시온의 고함에 나는 엉거주춤하게 펜던트를 내려다보았다.

"하지만… 꼭 따라오라는 것 같은데……."

—당연히 따라가야지! 사자를 잡으려면 사자 굴에 들어가야 하는 거다!

"그거 호랑이 아니에요?"

—이 대륙에 호랑이가 어디 있어!

"사자가 굴에서 산다는 것도 좀 이상한데? 사자가 굴에서 살아요?"

—크아악! 시끄러워! 내가 사자가 어디 사는지 그걸 어떻게 알아!

이렇게 옥신각신하는 사이 마녀의 모습은 길에서 보이지 않게 되었다. 나는 웃음을 안으로 갈무리하며 아쉽다는 듯이 펜던트를 쳐다보았다.

"에이, 시온이 자꾸 말 거는 바람에 놓쳐 버렸잖아요."

—누구 탓을 해! 네 녀석이 일부러 그런 거잖아!

"무슨 그런 섭한 말씀을. 그보다 좋은 생각이 떠올랐어요."

나는 싱긋 웃으며 탁자 위에 올려놓았던 방 열쇠를 집어 들었다. 그 마녀 아줌마 쪽에서 그런 식으로 나왔다면 나도 생각이 있단 말이야.

"우와아~ 역시 생각대로야! 님 멋져요!"

내가 목소리를 죽여가며 환호성을 지르자 샤이시스는 상당히 계면쩍은 얼굴로 나를 쳐다보았다.

―그, 그러냐? 하지만 이 모습으로는 너무 눈에 뜨일 텐데……. 나는 환수이기 때문에 더 작은 모습으로 줄이거나 보이지 않게 할 수 있어.

"헤에, 그럼 내가 샤이시스의 능력을 빌리면 보이지 않을 수도 있다는 거네요?"

내가 눈을 빛내며 묻자 샤이시스는 약간 수상쩍어하면서도 그 커다란 머리를 끄덕였다.

―그렇지.

"좋아요! 모든 조건이 완벽해! 잠복의 삼박자가 맞아떨어진다고요!"

―뭐? 그게 무슨 소리야?

내 말을 알아듣지 못한 샤이시스가 황금색 눈동자를 굴렸지만 알아차릴 리가 없지.

환수 본연의 모습을 유지한 채로 밖으로 나온 샤이시스는 지금은 송아지만한 크기를 유지하고 있었다. 본래 모습은 용에 비견될 정도라는데 내가 용을 본 적이 없으니 어느 정도의 크기인지 짐작도 불가능했다.

샤이시스는 푸른 빛이 도는 은빛 털을 가진 환수로 외견은 대체적으로 사자와 닮은 편이었지만 날렵하고 늘씬한 육신은 늑대의 그것과 비슷해 보였다. 내 소견을 말하자면 시베리안 허스키처럼 보이지만 본인이 사자 쪽이 더 좋다니 할 수 없지. 엄밀히 말하자면 사자도 늑대 쪽도 아니었지만 그 둘을 섞어놓은 것처럼 닮았다.

'후후후…….'

나는 회심의 미소를 지으며 샤이시스를 쳐다보았다. 저 널찍한 등판의 크기, 저 털의 감촉과 밀도. 모든 것이 준비되어 있었다. 다만 실행에 문제가 있을뿐.

"계약 1조 1항에 의거, 나 세르티드 레플리카는 환수 샤이시스의 힘을 빌리겠습니다."

가볍게 주문의 말을 외우자 샤이시스의 몸에서 무언가가 빠져나와 내 몸으로 흡수되었다. 나는 팔을 들어 올려 몸 여기저기를 들여다보았지만 과연 힘만 옮겨온 것인지 몸에는 별 변화가 없었다.

"흠……."

─무슨 생각을 하고 있는 건지는 모르겠지만 내 능력을 빌려봤자 인간의 몸으로 얼마나 구현될지는…….

"그래도 힘은 샤이시스의 것이잖아요. 그 정도면 되겠지요. 그나저나… 오오, 된다!"

나는 반색을 하며 내 몸을 쳐다보았다. 형체를 감추고자 생각하니 몸이 투명해지며 이윽고 보이지 않게 된 것이다. 육안으로 확인할 수는 없지만 내 팔다리가 어디에 있는지는 느낄 수 있으니 이 정도면 문제없었다. 샤이시스의 능력을 빌려온지라 그의 눈에는 보이는 것인지 샤이시스는 무심한 눈길로 나를 쳐다보며 말했다.

─안 보여서 뭘 어쩌려고?

"잠복이요! 그 마녀가 나만 그런 식으로 꼬셨다고는 생각할 수 없으니까요. 아마 누군가를 잡아갈 생각이었다면 한 사람으로 그치지 않았을 거예요. 각개 격파를 원하고 있다면 방심하고 있는 새에 속삭하는 것이 좋잖아요!"

─누군가 실종이 되어 소문이 퍼지면 곤란하다는 얘긴가?

"지금 이 마을로 찾아온 기사들은 우왕좌왕하고 있으니까. 아마도 정신 바짝 차리고 경계하는 것보다는 약간 다르겠지요. 아무튼 그렇게 됐으니까."

나는 배실배실 웃으며 샤이시스를 쳐다보았다.

"등 좀 빌려주세요."

─뭐?

─엥?

두 번째 목소리는 샤이시스의 것이 아니라 시온의 것이었다. 얼빠진 얼굴로 쳐다보는 샤이시스에게 나는 정색을 하며 말했다.

"한나절 동안이나 계속 말을 타서 너무너무 피곤하단 말이에요. 제가 샤이시스의 등에 기대서 자고 있을 테니까 이상한 낌새가 보이면 깨워주세요."

내 말에 샤이시스는 한동안 침묵을 지키며 나를 쳐다보다 그 커다란 이빨을 드러냈다.

─너, 이러려고 날 부른 거냐?

"에헤헤."

샤이시스는 한심을 떠나서 가소롭다는 눈초리로 나를 쳐다보았다. 그가 고개를 돌리며 '이걸 콱 물어버릴 수도 없고…' 하고 중얼거리는 것을 나는 애원하듯이 매달렸다.

"에이이, 봐줘요! 한 번만 봐줘요오~"

─이거 놔! 콱 물어버린다?

샤이시스는 떨어지라는 듯이 몸을 흔들었지만 다리에 매달린 나를 매정하게 내치지는 않았다. 그는 한숨을 푹 쉬더니 나를 사나운 눈초리로 쏘아보며 말했다.

─그래, 한 번만 허락하도록 하지. 하지만 내 털에 침을 흘리거나 하면…….

"절대 엄수! 입 꼭 다물고 잘게요!"

—그다지 신뢰는 안 가지만 믿어보도록 하지. 타라.

"에헤헷!"

나는 방긋 웃으며 마음 바뀔세라 얼른 샤이시스의 등에 탔다. 생각대로 부드러운 털이었다.

'밍크 저리 가라다~'

내가 앞으로 폭 꼬꾸라져 등판에 얼굴을 대자 샤이시스의 불만스러운 목소리가 들려왔다.

—아직 여관 앞이 아니다. 자지 마.

"예에~"

내가 다시 몸을 일으키자 샤이시스는 바람같이 마을의 거리를 내달렸다. 건물의 그림자 속으로 휙휙 지나쳐 가는 그의 모습을 사람들은 미처 알아차리지 못하는 것 같았다. 나는 힐끗 지나치는 사람들의 모습을 바라보며 물었다.

"샤이시스."

—왜?

"왜 사람 모습으로는 안 변해요? 될 것도 같은데."

내가 샤이시스의 능력을 빌린 터라 더욱 잘 알 수 있었다. 그의 능력으로는 사람 아닌 다른 것으로라도 변할 수 있었다.

—네 발로 싸울 수 없으니까.

"예?"

샤이시스의 퉁명스러운 대답에 한순간 멈칫했던 나는 곧 그의 말뜻을 알아차릴 수가 있었다. 사람의 모습이라고는 해도 샤이시스의 본질은 변하지 않는 것이다. 싸우게 되면 자연스럽게 네 발로 바닥을 디디게 되니 사람의 모습이라면 분명 이상하게 생각할 것이다.

—게다가 난 두 발로 걷는 게 싫다. 무슨 닭도 아니고.

"두 발로 걷는 게 꼭 닭만 있는 것은 아닙니다만……."

그리고 네 발로 싸우는 것보다 지금의 모습이 훨씬 더 눈에 뜨인단 말입니다. 물론 천천히 걸어다닐 때의 이야기겠지만.

샤이시스는 커다란 건물의 그림자가 드리워진 낮은 건물의 지붕 위에 사뿐히 내려앉으며 내게 말했다.

—여기냐?

"예."

나는 고개를 끄덕이며 눈앞의 건물을 올려다보았다. 석조로 이루어진 호화로운 오층 건물. 마을의 촌장이 사는 저택을 제외하고는 이 마을 안에서 가장 호화로운 여관이었다. 내가 엿들은 정보들이 맞다면 틀림없이 각 나라의 공주님들은 이곳에 머무르고 있는 것이다. 고로 가장 기사들이 득실거리는 곳이었지만 어찌 되었든 나는 이곳을 목표로 정했다.

—뭘 어쩌려고?

"기다려야지요. 잠복의 기본은 끈기니까."

—…….

샤이시스는 묘한 표정을 지으며 나를 돌아보았다. 흠, 아무리 봐도 커다란 강아지 같단 말이야? 쓰다듬으면 화내겠지?

—잘 테니 깨워달라고 말하는 인간이 할 소리냐?

시온의 질타에 나는 태연한 얼굴로 샤이시스의 등짝에 엎어졌다.

"피곤하단 말이에요오~ 나타나면 쫓아갈 테니까 그때까지만 봐주세요."

밤바람이 싸늘했지만 뺨에 닿는 샤이시스의 털은 더없이 부드러웠다. 게다가 체온도 느껴지는 터라 전기장판이 안 부럽다. 내가 폭 엎어져서 말이 없자 샤이시스는 한숨을 쉬며 지붕 위에 주저앉았다.

─할 수 없지. 그래, 자라, 자.

나지막이 울리는 샤이시스의 목소리를 자장가처럼 흘려들으며 나는 정신없이 잠에 빠져들었다.

【제9화】
납치된 이들을 구하라!

─세틴! 일어나지 않으면 떨어뜨려 버린다!

"에? 흐엣!"

나는 엉거주춤 고개를 들었다가 잽싸게 샤이시스의 목덜미를 끌어안았다. 그가 공언했던 대로 그의 등줄기에서 떨어질 뻔했던 것이다. 용케도 나를 떨어뜨리지 않고 마을의 대로를 질주하고 있는 샤이시스는 내가 일어난 것 같자 노골적으로 불만을 표출했다.

─시체처럼 축 늘어진 녀석이 떨어지지 않은 게 용하다.

"에엑! 그럼 붙잡아준 게 아니었어요?"

─내가 뭣 하러!

"너무 매정하잖아요! 우리 사이에!"

─우리 사이는 무슨 놈의 우리 사이!

샤이시스는 힘껏 외치며 건물의 벽을 박찼다. 돌 부스러기가 후두두 떨어지며 건물에 금이 가는 것을 나는 눈을 동그랗게 뜨며 쳐다보았다.
그나마 금만 가고 발자국이 남지 않아서 다행이다.

"너무 세게 밟지 말아요! 잘못하면 건물 무너져요!"

—내가 잘못한 거냐? 그 정도에 무너지면 부실 공사야!

부실 공사는 무슨, 샤이시스의 본래 크기를 생각한다면 그대로 벽이
뚫리지 않은 것만 해도 다행이라고요!

이 건물과 저 건물 사이를 날듯이 박차고 오르며 샤이시스는 밤거리
를 달리고 있었다. 아무래도 저 앞쪽의 검은 망토를 뒤집어쓴 사람을
쫓고 있는 듯 그가 뒤를 돌아보자 샤이시스는 급하게 다른 건물 위로
뛰어올랐다. 나는 쏟아지는 바람을 정면으로 받으며 머리를 움츠렸다.

소리없이 건물의 사이를 달리고 있는 우리의 모습이 저 앞의 남자에
게는 보이지 않는 것인지 그는 한 번 힐끗 쳐다보고는 다시 앞으로 달
려나갔다. 간혹 건물 뒤로 숨거나 걸음을 멈추며 두리번거리는 것을
봐서는 그도 무언가의 뒤를 따르고 있는 듯했다.

막 옷 가게의 지붕을 박차고 근처의 건물 옥상으로 내려앉을 때쯤
우리가 뒤쫓던 남자가 멈추어 섰다. 쫓고 있던 무언가가 막다른 골목
에 들어선 모양이었다. 망토를 뒤집어쓴 남자가 무어라 말을 하는 것
같았지만 거리가 상당한지라 들리지 않았다.

—세틴, 저걸 봐라.

내가 막 그들의 대화를 엿듣기 위해 고개를 숙일 찰나 머리를 곧추
세운 샤이시스가 내게 말했다. 그는 골목 안쪽이 아니라 다른 방향을
바라보고 있었다. 무심코 고개를 들어 그의 시선을 쫓던 나는 입이 크
게 벌어졌다.

"으악!"

나는 터져 나오는 비명을 필사적으로 찍어 누르며 고개를 숙였다. 다행히 아래쪽에서는 내 비명을 듣지 못한 것 같지만. 저, 저게 뭐냐?

다시 고개를 들어 주위를 살펴본 나는 경악할 수밖에 없었다. 분명 이 아래쪽의 골목에 망토를 두른 마녀의 모습이 보이건만 다른 골목의 막다른 길에도 그 마녀의 모습이 보이고 있었던 것이다. 그것도 누군 가에게 쫓기고 있었던 듯 그녀의 앞에는 세 명의 기사가 검을 뽑아 들 고 있었다.

—세틴, 저기 뿐만이 아니다.

샤이이스가 나를 태우고 가볍게 다른 곳으로 이동하자 또 다른 마녀 의 모습이 보였다. 내 눈이 틀린 것이 아니라면 분명 그때의 그 마녀였 다. 그 하늘 위에 커다랗게 보이던 보라색 머리칼의 여자를 어떻게 잊 을 수가 있겠냔 말이다! 분명 그 여자다!

'흐아악! 어떻게 된 거야? 열둘? 아니, 열셋? 아니, 저쪽에도 둘이 더 있잖아!'

설마 스무 명의 쌍둥이라든가 자매쯤 되는 것은 아니겠지? 그렇다면 그거야말로 살아 있는 지옥이잖아! 최악의 망상에 몸을 떠는 내게 샤 이시스의 차분한 목소리가 들려왔다.

—고도의 환각술이군. 세틴, 주의하는 것이 좋겠다. 어중간한 능력 을 가진 마법사보다 저런 마녀가 더 위험한 법이지.

"으음, 유인책을 쓰는 거라고는 생각했지만 저렇게 노골적으로 나올 줄은."

내가 고민스럽게 팔짱을 끼며 그 모습을 내려다볼 찰나 기이한 감각 이 밀려들었다. 위험스럽고도 이질적인 느낌에 내가 눈살을 찌푸리자 샤이시스는 아래쪽을 내려다보며 말했다.

─결계를 펼치고 있다. 지금 들어가지 못하면 뒤를 쫓을 수 없어.

"저, 저것들 전부 다요?"

─그래, 각각이 공간을 제어하고 있는 것 같다. 어떻게 할 셈이냐, 세틴? 뒤를 쫓을 거냐?

판단을 요구하는 샤이시스의 부름에 나는 단호히 고개를 끄덕였다.

"금을 받은 이상 일은 확실히!"

─니가 무슨 용병이냐?

"용병은 아니지만 인간의 의리상 어쩔 수 없잖아요."

내 말에 샤이시스는 '결국 돈이 중요하단 말이지?' 하고 중얼거렸지만 그건 못 들은 척 한 귀로 흘렸다.

"아무튼 위기에 빠진 공주를 구하는 것은 용사의 로망이라고요!"

─니가 용사냐? 돈에 눈이 어두워서 따라 들어가는 것뿐이면서.

"아무튼요! 가요, 샤이시스!"

─겨우 돈 몇 푼 때문에 이런 짓거리를……

샤이시스는 구시렁거리며 결계가 펼쳐지고 있는 골목 속으로 달려 들었다. 내가 느꼈던 기묘한 위화감을 골목 안에 있던 남자도 느꼈던 것인지 그는 당황한 얼굴로 주위를 바라보고 있었다. 이미 남자를 유인했던 마녀의 모습은 오간 데 없다.

─세틴! 아래다!

샤이시스의 부름에 나는 골목의 바닥을 내려다보았다. 모래가 밀려 떨어지고 있는 듯한 소리와 함께 바닥이 가라앉고 있었던 것이다.

"으아~ 모래 지옥이다!"

"으와악!"

검은 망토를 둘렀던 남자가 비명을 지르며 발버둥 치고 있었다. 벌써 하반신이 모래 속에 파묻혀 급속도로 빨려 들어가고 있었다. 말하자면 저 모래가 흘러들어 가는 곳에 그 마녀의 성이 있다는 얘긴데.

"으엑! 정말 취향 한번 독특하지!"

샤이시스와 함께 나는 빨려 들어가는 모래 구멍 속으로 몸을 던졌다. 몸을 샤이시스에게 바짝 붙이고 눈을 꼭 감았지만 입이며 옷 속이며 전신으로 모래가 흘러들어 오고 있었다. 육중하게 짓누르는 듯한 모래의 압력에 맞서 나는 필사적으로 샤이시스의 목덜미를 끌어안았다. 이 상황에서 샤이시스를 놓치게 되면 큰일인 것이다.

'크윽… 숨 막혀!'

길고 고통스러운 시간이 지나고 샤이시스의 몸이 모래 속에서 빠져나왔다. 덩달아 모래 밖으로 딸려 나온 나는 목적지에 도착했다는 사실을 알아차리자마자 샤이시스의 등에서 내려 모래를 털어냈다.

"푸엣! 퉤!"

옷이며 신발이며 머리카락에까지 모래가 섞여 있지 않은 곳이 없었다. 나는 진저리를 치며 모래를 털어냈다. 샤이시스의 사정도 나와 그리 다르지 않은지 그도 몸을 흔들어 모래를 털어내고 있었다. 나는 대충 겉옷을 벗어 털고는 주위를 돌아보았다.

이곳은 어딘가의 지하인 듯 돌을 깎아 만든 커다란 방이었다. 거칠거칠한 돌 바닥은 그 대부분이 모래에 휘감겨 있었다. 여기저기 보이는 모래 언덕에 나는 내가 빠져나왔던 모래 구덩이를 쳐다보았다. 아직도 주문의 효과가 그치지 않았는지 천장의 틈에서 모래가 쏟아지고 거기에 뒤섞여 사람의 모습도.

"아!"

나는 허둥지둥 달려가 모래에 파묻혀 있는 남자의 옷자락을 붙잡았다. 모래에 발이 푹푹 파묻히는 것이 가히 좋은 기분은 아니었지만 모래에 파묻힌 사람을 내버려 두는 것은 인정이 아니다. 나는 찡그리며 손에 잡히는 남자의 옷자락을 힘껏 끌어당겼다. 샤이시스의 힘을 빌린 터라 남자의 몸이 술술 끌려 나온다.

─세틴.

"예?"

내 손에 질질 끌려오는 남자의 모습에 샤이시스는 한숨을 쉬며 말했다.

─그걸 잡아당기면 질식하잖아.

"예? 그게 무슨… 으힉!"

내가 화들짝 놀라며 손을 놓자 파랗게 질린 남자는 털퍼덕 모래 위에 얼굴을 박았다. 반응이 없는 것을 봐서는 기절했거나 아니면…….
나는 부들부들 떨리는 손으로 남자를 뒤집었다.

"아, 안 움직이네? 내, 내 탓이에요?"

그러자 샤이시스는 남자의 가까이로 다가와 가슴에 얼굴을 댔다.

─기절한 것뿐이야. 모래 때문에 기절한 건지, 아니면 질식해서 순간적으로 정신을 잃은 것인지는 알 수 없겠지만.

"망토가 목을 휘감고 있는 줄은 몰랐단 말이에요!"

어쨌거나 나는 남자의 목에 감겨 있는 망토를 풀고 바닥에 바로 눕혀주었다. 어쨌거나 살아 있기는 한 거 같은데……. 내가 미심쩍은 눈으로 남자의 상태를 지켜볼 찰나 샤이시스가 말했다.

─세틴, 누군가 가까이 오고 있는 모양이다. 발소리가 들려.

"그 마녀인가? 에잇!"

나는 남자를 대충 들어 안고 주위를 두리번거렸다. 사방이 돌로 된

넓은 방 안이었지만 모래 더미가 충분하여 몸을 숨길 구석은 어디에도 있었다. 나는 남자를 모래 언덕 뒤에 밀쳐 놓고는 나도 몸을 숨겼다. 넓은 방 저쪽에는 철로 된 거대한 문이 있어 사람이 드나들 수 있었던 것이다.

끼이익!

경첩에 모래라도 끼인 것인지 소름 끼치는 소리가 들려왔다. 샤이시스의 말대로 누군가 안으로 들어온 것인지 발소리가 들리고 있었다. 두런두런 이야기하는 목소리를 들어봐서는 최소한 둘은 될 것 같았다. 그때, 나를 따라 모래 언덕 뒤에까지 따라왔던 샤이시스가 이상하다는 듯이 나를 쳐다보며 물었다.

─뭘 숨는 거냐?

"그럼 가만히 있다가 들켜요?"

내가 말하자 샤이시스는 한심하다는 듯이 나를 쳐다보며 말했다.

─너는 지금의 네 모습이 눈에 보인다고 생각하는 거냐?

"……."

아, 맞아. 그랬었지. 도달한 결론(?)에 나는 남자를 대충 모래 언덕에 숨기는 것으로 마무리하고 몸을 일으켰다. 모습은 보이지 않으나 흔적이 남을 수 있기 때문에 모래에 발자국이 남지 않도록 주의하며 문가가 보이는 쪽으로 다가갔다.

"음, 귀가 꼭 당나귀 귀처럼 뾰족하고 피부가 검은 저 사람들은… 무슨 인종이죠?"

내가 작은 목소리로 속삭이자 곧바로 시온의 목소리가 쏟아졌다.

─다크 엘프다! 멍청하기는. 다크 엘프도 모르냐?

"제가 살던 곳에는 딱 인간 한 종류밖에는 없습니다만."

시온의 핀잔에 눈썹을 찌푸리며 대답하자 그 다크 엘프라는 종자들이 곧장 내 쪽으로 고개를 돌렸다. 소곤거리는 목소리가 들린 모양이었다.

'우와! 귀 밝다.'

다크 엘프와 나와의 거리는 대략 오십여 미터가 넘었다. 혼자 중얼거리는 소리를 그 거리에서 잡아낸다는 것은 보통 귀로는 힘들다. 다크 엘프는 분명 목소리는 들었는데 아무도 보이지 않자 고개를 갸웃거리며 주변으로 시선을 돌렸다.

"어떻게 할까요?"

내가 샤이시스에게 다시 소곤거리자 다크 엘프들이 다시 고개를 돌려 내 쪽을 쳐다보았다. 이 안으로 들어온 다크 엘프들은 겨우 둘로 둘 다 남자였다. 그 마녀의 취향인 듯 반듯한 이목구비를 가지고 있는 그들은 착 달라붙는 승마용 바지에 하늘하늘한 실크 블라우스를 걸치고 있었다.

'레오폴드 녀석이 어떤 꼴을 하고 있을지 기대되는군. 후후후.'

발견하면 잊지 말고 놀려주리라 다짐하며 나는 다가오는 다크 엘프들을 바라보았다. 일단은 이 녀석들을 처리해야만이 무사히 그 마녀의 성안으로 진입할 수 있을 것 같았다. 하지만 어쩐다? 나는 폭력은 싫은데.

—그냥 편하게 살인멸구하자니까.

"아, 좀 닥쳐요!"

시온의 구시렁에 내가 일갈을 날리자 다크 엘프들의 표정이 더욱 기이해졌다. 그들은 아예 칼을 뽑아 들고 주위를 두리번거리고 있었다. 긴장된 그들의 표정에서 나는 그들의 실력이 별로 대단치 못하다는 것을 알아차렸다.

'어깨가 굳었어.'

아마도 그들은 이 모래 지옥에서 기절한 남자들을 끌고 가는 역할인 듯싶었다. 나도 샤이시스의 등에 타고 있지 않았다면 숨이 막혀 기절했을 테니 그들이 무력을 사용해야 할 일은 웬만해서는 일어나지 않았을 것이다.

나는 제자리에 멈춰 숨소리를 죽이며 다가오는 그들을 바라보았다. 샤이시스는 그들이 약해 보였기 때문에 별 흥미가 없었는지 남자를 숨겨둔 어귀에서 어슬렁거리고 있었다. 나는 다크 엘프들의 허리춤에서 짤랑거리는 금속 물체를 힐끗힐끗 쳐다보며 그들이 가까이 오기만을 기다렸다. 희한한 문자들이 새겨진 저 수갑을 봐서는 저걸로 들어온 남자들을 묶는 모양이었다.

'밧줄도 없는데 잘됐네.'

주의 깊은 걸음으로 한 발 한 발 다가오며 그들은 좌우를 둘러보고 있었다. 그들이 손에 닿을 만큼 가까워지자 내 오른쪽에 있던 다크 엘프의 손목을 덥석 잡아당겨 무릎으로 그의 복부를 찍었다.

"커억!"

"누, 누구… 흑!"

다크 엘프가 복부를 부여잡고 쓰러지기가 무섭게 다른 한 명의 뒤로 돌아 뒤통수를 내려치자 그걸로 끝. 아마도 훼르드 백작 같은 강골은 아니었던 모양이다.

"간단하네 뭐. 흐음, 이건 이렇게 하면 되는 건가?"

손과 발의 족쇄를 각각 다크 엘프의 손발에 채워놓고 아까 남자를 숨겨두었던 곳으로 돌아갔다. 내가 그의 목에 걸려 있던 망토의 버클을 풀자 나를 쳐다보고 있던 샤이시스가 물었다.

—뭘 하는 거냐?

"재갈이 필요해서요. 정신이 들어서 소리를 지르기라도 하면 금방 들키잖아요."

—재갈? 그건 망토잖아.

샤이시스가 그렇게 말한 순간 나는 그것을 부욱 찢어 재갈이 될 수 있도록 만들었다.

"이렇게 하면 재갈 맞죠?"

—남의 물건을 그렇게 해도 되는 거냐?

"하지만 난 망토가 없잖아요. 여기서 이 다크 엘프가 소란을 피워도 이 남자에게 좋을 것은 없고."

나는 그렇게 말하며 찢어진 망토를 다크 엘프의 입에 물렸다. 흠, 완료. 이걸로 이놈들이 정신이 들어도 문제없다. 나는 결박된 다크 엘프들을 내버려 두고 모래 언덕 한쪽에 널브러진 남자에게로 다가갔다. 남자는 아직도 정신을 차리지 못하고 있었다.

'흐음, 이 녀석도 그 마녀 취향인가? 미형일세.'

뺨을 때리는 것은 좀 그래서 몸을 흔들자 남자는 눈살을 찌푸리며 신음성을 내뱉었다.

"으으음."

—웬 앙탈이야? 별 상처도 아닌 주제에.

무거운 신음 소리에 세리나가 한심하다는 듯이 중얼거렸다. 그녀의 말대로 아파서 지르는 비명은 아닌 것 같다. 나는 그를 힐끗힐끗 쳐다보다 망토의 버클로 그의 뺨을 꾹꾹 찔러주었다. 그러자 남자는 눈을 찡그리며 고개를 돌리는 것이 아닌가.

—…….

샤이시스가 못마땅하다는 듯이 쓰러져 있는 남자를 쳐다보더니 다가와 남자의 머리를 덥석 물었다.

"무나악(우와악)!"

팔을 휘저으면서 벌떡 일어나는 것에 나는 머리를 긁적이며 샤이시스에게 말했다.

"샤이시스, 그 사람 먹을 거 아니죠?"

—그냥 입 안에다 집어넣었을 뿐이다. 담력도 없는 놈 같으니라고.

샤이시스는 구시렁거리며 남자의 머리를 뱉어냈다. 졸지에 샤이시스의 머리에서 내뱉어진 남자는 털썩 바닥에 주저앉더니 무서운 속도로 뒤로 물러섰다.

"으아아아악!"

"다크 엘프한테 재갈을 물린 보람이 없네."

나는 투덜거리며 문가를 돌아보았다. 방금의 비명은 분명히 문밖에까지 울리는 것이었다. 아니나 다를까, 열려진 철문 안으로 무장을 한 다크 엘프들이 몰려들고 있었다. 그것도 비명을 지르고 있는 남자에게로.

"어라?"

—또 잊은 거냐? 지금의 우리는 눈에 보이지 않잖아. 괜히 거기에 서 있다 휘말리지 말고 내 등에 타라.

"어… 하지만 그래도 되는 건가요? 저 사람은……."

멀쩡하겠군. 다크 엘프들은 검도 뽑지 않고 겁에 질린 얼굴로 소리를 지르는 남자를 다치게 할 생각은 없는 것 같았다. 그저 가지고 있는 수갑으로 남자의 손발을 결박할 생각인 것 같았다.

―이 틈에 방 밖으로 나가자!

내가 샤이시스의 등에 오르자 샤이시스는 가볍게 바닥을 박차 날듯이 모래 언덕을 밟았다. 모래 언덕의 일부가 완전히 무너져 내리자 다크 엘프들이 소리를 지르며 돌아섰다. 무언가 보이지 않는 것이 그들 뒤로 움직이고 있다는 사실을 알아차린 것이다. 하나 다크 엘프들의 발로는 샤이시스를 쫓아봤자 따라오지도 못한다. 샤이시스는 거침없는 속도로 뒤돌아보지 않고 모래 언덕 위를 내달렸다.

"우와아! 저거! 빗장이 있어요!"

내 외침에 샤이시스는 힐끗 문 쪽을 쳐다보았다. 반쯤 열려진 철문에는 커다란 빗장이 비스듬하게 걸려 있었다. 나는 샤이시스가 방 밖으로 나를 떨구자마자 철문으로 달려가 몸으로 밀어 문을 닫았다.

'우윽! 이거 무겁잖아!'

나는 빗장을 들어 올려 옆으로 밀자 쿠웅 하는 소리와 함께 철문이 요란하게 울리며 빗장이 걸렸다. 뒤늦게 안쪽에서 몸을 부딪치는지 쿵쿵 하는 소리가 들렸지만 철문은 꿈쩍도 하지 않았다.

"헤헷, 이미 늦었다고~"

―안에 있는 녀석은 이제 아무래도 상관없는 거냐?

샤이시스가 가늘게 눈을 뜨며 내게 말하자 나는 고개를 저었다.

"아까 봤잖아요. 어디까지나 생포가 목적인 거. 그 여자가 무슨 생각으로 남자들을 잡아들이는지는 모르겠지만 다치게 하지는 않겠지요 뭐."

―무책임한 녀석.

'무책임한 녀석이라고 해봤자……'

나는 손을 휘휘 내저으며 방 밖의 복도를 돌아보았다.

여전히 어딘가의 지하임에는 변함이 없는 것인지 회색 돌벽으로 된 통로가 이어지고 있었다. 벽에 기름 등잔이 붙어 있어 어둡지는 않았지만 천장이 꽤 높았다. 나는 복도의 곳곳에 내가 나왔던 그곳과 같은 철문이 붙어 있는 것을 보고 혀를 찼다.

"쯧, 뭐가 저렇게 많아?"

―다들 같은 문양이로군. 일일이 열어보면서 찾을 거냐?

"아뇨. 그럼 시간이 너무 많이 걸려요. 일단은 표시를."

나는 주위를 두리번거려 바닥에서 돌멩이 하나를 주워 들었다. 여전히 철문은 쿵쿵거리고 다크 엘프들의 욕설이 들려오고 있었지만 무시, 또 무시. 나는 돌멩이로 철문에 커다랗게 가위 표시를 했다. 그러자 샤이시스는 힐끗 나를 쳐다보며 말했다.

―결국 그거잖아. 하나씩 일일이 확인하는 거.

"아니라니까요!"

나는 샤이시스에게 크게 소리치고는 복도 쪽으로 고개를 돌렸다. 전부 다 같은 문인데다 어느 쪽, 어느 방향으로 들어가도 같은 풍경이 눈에 들어왔다. 이거 헷갈리네.

"아마도 이 문 어딘가에 위로 올라가는 계단이 있는 걸 텐데."

―왜 그렇게 단정하지?

샤이시스가 묻자 나는 벽에 매달려 있는 등불을 하나 떼내며 대답했다.

"어디를 가도 똑같은 방에 똑같은 문이 보이잖아요. 나라면 이런 방들 중 하나에 계단을 숨겨놓겠어요. 그 편이 길을 찾기 힘들 테니까."

그러자 펜던트 속의 에레타가 말했다.

─세틴, 그러지 말고 강한 마력의 근원을 찾아보는 것이 어떨까요?

"강한 마력의 근원이요?"

내가 묻자 긍정하는 듯이 에레타의 목소리가 들려왔다.

─그래요. 이 성으로 들어온 것은 그 여마법사를 저지하기 위한 것이니 그녀를 찾는 편이 일을 하기가 수월하지 않을까요?

"으음, 그럼 맞닥뜨려야 하잖아요. 그 여자, 골치 아픈데."

─호호, 나에게 맡기면 내가 알아서 처리해 주지.

시온이 말하자 나는 미심쩍은 듯이 펜던트의 검은 돌을 쳐다보았다.

"시온이라면 능력이야 믿지 못할 것도 없지만… 영 찜찜해서."

─그건 무슨 뜻이냐? 찜찜하다니?

시온의 고성에 나는 잠자코 귀를 틀어막았다.

"하지만 상대하기 귀찮다고 죽여 버린 다음에 도망쳤다고 할 것 같단 말이에요."

내가 펜던트를 향해 투덜거리듯 말하자 갑자기 시온의 목소리가 잠잠해졌다.

'설마… 진짜로 그럴 생각을 하고 있었던 건가?

"역시 시온은 기각. 다른 하고 싶은 사람은 없어요?"

시온의 괴성을 뒤로하며 펜던트의 종속자들에게 묻자 돌아가듯 한 사람씩 의견을 이야기했다.

─시시해.

─그 여마법사 말고 다른 녀석들도 죽이면 안 되는 건가?

"예."

내가 단호히 고개를 끄덕이자 못마땅한 듯 누군가가 투덜거렸다. 오웬은 펜던트 속의 붉은 돌에서 끈적끈적한 시선으로 나를 쳐다보며 말했다.

—나는 곁에서 세틴을 지켜야 하니까 이번 일은 사양하겠어.

—저는 사람을 해치는 것은 별로.

—여자를 죽이지 않는 대신 이 지하의 성을 날려 버려도 된다면 생각해 보지.

"위에 마을 있잖아요. 대참사라고요."

나는 한숨을 쉬며 트레스가 담겨 있는 회색 돌을 내려다보며 물었다.

"트레스는요? 생각없어요?"

—그런 성격의 여자를 상대하는 것은 사양하고 싶군요.

'웬일로 다 거절이래? 평소에는 그렇게 나오고 싶어서 안달을 하더니만.'

"뭐, 됐어요. 어차피 돈을 받는 건 나니까 제가 몸으로 때워야지요 뭐."

—당연한 걸 뭘 대단한 것처럼 말하냐?

빈정거리는 시온의 목소리에 나는 한 번 그를 쫙 째려봐 주고 천장을 올려다보았다. 이렇게 된 이상 계단 찾을 필요 없이 곧바로 뚫고 들어가려는 것이다.

"샤이시스, 저기까지 올라갈 수 있어요?"

—어렵지 않지. 천장을 뚫고 올라가려고?

"예. 하지만 맨손으로는 좀 그러니까 시온의 검으로 쑤시면……."

내가 말하자 시온이 곧바로 어두운 목소리로 대답했다.

—내 검으로 쑤셔?

"말이 그렇다는 거죠. 시온의 검은 길잖아요. 그러니까 천장을 찌르기에 적당……."

—안 돼! 절대로 안 돼! 그동안 내 검을 멋대로 사용하도록 내버려두었더니 내 검이 무슨 곡괭이인 줄 알아!

"하지만 시온의 검이 길어서 딱 맞는 것 같단 말이에요."

여기서 시온의 검을 설명하자면 길이 일 미터 팔십에서 팔십오 사이, 폭은 삼사 센티미터 정도의 거무죽죽하고 붉은 빛깔이 도는 섬뜩한 검이었다. 내 키보다 커서 등 뒤에 메고 다니기도 힘들고 들고 다니기는 더 더욱 힘들다. 그냥 덜렁덜렁 들고 다니다 앞 사람의 등짝 찌르기에 딱 좋은 길이랄까?

'다시 생각해 보니 천장을 찌르기에 딱 좋네 뭐. 날도 날카롭겠다.'

내가 의미심장한 표정을 지으며 결심을 굳히자 새파랗게 질린 시온의 고함 소리가 메아리쳤다.

—너, 너, 그게 무슨 검인지나 알고 그런 소리를 지껄이는 거냐! 그건 신체(神體)와 함께 신의 혼마저 깨뜨려 버릴 수 있는 유일무이한…….

"신체?"

내가 어리둥절한 듯 반문하자 곁에 있던 샤이시스가 대답해 주었다.

—신의 육신.

"아아, 위험한 거구나. 역시 안전하게 천장 뚫는 데나 써야지."

—크아아아아아아악!

폭주하는 시온의 악다구니와 함께 펜던트에서 검은 빛이 번쩍거렸지만 나는 꿈쩍도 하지 않았다. 아니, 어쩌라는 거야? 이게 제일 적당한데.

나는 시온의 비명을 모른 척하고 샤이시스의 등에 탔다. 시온의 힘을 빌리자 자연스럽게 내 오른손으로 시온의 검이 쥐어졌다. 검의 손잡이를 가볍게 부여잡으며 천장을 올려다보자 샤이시스가 바닥을 박차고 뛰어올랐다.

단번에 천장까지 뛰어오르는 것은 불가능한 것인지 그는 가장자리의 벽을 차며 원형의 돔으로 이루어진 천장 가까이 날아올랐다. 내가 눈빛을 달리하며 시온의 검을 머리 위로 쳐들어 올리자 공기가 갈리며 부웅 하는 소리가 들렸다.

—세틴, 지금이다!

"흐아앗!"

나는 기합성을 토해내며 시온의 칼을 휘둘렀다. 어떻게 그렇게 된지는 알 수 없었지만 내뻗은 시온의 검에 벽이 갈리는 것이 아니라 천장에 길쭉하게 구멍이 뚫리며 그 일부가 무너져 내렸다.

"우왓!"

돌멩이에 머리를 맞을세라 나는 잽싸게 머리를 감싸며 샤이시스의 등짝에 얼굴을 파묻었다. 하나 샤이시스는 진로를 바꾸지 않고 무너지는 돌 조각을 밟으며 천장의 구멍 쪽으로 뛰어올랐다. 천장의 구멍에서는 아래층의 홀과는 비교도 되지 않을 환한 빛이 쏟아지고 있었다. 샤이시스는 그야말로 순식간에 천장의 구멍 안으로 뛰어들어 갔다.

"후에~"

내가 고개를 쳐들며 주위를 쳐다보자 샤이시스가 못마땅한 얼굴로 나를 돌아보더니 나를 자신의 등에서 떨구어냈다. 으악!

—언제까지 내 등에 타고 있을 거냐?

'그 위에서 잠도 잤는데 타는 게 뭐 어때서.'

나는 속으로 툴툴거리며 몸을 일으켰다. 돌멩이에 맞은 곳도 없고 멀쩡했다. 웅? 그러고 보니 뭔가 허전한 듯한……

—세틴, 검은 어디 있어?

세리나의 무심한 물음에 나는 내 빈손을 내려다보았다.

"아, 아까 놀라서 떨어뜨렸다."

—크아악! 이노오오오오옴!

내 얼빠진 목소리에 시온은 불같이 화를 터뜨리며 고함을 질렀다.

'하아, 너무 화를 내면 혈압이 높아지는데 말이야. 마족이니까 그런 것과 상관없나?

나는 멋쩍게 볼을 긁적이며 펜던트를 내려다보았다. 시온의 악다구니와 고함 소리가 이어지고 있었지만 나는 감히 그와의 연계를 끊을 수가 없었다.

'검을 천장 쑤시는 데다 사용한데다 떨어뜨리기까지 했으니 거기에 연계를 끊으면 완전히 삐칠 것 같아서 말이지.'

식은땀을 흘리며 펜던트를 내려다보는 나를 샤이시스는 그야말로 한심하다는 눈길로 쳐다보았다.

위층의 방은 아래층과는 전혀 딴판이었다. 벽에는 촛대가 매달려 있고 바닥과 복도마다 카펫이 깔려 있는데다 여러 가지 장식대가 놓여 있고 벽에는 그림이 걸려 있었다.

나는 꽃병이 놓여진 선반을 바라보다 다른 복도 쪽으로 고개를 돌렸다. 아래층의 방은 다크 엘프들이 돌아다니고 있었지만 여기에는 아무도 보이지 않았다. 게다가 복도는 꽤 넓고 호화로운 장식이 되어 있는데도 어디에도 창이 없었다.

‘여전히 지하라는 말인가?’

그렇게 오래 모래 속을 헤엄친 기억은 없었지만 상당히 아래쪽까지 내려온 모양이었다. 커다랗고 널찍한 벽과 복도를 바라보며 샤이시스와 나는 앞으로 나아갔다.

—이쯤에서 나도 펜던트 안으로 돌아갈까?

문득 걸음을 멈추며 하는 샤이시스의 말에 나는 의아하게 그를 돌아보았다.

“왜요? 그러고 보니 요즘 밖으로 나오려고 하는 사람들이 줄어든 것 같은데 무슨 이유라도 있어요?”

—왜긴, 네 감시가 철저하고 따로 자유 시간이 주어진 것이 아니면 자유롭지가 못하니까 그렇지.

냉큼 대답하는 세리나의 말에 나는 어색하게 웃을 수밖에 없었다. 그게 사실이긴 하지만 나로서도 종속자들을 쉽게 풀어줄 수 없었다.

‘사람 목숨은 발톱의 때만큼도 여기지 않고 틈만 나면 몰살을 외치는데 내가 무슨 생각을 하고 마음대로 풀어줘?’

나는 샤이시스를 마지막으로 한 번 꼭 끌어안고—이 대목에서 샤이시스가 영영 자기를 부를 생각이 없는 거 아니냐며 불안한 눈으로 나를 쳐다보았다—펜던트 속으로 돌려보냈다.

“흠…….”

어느 정도 복도를 걷자 커다란 문이 여러 개 눈에 들어왔다. 금박을 입히고 아름다운 문양을 새겨놓은 것이 그냥 보기에도 평범한 방 같지는 않았다. 나는 문 앞에 멈추어 서서 눈을 끔벅거리며 문짝을 쳐다보았다.

“내가 잘못 본 게 아니라면… 여기 이름이 쓰여져 있는 거 맞지요?”

—그래, 확실히 여기 글자다.

커다란 문짝에는 어울리지도 않게 이름이 새겨져 있었던 것이다. 내가 성큼 다른 문 쪽으로도 다가가자 장식된 문자로 커다랗게 쓰여진 이름이 눈에 들어왔다.

—오오, 세틴, 저쪽에도 봐라. 네 이름 같은데?

"예?!"

나는 잽싸게 고개를 돌려 이플리트가 말한 곳으로 달려갔다. 아니나 다를까, 내 이름이 커다랗게 똑똑히 문짝에 새겨져 있었다. 나는 식은 땀을 흘리며 그것을 쳐다보고는 중얼거렸다.

"그, 그렇다는 것은……."

—이 어딘가에 잡혀간 남자들이 갇혀 있다는 거지.

무슨 이따위 준비를 다 하고 있냐! 진짜로 할 일도 없지! 나는 부르르 떨며 주위의 문들을 살펴보았다.

레오폴드.

'장미 문양에 하트는 뭐냐?'

내가 다가가 문고리를 잡았지만 웬일인지 문은 잠겨져 있지 않았다. 그렇다는 것은 상대가 도망칠 수 없는 상태라는 얘긴데… 묶여 있나?

문을 밀고 안으로 들어갔음에도 무언가 몸을 일으키는 기척은 없었다. 넓은 방 안에는 거대하다고밖에는 말할 수 없는 커다란 침대가 놓여져 있었고, 복도와 마찬가지로 호화로운 가구와 장식이 눈에 들어왔다. 침대에는 분홍색 베일이 쳐져 있었기에 나는 성큼성큼 안으로 들어갔다. 휘장에 달린 끈에 의해 약간 젖혀져 묶여진 천 사이로 사람의 모습이 보이고 있었다.

어딘가 옛 기억을 떠올리게 하는 사슬에 양쪽 손이 묶인 레오폴드가 거기에 있었다. 반쯤 일으켜 세워져 침대 위에 주저앉아 있는 그는 분을 삭이지 못한 얼굴로 침대 시트를 노려보고 있었다.

"저기, 레오폴⋯⋯."

"꺼져!"

엥? 말을 붙이려던 나는 그대로 굳어져 버렸다. 아니, 이놈이! 덤이 긴 하지만 그래도 내버리지 않고 구해주러 온 나한테 그 무슨 망발이냐!

레오폴드는 시퍼렇게 불길이 떨어지는 듯한 눈길로 나를 노려보았다. 서슬 퍼런 기세에 나는 움찔하며 그를 쳐다보았다.

"왜 또 그 모습이냐! 나를 조롱하려는 것이라면⋯⋯."

아니, 이게 뭘 잘못 먹었나?

따악!

달려들어서 머리를 후려갈기자 레오폴드의 눈이 휘둥그레지며 나를 노려보았다. 나는 지지 않고 그를 마주 노려보며 소리쳤다.

"자꾸 그따위 소리를 지껄이면 내버려 두고 가버릴 거야!"

"무슨⋯⋯."

나를 노려보던 레오폴드의 눈이 커졌다.

"너⋯ 세틴이냐? 레플리카⋯⋯?"

"네가 확인시키지 않아도 내 이름 안 까먹어."

내가 눈살을 찌푸리며 대꾸하자 레오폴드의 얼굴에 화색이 돌았다. 쇠사슬을 철컹거리며 몸을 일으키려던 그는 줄이 짧은 터라 다시 침대 위에 주저앉았다.

“이것 좀 빨리 풀어줘!”

‘어디다 호령이냐!’

나는 속으로 투덜거리면서도 레오폴드의 사슬을 검으로 끊어냈다. 수갑 가까이로 검을 밀어넣고 힘을 주는 것만으로도 사슬은 간단히 잘렸다. 시온이 명검이라더니 정말이네? 레오폴드는 사슬이 끊어지자 침대 위에서 몸을 일으켰다.

“다른 사람들은?”

“몰라. 엔리케 씨랑 나, 아이언만 잡혀가지 않았으니까. 엔리케 씨는 부상을 입어서 그 마을에서 치료하고 있어. 별로 심각한 상태는 아니지만.”

공주가 잡혀갔다는 말에 나는 레오폴드가 화를 내지 않을까 긴장하고 있었지만 그는 알고 있던 사실인지 묵묵히 침대에서 내려왔다.

“아이언은 공주님을 찾고 있는 거야?”

“글쎄? 밤늦도록 돌아오지 않아서 나 혼자 나온 거니까 나는 모르지.”

내가 뚱한 얼굴로 말하자 레오폴드는 뭐 이런 게 다 있냐는 표정으로 나를 돌아보았다.

“뭐야, 그 눈은? 안 들어오는 걸 나더러 어쩌라고!”

“됐어. 관두자. 한순간이라도 믿음직스럽다고 생각한 내가 바보다.”

고개를 절레절레 흔들며 녀석이 그렇게 말하는 순간 화가 치밀어 올랐으나 레오폴드 녀석은 내 분노 어린 눈길을 외면하고 먼저 터덜터덜 문가로 걸어갔다.

“안 나가냐? 공주님을 구해야지.”

"쳇, 말 안 해도 갈 거야."

무기도 없는 주제에 앞서는 것은 또 뭐냐? 그런데 나는 멀뚱히 레오폴드의 옷차림을 쳐다보았다. 검은 가죽 바지 차림에 약간 헐렁한 하늘색 셔츠를 걸치고 있는 그는 윗부분의 단추가 풀어져 가슴이 드러나 보였다.

"옷이 바뀌었다? 무기만 가져간 게 아니라 옷도 뺏겼어?"

내가 묻자 레오폴드의 얼굴이 순간 벌겋게 달아올랐다. 그가 무서운 기세로 나를 돌아보기에 나는 괜히 위축되며 슬금슬금 몸을 뒤로 뺐다.

"왜, 왜 그래? 내가 뭐 이상한 거 물어봤어?"

"아무것도… 아니야."

그가 분을 눌러 참는 목소리로 그렇게 말하자 나는 고개를 갸웃하며 그를 쳐다보았다. 레오폴드는 힐끗 나를 보더니 고개를 돌려 방 밖으로 빠져나갔다. 어이, 먼저 가도 돼? 거듭 말하는 거지만 넌 비무장이라고.

레오폴드는 복도에 아무도 없다는 사실을 알아차리고는 여기저기를 두리번거리고 있었다. 하는 말로는 정신을 차리고 보니 그 방이었다는데 다른 사람들이 어떻게 되었는지는 아는 것이 없었다.

대체 아는 게 뭐냐고 핀잔을 주고 싶었지만 무슨 일이 있었냐고 물을라 치면 필요 이상으로 어두워지는 녀석의 모습에 나는 차마 말을 붙이지 못했다.

'대체 뭔 일이 있었던 거냐고.'

방 밖으로 나온 레오폴드는 무심코 열려진 문을 돌아보았다가 그대로 굳어졌다. 문의 장식이며 문패에 그려진 하트 무늬가 그의 심사에 거슬린 모양이었다. 빠드득 하고 그의 이 갈리는 소리에 나는 슬금슬금 그의 곁에서 물러났다.

"이 마녀! 이따위 수작을!"

아니, 묶어놓은 것보다 이게 더 화낼 일이야? 내가 기가 차다는 듯이 그를 쳐다볼 찰나 그의 손에서 우우웅 하는 기이한 소음이 들리더니 푸른 빛이 맺혔다. 나는 멍하니 '어어, 검기인가? 손에도 맺히네?' 하는 시선으로 쳐다보았다가 그가 주먹을 움켜쥐며 문짝을 내려치자 우왁 하고 뒤로 물러섰다.

"야! 파편 튀잖아!"

—그게 대수냐? 이렇게 소란을 떨면 기껏 잠입한 이유가 없잖아!

시온이 소리치자 별걸 다 걱정한다는 듯이 샤이시스가 말했다.

—어차피 별로 잠입이라고 할 것도 없었는데 뭐. 안 그러냐?

"아니, 뭐……."

내가 볼을 긁적이는 사이에도 분을 참지 못한 레오폴드는 분노의 오라를 마구마구 흩뿌리고 있었다. 그는 발로 부서진 문짝의 잔해를 팍팍 밟아댔지만 그래 봐야 제 발만 아플 뿐이었다. 그는 허공을 바라보더니 포효하듯 외쳤다.

"으으으! 이 정도로도 분이 안 풀려!"

그가 이글거리는 눈빛으로 나를 돌아보았으므로 나는 움찔하며 몸을 사렸다.

"무기는… 그것뿐이냐?"

"응."

'사실 이것도 내 것은 아니지만.'

내가 말하자 레오폴드는 아쉽다는 표정으로 내가 들고 있는 검을 쳐다보았다. 하지만 이건 내가 시온의 힘을 빌렸기 때문에 들 수 있는 것이지 무게가 상당했고 길이가 길기 때문에 이런 검을 전문적으로 다룬 사람이 아니면 사용하기 힘들었다.

"하는 수 없지. 설마 너 이 문패 보고 내가 있다는 걸 알아차린 거야?"

나는 고개를 끄덕였다. 사실이니까. 내 대답에 레오폴드는 냅다 옆 방 문을 열고 안으로 들어갔다.

"어? 야!"

당황한 내가 서둘러 따라가기는 했지만 녀석은 정말 겁이 없다랄까? 적진에서 뭐가 그렇게 당당하냔 말이다.

'그러고 보니…….'

아까처럼 검기를 사용할 수 있었는데 왜 그런 사슬에 매달려 있었는지 모르겠다. 기를 운용하면 그 정도 사슬은 검이 없어도 끊을 수 있을 텐데 말이다. 내가 궁금해하자 레스트레온은 한심하다는 듯이 한숨을 쉬며 내게 말해 주었다. 아까의 사슬은 마나를 빨아들이는 종류의 것으로 웬만한 마나를 가지고 있는 사람이더라도 쉽게 끊을 수 없는 것이란다.

"세틴!"

거친 레오폴드의 부름에 나는 황급히 안쪽으로 들어갔다. 이곳의 문에는 가시덩쿨과 그 위에 핀 흰 꽃이 새겨져 있었는데 과연 이 안쪽은 레오폴드의 방과 분위기가 달랐다. 전체적으로 칙칙한 검은색으로 도배가 된데다 바닥에 쿠션이 잔뜩 깔려 있었다. 나는 하늘거리는 흰 천막을 걷어가며 안쪽으로 들어갔다. 그곳에도 푹신한 침상 위에 은발을 늘어뜨린 미소년이 사슬에 묶여 있었다. 푸른 눈에 눈물을 가득 담고 있던 그는 레오폴드에게 안겨 눈물을 뚝뚝 흘리고 있었다.

“얼른 풀어드려. 칼마스 왕국의 레나 공주님이야.”

‘여, 여자? 티아와 같은 저주를 받은 건가?

저 호리호리한 미소년이 여자라니……. 혹 여동생이나 누나가 없는지 심히 궁금했지만 나는 내 궁금증을 접어두고 칼을 들고 공주에게 다가갔다. 그러자 레나 공주의 새하얀 얼굴이 겁에 질리는 것이 아닌가.

“에? 왜 그러세요?”

“저… 그 검으로 자르실 건가요?”

아, 이 검이 무서운가? 하기야 살벌하게 생기기는 했다. 레나 공주는 수갑이 손목에 딱 맞게 채워져 있지 않고 좀 헐렁했다. 말하자면 손은 빠지지 않지만 헐렁해서 단검 같은 것이 쑥 들어갈 것같이 생겼던 것이다. 공주는 그 수갑 사이로 시온의 검을 집어넣는 게 아닌가 생각했던 것 같다.

“그럼 사슬만 자르지요 뭐. 레오폴드, 옆으로 비켜봐.”

레오폴드의 것보다 튼튼해 뵈는 사슬이었다. 나는 기합을 넣고 검을 휘둘렀다.

절그럭!

끊어진 사슬이 바닥에 떨어지자 공주가 안심하도록 감싸고 있던 레오폴드는 인상을 찌푸렸다.

“멍청하긴. 그렇게 끝에서 자르면 어떡해! 이리 내봐!”

버럭 화를 내기에 나는 ‘쳇’ 하고 투덜거리며 검을 내밀었다. 후후후, 휘두를 수 있으면 양껏 휘둘러 봐라. 그게 좀 무거운가.

내가 아무렇지 않은 표정으로 검을 내밀자 레오폴드는 그것을 선뜻 받아 들었다. 하나 레오폴드는 검에서 내 손이 떨어지자마자 갑자기

커다란 돌덩이라도 받아 든 듯이 팔을 늘어뜨렸다. 그가 놀란 눈으로
나를 쳐다보자 나는 히죽 웃어주었다. 그러자 오기가 일었는지 레오폴
드는 이를 악물고 시온의 검을 들어 올렸다.

'어이, 다리 후들거려.'

나는 가볍게 비웃어줄까 하다가 레나 공주가 불안을 가득 담은 얼굴
로 레오폴드를 쳐다보는 것을 보고 관두기로 했다.

"어이, 그만 하고 건네줘. 어차피 너 그거 못 휘둘러."

"누, 누가 못 휘두른다고 그래?"

레오폴드는 벌겋게 달아오른 얼굴로 그렇게 소리치며 안간힘을 써
머리 위로 검을 치켜들었다. 도끼를 패는 듯한 그의 자세에 나는 조심
스럽게 공주의 수갑을 잡고는 그를 주시했다.

팍!

내려치는 칼날이 쇠사슬에 부딪치며 불똥이 튀었다. 반쯤 잘렸으나
완전히 잘리지는 않은 터라 레오폴드는 이를 악물며 다시 검을 들어
올렸다. 그가 칼을 높이 들어 올려 다시 내려치려는 순간 힘이 부족했
던 것인지 휘청였다.

"으악!"

나는 급히 공주의 팔을 끌어당기며 다른 쪽 팔로 공주의 허리를 잡
아 뒤로 물러섰다. 검이 간발의 차로 공주의 손목이 아닌 쇠사슬 끝을
뚫고 침상에 박혔다. 나는 바닥에 박혀 버린 검을 쥐고는 얼어붙어 있
는 레오폴드에게 소리쳤다.

"뭐 하는 짓거리야! 팔을 자를 일 있냐!"

"미, 미안."

헉! 이놈의 입에서 미안하다는 소리가 나왔어! 레오폴드는 아까의

홍분과는 다른 붉은 빛으로 얼굴을 물들인 채로 고개를 푹 수그렸다.

"정말 미안해."

"아니……."

나는 상당히 수상쩍다는 시선으로 레오폴드를 쳐다보았다. 놈의 입에서는 평생을 가도 미안하다거나 죄송하다는 말은 나오지 않을 거라고 생각했던 것이다. 내게 있어 레오폴드의 이미지는 그랬다.

"죄송합니다, 공주님. 제가 홍분한 탓에 공주님을 놀라게 해드리고 말았습니다."

레오폴드는 그렇게 말하며 레나 공주에게도 머리를 숙였다. 공주는 아직 내 품에 안겨 있었는데 반응이… 엇?!

"레오폴드……."

나는 곤란한 표정을 지으며 레오폴드를 쳐다보았다. 머리를 숙이고 있던 레오폴드는 공주의 반응이 없자 크게 화가 난 것으로 판단하고는 조심스럽게 머리를 들어 올렸다. 나는 얼굴 가득 곤혹스러운 표정을 짓고 있는 레오폴드를 향해 말했다.

"레나 공주님 기절했어."

"뭐? 고, 공주님!"

당황한 레오폴드가 레나 공주를 불렀지만 이미 기절한 공주가 대답을 해줄 리 없었다. 나는 때는 이때다 싶어서 얼른 공주를 레오폴드에게 맡기고 사슬이며 수갑을 죄다 잘라냈다.

'아아, 이러니까 편하네.'

수갑을 푼 후에도 공주는 깨어나지 않았기 때문에 레오폴드의 등에 업혔다. 왜냐, 녀석이 기절시켰으니까.

레오폴드가 문짝을 박살 내며 소란을 떠는 데도, 우리가 수갑을 자르며 떠들어댔을 때도 아무도 나타나지 않았다. 레오폴드와 나는 이층에는 그 마녀 말고는 다니는 사람이 아무도 없는 거라고 판단을 내리고 멋대로 돌아다니기 시작했다. 공주를 업었음에도 불구하고 레오폴드가 다시 다른 방으로 들어갔다 나오는 것을 보고―아무도 없었나 보다―나는 미심쩍은 표정을 지었다.

"다른 사람도 다 풀어주려고?"

내가 묻자 레오폴드는 당연한 것 아니냐는 표정으로 나를 쳐다보았다.

"그럼 너는 저 사람들을 내버려 두고 갈 생각이야?"

녀석의 얼굴 위로 '이거 알고 보니 나쁜 놈이었네' 하는 듯한 표정이 떠오르자 나는 어쩐지 울컥하는 기분이 들었다.

"그런 건 아니지만 지금 우리 입장에 무작정 다 풀어놓을 수는 없잖아. 무기도 없고."

"그렇다고 이들을 내버려 두자는 거야?"

레오폴드의 언성이 자연스럽게 높아지자 나는 눈살을 찌푸렸다.

"무기도 없는 상태에서 무작정 풀어주면 되잡힐 뿐이야. 아직 우리가 빠져나갈 방도도 구하지 못했는데 그건 너무 무책임하잖아! 나로서는 너와 공주님을 보호하는 것 이상의 자신은 없단 말이야! 그렇다고 무기도 없는 사람들에게 직접 자신을 지키라고 말할 수도 없잖아!"

사실 '네 녀석은 덤이지만' 이라는 말은 안으로 감췄지만 내 진심이 담긴 말에 레오폴드는 입을 다물었다. 사실 종속자들의 힘을 빌리자면 다 못 구할 것도 없지만 웬만한 조건을 내걸지 않고는 그들을 설득하기 힘들 것 같았다. 그런 아이디어가 갑자기 머리 속에서 튀어나오는 것도 아니고 말이야.

"그럼 어쩌라는 거야?"

레오폴드가 대답하자 나는 펜던트를 내려다보았다.

"뭐 좋은 생각 없어요?"

―글쎄…….

―설명서를 보시는 것이 어떨까요? 조약의 문구 중에 알맞는 것이 있을 겁니다.

트레스의 충고에 나는 즉시 펜던트를 탈탈 털어 설명서를 끄집어냈다. 내가 펜던트에서 설명서를 꺼내자 레오폴드의 눈이 커졌다.

"그, 그게 뭐야?"

"설명서."

내가 간단히 대답하자 레오폴드의 표정이 더욱 기이해졌다.

"설명서어?"

내 뒤에서 레오폴드가 황당하다는 듯이 반문하고 있었지만 나는 모른 척하고 설명서로 시선을 돌렸다. 책장을 펼쳐 내용을 살피자 흰 종이 위에 글자가 떠오르고 있었다. 여기에 쓰여진 문자는 이 세계의 것이 아닌 한국어였기 때문에 레오폴드는 들여다보아도 모르겠다는 표정이었다.

[제1조 1항] 관리인은 종속자의 힘을 사용할 수 있다. 이는 종속자의 동의없이 가능한 것이므로 그의 동의를 얻을 필요는 없다.

[제1조 2항] 관리인은 필요 시에 종속자를 소환, 그의 도움을 받을 수 있다.

[제1조 23항] 관리인은 한 번에 네 명 이상의 종속자를 불러들일 수 없다. 이는 그 이상의 숫자를 불러내면 관리자가 제어하지 못할 가능성이 존재하기 때문이다.

‘이 1조 23항이 문제란 말이야. 정말 한 번에 세 명밖에는 안 되는 건가?’

내가 생각하자 좌르륵 글자가 사라지며 다시 나열되었다.

[제3조 65항] 관리인은 본인의 마력을 소비하여 종속자 전부를 불러들일 수 있다.

‘마력? 내 마력으로는 어느 정도 견딜 수 있는데?’

현재 능력으로는 16.8초 정도가 가능. 그 이상은 생명이 위태로워지므로 종속자들은 자동으로 펜던트 안으로 귀환됨.

‘새, 생명이 위태로워?!’

내가 심각한 표정으로 설명서를 들여다보자 레오폴드는 고개를 빼고 설명서와 나를 번갈아가며 쳐다보았다. 나는 설명서에서 눈을 떼고 레오폴드를 향해 물었다.

“마력이 떨어지면… 죽어?”

“엉? 그, 글쎄. 내가 마법사가 아니라서 잘은 모르지만 한도 이상까지 마법을 사용하면 탈진해서 쓰러진다는 소리는 들은 적 있어.”

“으으음.”

나는 무겁게 신음하며 다시 설명서의 문구를 들여다보았다. 1조 23항에 정면으로 위배되는 3조 65항은 편리한 것 같았지만 상당히 위험스러워 보였다. 말하자면 내 마력이 한계에 다다를 때까지 종속자들을 부린

다는 말인데 겨우 16.8초 부리고 내가 쓰러져 버리면 무슨 소용이 있냐
말이다.

'이건 최후의 최후에만 사용하자.'

마력을 쪽쪽 빨려서 비틀거리는 것이 어떤 기분인지는 모르지만 최
소한 지금 당하고 싶은 일은 아니었다. 일단 이 조항은 뒤로 넘기고 다
른 좋은 것이 없는가 찾아보았지만 네 명 이상은 불러들일 수 없다는
것이 다였다.

'엉? 잠깐. 이거… 전에 세 명이었는데?'

분명히 1조 23항의 문구는 세 명 이상 불러들일 수 없다였다. 한데
지금은 네 명이라고 쓰여져 있는 것이다. 내가 기괴한 눈초리로 설명
서를 쳐다보자 설명서의 문구가 천천히 사라지더니 다른 글자가 떠올
랐다.

[제9조 1항] 모든 조항은 관리인의 능력에 따라 변화한다.

"뭐야, 그게! 허접해!"

내가 버럭 소리를 지르자 곁에 있던 레오폴드가 움찔하는 것 같았
지만 설명서는 묵묵부답이었다. 설명서가 대답을 한다는 것 자체가
웃기지만 어쨌든 이 허접무쌍한 설명서에서 다른 글자는 떠오르지 않
았다.

'이 설명서란 거… 실은 나를 놀리기 위한 것? 뭐야, 대체?'

불만스러운 표정으로 설명서를 덮고 나는 레오폴드를 돌아보았다.
어차피 맨입으로는 도와주지 않을 그들이니 몸으로 부딪쳐 보는 수밖
에 없다.

‘하지만 역시 만약을 생각해 두지 않으면 안 되겠어.’

나는 만약을 각오하며 레오폴드를 향해 입을 열었다.

“그럼 여기서 찢어지자. 네가 인질들을 구해. 내가 그 마녀를 잡으러 갈 테니까!”

내가 단호히 소리치자 레오폴드는 눈살을 찌푸리며 대꾸했다.

“잊고 있는 모양인데 나는 빈손이야. 무기 없이는 그 쇠사슬을 끊을 수 없다고.”

“으윽! 무기 문제가 있었나?”

나는 고민하며 펜던트를 내려다보았다.

“무기 두 개씩 가지고 있는 사람은 없어요?”

—내가 건틀릿과 봉이긴 하지만 봉으로는 쇠사슬을 끊기가 힘들잖아? 너나 나라면 문제없지만 저 꼬마는 힘들지 않을는지.

세리나의 말에 나는 고개를 푹 수그렸다. 정말 방도가 없군.

“그냥 하던 대로 살자. 풀어주다가 되잡히더라도 그들의 운명이겠지.”

“뭐냐, 그렇게 무책임하게?”

“그럼 니가 지켜!”

내가 빽 소리를 지르고서야 레오폴드는 잠잠해졌다. 하나 그 소리로 레나 공주가 깨었는지 레오폴드의 등에서 머리를 들었다. 공주는 잠시 정신이 없는지 주위를 두리번거렸다.

“공주님, 정신이 드세요?”

내가 묻자 두리번거리던 공주는 나를 발견하고는 얼굴이 빨개졌다.

“아, 저… 아앗!”

그제야 자신이 레오폴드에게 업혀 있다는 사실을 발견하고 레나 공주는 버둥거렸다. 공주가 버둥거리자 레오폴드는 당황하여 소리쳤다.

"자, 잠깐만요, 공주님! 그렇게 버둥거리시면… 으앗!"

레오폴드가 공주를 떨어뜨려 공주는 맨 바닥에 떨어졌다. 내가 황급히 달려가 일으켜 세우자 공주는 빨개진 얼굴로 미안하다고 중얼거렸다. 레오폴드는 한숨을 쉬며 옆으로 고개를 돌렸다. 그는 우리 뒤쪽에 있는 방의 문을 발견하고는 문짝에 쓰여진 이름을 읽었다.

"알렉산드로……."

"알렉산드로?"

내가 반문하자 레오폴드는 그새 까먹었냐는 얼굴로 나를 쳐다보며 말했다.

"알렉산드로 훼르드! 훼르드 백작님이란 말이야!"

알렉산드로… 흐억! 그 백작?! 나는 굳어진 얼굴로 스스슥 그 문에서 떨어졌다. 내가 그대로 등을 돌려 다른 복도로 가려 하자 레오폴드가 턱하니 내 어깨를 잡았다.

"어딜 가?"

"그, 그냥 모른 척하면 안 될까?"

나는 식은땀을 흘리며 간절히 물었지만 레오폴드는 단호히 고개를 저었다.

"안 돼! 백작님은 마법을 할 줄 안다고. 무기가 없어도 도움이 된단 말이야. 게다가 백작은 이번 여행에서 저주의 매개체를 탐지하기 위해서 동행한 사람이니까."

"헤, 마법사? 그 불덩어리 날리는?"

내가 묻자 레오폴드는 심드렁한 얼굴로 고개를 끄덕였다.

"그래. 다른 마법사도 있어?"

"우와! 그럼 검에다 마법까지! 완전 마검사네?"

"뭐, 대륙에서 몇 안 되는 마검사 중에 하나지."

왜 레오폴드가 잘난 체를 하는지는 모르겠지만 레오폴드는 의기양양하게 고개를 끄덕였다. 그에 나는 싸한 얼굴로 고개를 돌리는 것으로 화답했다. 레오폴드 녀석은 백작의 뒤에 감추어진 얼굴을 알지 못하는 모양이었다.

'대륙에서 손꼽히는 변태가 아니어서 다행이네.'

나는 고개를 돌리며 코웃음을 쳤지만 레오폴드는 아랑곳하지 않고 내게 말했다.

"그런 의미에서 얼른 풀어드려!"

"자!"

나는 턱하니 시온의 검을 레오폴드 녀석에게 건넸다. 시온이 펜던트 속에서 길길이 날뛰는 소리가 들렸지만 그에 신경 쓸 내가 아니었다. 검을 쥔 탓에 바닥으로 떨어지는 듯했던 팔을 간신히 끌어 올리며 레오폴드가 물었다.

"왜 네가 안 하고?"

"존경심을 가진 분이 구하시라고. 나는 공주님과 함께 여기 있을 테니까."

내가 들어가고 싶지 않다는 기분을 담아 그렇게 말하자 레오폴드는 다시 내게 검을 건네주었다.

"나보고 아까 그 일을 반복하라고? 너 힘 좋은 거 알고 있으니까 네가 해!"

'아니… 그런 문제가 아니야.'

나는 다시 검을 건네주려 했지만 레오폴드는 들은 척도 하지 않고 내 팔을 잡고 안으로 질질 끌고 갔다. 덕분에 레나 공주도 종종걸음으로 우리를 뒤따라 방으로 들어왔다.

'하아, 진짜 모른 척하고 싶다아!'

나는 한숨을 푹 쉬며 털레털레 걸어 들어갔다. 훼르드 백작의 방은 레나 공주 때에 그랬던 것처럼 조명이 없고 어두웠다. 침대도 보이지 않아서 두리번거리는데 오른쪽 벽 쪽에서 철컹거리는 소리가 들렸다.

"어, 백작?"

나는 무심코 고개를 돌렸다가 검을 떨어뜨릴 뻔했다. 아니, 뭐, 벽에 매달려 있는 그 자세가 뭐가 어떻다는 게 아니라…….

'왜 그런 끈적끈적한 시선으로 나를 쳐다보는 거냐? 당신이 오웬이야?'

백작은 상반신은 벗은 상태로 검은 가죽 바지를 입고 있었다. 레나 공주는 드러난 백작의 상반신에 고개를 돌렸지만 나는 썰렁한 표정으로 백작을 쳐다보았다. 백작은 당황한 것도 같았고 혼란스러운 듯 나를 쳐다보았다.

"그… 보, 본인이……."

'진짜 싫다, 이 인간.'

나는 터덜터덜 걸어가 백작의 쇠사슬을 풀었다. 백작의 손목과 발목의 수갑이 풀어지자 레오폴드가 백작의 곁으로 달려왔다.

"백작님, 괜찮으십니까? 무언가 심한 일을 당하신 것은……."

"아, 아니… 그, 그, 그… 그런 일은……."

백작은 심하게 말을 더듬으며 나를 힐끗 쳐다보았다. 내가 그를 마주 쳐다보자 그는 커다란 목소리로 말했다.

"그, 그런 일은 없었어!"

“…그런 일? 무슨 일이요?”

백작을 빤히 바라보던 내가 아무 생각 없이 묻자 백작은 완전히 얼어붙어서는 내 시선을 피했다. 그가 푹 익어서는 먼저 방 밖으로 나가자 펜던트 안에서 키득거리는 오웬의 목소리가 들려왔다. 공주와 레오폴드가 황급히 그 뒤를 따랐으므로 나는 고개를 숙여 오웬에게 물었다.

“왜 그래요?”

─그거야, 그거. 환각 마법 중에 상대가 원하는 사람으로 보이게 하는 것이 있거든.

“헤에, 그런데요?”

내가 별 생각 없이 대답하자 오웬은 키득거리며 대답했다.

─그 마법사 계집애가 네 모습으로 저 남자를 유혹했다는 얘기지.

“거 찜찜하네요.”

내가 찌푸린 얼굴로 대답하자 트레스가 진중한 음성으로 말했다.

─하지만 그런 마법은 정신 계열 쪽이라 웬만한 마법사가 아니고서는 사용하지 못합니다. 하니 좀 더 주의를 기울이시는 것이 좋겠습니다.

“예, 알겠어요.”

“세틴, 뭐 하냐! 꾸물럭거리지 말고 빨리 옆방으로 와! 여기도 사람이 있어!”

먼저 나간 레오폴드의 고함에 나는 미간을 찌푸리며 달려나갔다. 재차 말하지만 고함 좀 지르지 말라니까! 여긴 적진이야!

무기 없이 웅성거리는 사람들은 쉰이 넘고 있었다. 레나 공주는 다행스럽게도 일행을 만나서 그들 곁으로 갔고, 보이지 않는 것은 티아뿐이었다.

'위험해, 위험해…….'

들어갔다 나온 문에 모조리 표시를 해놓았지만 어디에도 티아의 모습을 보이지 않았다. 내가 난감해하고 있을 찰나 레오폴드가 입을 뗐다.

"라힐과 티아 공주님… 두 사람이 없는 거지?"

엉? 나는 순간 30초간 굳어졌다. 라힐. 완전히 잊고 있었다. 레오폴드가 잠시 말이 없는 나를 수상쩍다는 눈초리로 쳐다보았으므로 나는 얼른 입을 열었다.

"으응, 설마 둘 다 불려간 건가?"

싸늘한 침묵이 우리 둘 사이에 감돌았다. 우리가 서 있는 곳은 위로 올라가는 계단이 있는 홀이었다. 금속제의 검은 계단은 나무뿌리처럼 위에서 아래로 뻗어 있었다. 천장과 바닥을 휘감은 듯한 인상을 주는 검은 계단을 나는 칼로 쿡쿡 찔러보고는 발을 옮겼다. 한데 레오폴드나 백작은 상관없지만 나머지들은 왜 줄줄이 따라오냔 말이다!

"왜 저러는 거야?"

내가 레오폴드에게 소곤거리자 레오폴드는 힐끗 뒤의 군중들을 돌아보고는 말했다.

"아래 쪽에는 출구가 없고 있다면 위층뿐이잖아. 그러니 당연한 거지."

"당연한 건가?"

나는 음울하게 중얼거리며 계단을 밟았다. 뒤에서 줄줄이 따라오는 사람들이 무지하게 거슬렸지만 나는 성큼성큼 계단을 올라갔다. 천장은 높았지만 무리없이 위층으로 도달하자 앞으로 뻗어 있는 긴 통로가 눈에 띄었다.

통로의 끝에는 커다란 오크제의 나무 문이 세워져 있었다. 통로의 양 옆으로는 낮은 단이 있어 그 위에 잘 손질된 갑옷이 차례로 늘어서 있다.

사람들은 갑옷의 손에 들린 할버드며 바스타드를 보더니 환호성을 지르며 달려갔다. 무장을 하고 있지 않은 그들에게는 무엇보다도 무기가 절실했던 것이다. 하나 그들이 가까워지자 가장 가까이에 서 있던 갑옷 하나가 철커덩 하고 몸을 움직였다.

'엥?

잠시 몸을 비트는 것처럼 기울이더니 아래쪽으로 내리고 있던 검을 들어 제일 가까이에 있던 남자의 머리를 향해 휘둘렀다.

"으악!"

캉!

튀어나가듯 칼을 내뻗어 떨어지는 칼날을 튕겨냈다. 머리가 날아갈 뻔했던 남자가 멈칫하며 나를 돌아보자 나는 주춤하고 있던 사람들에게로 소리쳤다.

"뭐 해요! 뒤로 물러서!"

니들은 얼굴만 잘생기고 싸움은 하나도 못하냐! 물러서라니까 진짜 다 도망가는 건 뭐냐! 이 근성없는 인간들!

썰물 빠져나가듯 후루룩 인파가 쓸려 나가고 철커덕거리며 다가오는 갑옷들 속에서 나는 홀로 맞서게 되었다. 진짜 나오는 건 눈물뿐이다.

내가 일단 검을 물리고 거리를 잡을 생각으로 뒤로 물러서자 뒤에 있는 사람들이 오지 말라며 아우성쳤다.

“끄악! 진짜 당신들!”

내가 뒤를 쳐다보며 한마디 할 찰나 펜던트 속의 세리나가 소리 높여 나를 불렀다.

—세틴, 앞을 봐!

“에? 에잉?”

검을 들고 있던 갑옷들은 뒷걸음질쳐 단상 위로 올라가고 있었다. 다시 검을 아래로 내리고 정지 상태로 멈추어지자 복도 안이 조용해졌다.

‘이게 웬일이래?’

『펜던트』 제1권 끝